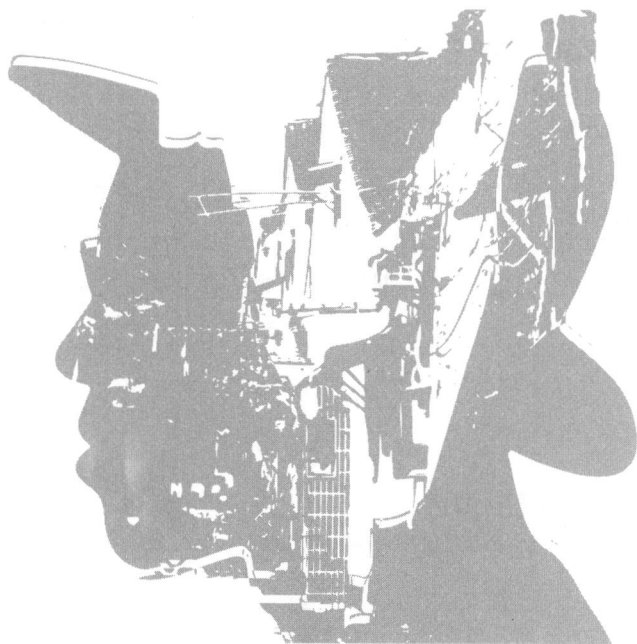

红灯笼 II
秘战上海滩

李全◎著

浙江工商大学出版社
ZHEJIANG GONGSHANG UNIVERSITY PRESS
·杭州·

图书在版编目（CIP）数据

　　红灯笼. Ⅱ，秘战上海滩 / 李全著. — 杭州：浙江工商大学出版社，2021.6

　　ISBN 978-7-5178-4447-1

　　Ⅰ. ①红… Ⅱ. ①李… Ⅲ. ①长篇小说－中国－当代 Ⅳ. ①I247.5

　　中国版本图书馆 CIP 数据核字（2021）第 064433 号

红灯笼Ⅱ　秘战上海滩

HONGDENGLONG Ⅱ　MIZHAN SHANGHAITAN

李　全　著

策 划 人	许丽萍　沈　娟　任晓燕
责任编辑	张晶晶
封面设计	沈　婷
责任印制	包建辉
出版发行	浙江工商大学出版社
	（杭州市教工路 198 号　邮政编码 310012）
	（E-mail：zjgsupress@163.com）
	（网址：http：// www. zjgsupress.com）
	电话：0571-88904980，88831806（传真）
排　　版	杭州朝曦图文设计有限公司
印　　刷	浙江全能工艺美术印刷有限公司
开　　本	710mm×1000mm　1/16
印　　张	15.75
字　　数	230 千
版 印 次	2021 年 6 月第 1 版　2021 年 6 月第 1 次印刷
书　　号	ISBN 978-7-5178-4447-1
定　　价	86.00 元

目 录

Contents

引 子

如梦如幻的小西街

　　1942年的春天来得那么突然，让人有些措手不及。行走在湖州城里，钮佳悦闻到了一股熟悉的味道。那是家的味道。

　　"近了，近了……"小西街慢慢地映入钮佳悦的眼帘。这个在梦中出现了不知多少次的家乡，如今就在她的眼前。钮佳悦静静闭上眼睛，轻轻地嗅着这熟悉的味道，恬静而淡雅，清丽却又带着一分哀愁。

　　此时，贵如油的春雨轻轻地叩打着钮佳悦的脸庞。江南，有着世上最落寞的雨，钮佳悦感受到雨丝的轻柔。雨滴掉在河里，打出一朵又一朵细细的雨花，如同莲花绽开，破裂的声音在一瞬间无影无踪。

　　这里的小桥、流水、人家，流溢在水墨江南里，如幻似真，几乎让钮佳悦看不明虚实，分不清究竟。

　　"五年了，小西街，我回来啦……"钮佳悦轻轻地张开双臂，她要把这恬静、淡雅和清丽，还带着一分哀愁的小西街拥入怀里。

　　五年了，钮佳悦终于回到这个生她养她的地方。五年过去了，小西街已物是人非，没了往日的繁华和喧哗，只是一片出奇的静，静得让人发慌。那些过往的繁华，历经的沧桑，都早早地在烟雨中溶化得一丝不剩。钮佳悦抬头看了一眼，自己的家，大火燃烧过的痕迹还在，她仿佛看到了在那熊熊的大火中，父母紧紧地抱在一起……

看到曾经的家的模样，泪水再一次模糊了钮佳悦的双眼，仿佛还能闻到1937年那次大轰炸过后的气息。城西横渚塘桥桥墩上摆满人头，桥面鲜血横流，桥下浮尸染红了溪水的景象仍在她的脑海里闪现不停。

"小西街，我的家乡，我要让你再现昔日的繁华。"钮佳悦在心里默默地念着，接着朝着家，深深地鞠了一躬，然后转过身去，朝湖州城的东门走去。

上海，钮佳悦又要去上海。只是这次钮佳悦去上海，有着不一样的感觉，不一样的信念。上一次去上海，是为了找哥哥钮卫国，告诉哥哥家乡被炸，父母在大轰炸中身亡，她去找哥哥替父母报仇。这一次，她是去上海执行任务。

"上海，我来了。"钮佳悦默默地念着。

上海，那座陌生又熟悉的城市，注定与她有着不解之缘……

第一章

像风一样的女子

　　当 1942 年春天的夕阳从上海新恩堂的顶头斜射下来时，十三岁的阿胖正在不远处的一条小弄堂里疯狂地奔跑着，余晖把他的身影拉得老长老长，像一根快速移动的竹竿，把弄堂折射得十分不协调。在弄堂口子边上，一个女子像风一样从阿胖的身边快速走过。

　　又是一个年轻貌美的女子。作为扒手的阿胖立即停下了脚步，转身朝女子追去。女子动作很快，阿胖费了好大力气才追上她，趁她不注意，十分熟练地抢过她提在手里的小包，转身就朝旁边衰败如荒草的小弄堂跑去。

　　这是阿胖今天第三次重复这样的动作。作为上海滩的扒手，阿胖是最笨的一个，经常吃了上顿不知下顿在哪里。这不，阿胖有好些天没有吃饭了，一大早，便来到百乐门舞厅门前等待"生意"。

　　没多久，一个穿着十分妖艳的女子从舞厅出来，手里的小包特别显眼，那个鼓鼓的小包里肯定装了不少钞票。想到钞票，阿胖的口水都要流出来了。妖艳女子身材婀娜多姿，阿胖眼睛直勾勾地盯着妖艳女子，霎时，荷尔蒙直线上升，直到妖艳女子走进一个弄堂，阿胖才醒悟过来，急忙追上去，在发现周围没有人时，冲到妖艳女子身边抢过小包转身就跑。令阿胖没想到的是，妖艳女子的动作特别敏捷，一把抓住他，接着一个反手擒拿，把他放倒在地。然后，妖艳女子上前踢了阿胖几脚，阿胖痛得在地上打滚。妖艳女子骂了一句："小瘪三，侬在上海滩也不看看阿拉是啥人，敢抢阿拉的包包。"

直到妖艳女子走远，阿胖才想起这个妖艳女子是百乐门的一个舞女，名字叫李茜茜。

"这年头，连舞女都在阿拉头上动手动脚的。"阿胖很是生气，却又无可奈何，他曾跟强哥去过百乐门舞厅，看强哥跳舞，但强哥每次找李茜茜陪他跳舞时，都是失望而归。阿胖没有钱，年纪又小，自然不会有舞女陪他跳舞。阿胖也曾多次想象，等他有了钱，一定要在百乐门舞厅里风光一回，要让所有的舞女陪他跳舞，如果哪个舞女不愿意，他就用钱砸她们，直到她们愿意为止。几年过去了，阿胖的这个愿望一直没有实现。不但愿望没有实现，如今连饭都吃不起了。

从地上爬起来的阿胖，感觉受到莫大的侮辱，朝地上狠狠地吐了一口口水，骂了一句："册那，不就是一个舞女吗？侬总有一天会再遇到阿拉的。"

刚才的失手，让阿胖有些气馁，但肚子不争气地抗议起来，他决定再找一个女人下手。在到处都是日本人的上海滩地界，阿胖除了怕日本人外，从不怕其他人，包括强哥。强哥虽然是阿胖的表哥，但只是一个远房表哥。强哥带着几个人在上海滩混社会，说是混社会，在阿胖眼里，强哥也只是一个欺负老实人的小混混而已，见到比他凶的人，躲都来不及。阿胖觉得强哥虽然混得很差，但至少有饭吃。因此，阿胖曾多次提出跟着强哥混，但强哥说阿胖年纪小，长得又胖，最主要的是脑袋还不好使。在这个时候，阿胖就怀疑强哥是不是他的远房表哥。其实，阿胖作为一名扒手，如果没有一点本事，岂能在上海滩混日子？所以，阿胖认为强哥不带他混社会，不是因为他胖，而是看不起他。阿胖决定做出一番业绩来，让强哥认可他。但今天，他连偷一个舞女的包包的事都没搞定。阿胖有些心灰意懒。

正想着，又一个穿着旗袍的年轻女子朝弄堂走来。这个女子看上去有二十多岁，模样虽然长得没李茜茜好看，但她手里的小包看起来更值钱。阿胖正想着如何动手抢包时，女子已经走到他面前，朝阿胖喊了一句："小瘪三，滚开。"

"册那，这女人好厉害。"阿胖嘟囔了一句，但没有给旗袍女子让路。女子见状，不由分说，直接扇了阿胖一巴掌。

"册那，侬敢打阿拉。"阿胖想给旗袍女子一番教训，手刚抬起，就被对方一手抓住，顺手一拉，阿胖的脸上又挨了一巴掌，还被摔了出去。

阿胖赶紧从地上爬起来，这才看清旗袍女子，惊道："册那，她不是那个日本娘儿们吗？叫什么来着？对了，叫花野洋子。"

阿胖跟着强哥在饭店里吃饭时，见到过花野洋子，强哥一个劲儿地点头哈腰。后来，强哥告诉他这个女子是日本人，很凶，也很厉害，动不动就杀人，千万不要惹她。现在，花野洋子好像有急事，把阿胖打倒在地后就急匆匆地走了。

"册那，阿拉倒八辈子血霉了。"阿胖见花野洋子已经走远，背心直冒冷汗，捡起一块石头朝她走的方向扔去，然后掉头就跑，却在另一条弄堂口碰到一个风一样的女子。

俗话说事不过三。有了前两次失败的教训，阿胖决定突然袭击这个风一样的女子。因为这个女子不但年纪不大，而且还像是从乡下来的，实力看起来也是最弱的。看好撤退的路线后，阿胖以迅雷不及掩耳之势夺过风一样女子手里的小包，转身就跑。阿胖却不知道自己经过连续多次的激烈奔跑，早已气喘吁吁，体力也几乎耗尽了。但他不能停下来，无论如何都要甩掉身后追赶他的那个女子。

"你给我站住。"风一样的女子不知什么时候追了上来，阿胖不得不再次加快速度往别的小弄堂里跑。

"这个女子到底是什么人？阿拉在上海滩这个七拐八拐的小弄堂里，跑了好些时间，她都能追上来。"因为好些天没有吃饭，阿胖的脚有些发软，他不能让这个风一样的女子追上他，随即转入小巷，又转入小弄堂，想与风一样的女子捉迷藏。女子的实力比阿胖估计的要强得多，追得特别紧。作为地地道道的上海人，阿胖竟然慌不择路，跑进了一个死胡同，被那女子堵了个正着。

"把包还给我，我就不追究你抢包的事。"女子的声音像三月的百灵鸟在歌唱，却又带着威严。

"不给侬,侬又能把阿拉怎样?"阿胖这才看清眼前的这个女子,她比他大不了几岁,只是脸上多了几分成熟、冷峻,还有一种沧桑,给人一种不寒而栗的压迫感。

"如果你需要钱,我可以给你,但前提是你先把包给我。"女子的话像命令似的。阿胖不由自主地把包往前递,但很快又收了回去。

"阿拉凭啥相信侬?"阿胖总觉得今天自己犯了桃花煞,连遇三个女子,每一个都是惹不起的主。

"我可以先把钱给你。"风一样的女子不冷不热地说。

"那侬把钞票拿过来。"阿胖突然觉得自己应该相信这个女子。因为他跑是跑不过她,要是打架,虽说自己是个胖子,但几天没吃饭了,又经过刚才一阵跑,几乎已没有力气,而这女子追了这么远,还脸不红心不跳,可以看出她此刻的体力绝对比自己好。

"给。"风一样的女子说着掏出一把钱递给阿胖。

"这还差不多,侬比前两个女子好多了。"阿胖说着,猛地夺过女子手中的钱,随手把小包往地上一扔,然后不要命地往前跑。

阿胖跑过几条弄堂才停下来,惊魂未定地坐在地上大口大口地喘气,慢慢舒缓过来后,从口袋里掏出那些钱来,一张一张地数着,发现刚刚摆脱的女子此刻竟然站在他的面前。

女子的突然出现,令阿胖吃惊不已:"侬……侬是人还是鬼?"

"当然是人。"女子直直盯着阿胖,问道,"你说前面还有两个女子,她们是谁? 她们把你怎么了?"

"侬问这个干吗?"这个女子的问话,让他摸不着头脑。

"我只管问话,你只管回答。"女子说着又掏出一把钱,说,"只要你的回答让我满意,这些钱都是你的。"

"侬是认真的?"阿胖看到那一把钱时,嘴角不由动了动,这些钱比她刚才给的还要多,足够阿胖一个月的生活费了。

"当然是认真的。"女子回答。

"是这样的……"阿胖觉得今天走霉运,至少在这个女子出现前是这样的,便把早上的遭遇对她说了。

"舞女? 旗袍女? 你是个男子汉,还打不过她们?"

"她们都很厉害,好像会功夫。"

"你认识她们吗？"

"当然认得，一个是百乐门舞厅的舞女，叫李茜茜；另一个是日本人，叫花野洋子。"

"舞女？李茜茜？日本人？花野洋子？"女子顿时陷入沉思之中。

"阿拉走了。"阿胖知道此时是逃跑的最佳时机。万一这个女子不满意他的回答，把钱要回去，怎么办？

"你走吧。记住，以后不要随便抢别人的包。"风一样的女子从沉思中醒悟过来，又叮嘱阿胖。

阿胖跑了几步，见女子没有追过来，便停下脚步，问道："小姐姐，侬叫啥名字？阿拉叫阿胖，侬可以到车前弄来找阿拉。"

女子看了阿胖几眼，往弄堂另一个出口走去，但阿胖还是听到她的回答："钮佳悦。"

花野洋子回到住处，特别生气，今天如果不是那个小瘪三捣乱，自己怎么会错过那班火车？已经三天了，都没见到延安派来的叫"红灯笼"的特工的影子。

几天前，花野洋子得到消息：延安将派一个叫红灯笼的特工来上海执行任务。这个红灯笼，真名叫沈妍冰，是杀害姐姐花野真衣的凶手之一。沈妍冰还敢来上海？一定要杀死她，为姐姐报仇。本来，抓捕红灯笼这件事，花野洋子完全可以告诉她的上司，让上司派一队人马供她调遣，但花野洋子想单独完成这个任务，因为她太需要一场胜利了。可惜花野洋子失算了。

"姐姐，你的仇，我迟早会给你报的。"花野洋子抿下一口红酒，脸上顿时有了红晕。她想念姐姐花野真衣。花野真衣是她的榜样，更是她的偶像。花野洋子清楚地记得姐姐在几岁时被人带到了中国，从此便没有了她的消息。四年前，花野洋子终于有机会来到中国这片土地，她想，只要姐姐还在中国，就一定能找到她。花野洋子虽然来到了中国，却有一个令她感到耻辱的身份，她不是以一个军人的身份来中国，也不是以一个特工的身份来中国，而是以一个非常普通的慰安妇的身份来中国。虽然这样，却阻挡不了花野洋子寻找姐姐花野真衣的决心。当花野洋子终于有了姐姐花野真衣的消息时，花野真衣已经死于非命。杀死姐姐花野真衣的凶手是共产党的人，分别叫李思瑶和沈妍冰。李思瑶已经死了，剩下的仇人就只有沈妍冰了。

想着姐姐的死和自己的遭遇，花野洋子只能把那种痛苦深深地埋藏在心里，她想尽一切办法出人头地，只有出人头地，才能为姐姐报仇，才不用再过那种生不如死的慰安妇生活。机遇是把握在自己手里的。花野洋子终于等来一个"出人头地"的机会。也是这个机会，让她从中国的东北来到上海。在上海，她进入特高课，凭着她的智慧，很快就接到了任务，无论是中共上海地下党，还是在上海的军统和中统特工，只要她愿意，这些人统统逃不过她的眼睛。当然，令花野洋子遗憾的是，她的每一个重大任务都以失败告终，这令特高课的一些人很是不满，所以，她需要一场胜利，让特高课里的那些人对她刮目相看。在花野洋子心里，她活着的意念就是对付中国人，无论是中共地下党，还是军统中统特工，她都要让他们生不如死。只有这样，她才有愉悦感。在没有任务的时候，花野洋子有些空虚寂寞，只能用酒精来麻醉自己。

现在，沈妍冰竟然没有了音信。如果她在上海潜伏下来，不单单对帝国有威胁，更重要的是，仇人已经在眼前了，她却不能及时替姐姐报仇，这将是花野洋子最大的遗憾。想到此，花野洋子又倒了一杯红酒喝下。今晚，属于自己的这种私密生活到此为止，她得马上去找强哥。虽然强哥只是上海滩的一个小混混，可这个小混混的本事特别大，在上海滩没有他不知道的事情，也没有他干不了的事情。强哥是打听沈妍冰下落用时最快、解决事情最简单和最便捷的人。

强哥的家在石库门前那条弄堂最里边。花野洋子很快就来到强哥家门前，她没有进门，站在门外朝院里扔了一块大石头。石头砸在地上的声音脆响脆响的，接着里面传来了骂人声，花野洋子不吭声，又捡起一块石头朝院里扔了过去，便听到一个男人"哎哟"的声音，紧接着一个男人的骂声传进花野洋子的耳朵："是哪个瘪三扔的石头，打在老子头上了。让老子抓住你，一定要打断你的腿，抽了你的筋……"

"他该出来了。"花野洋子听到这个叫强哥的男人的骂声，会心地笑了，随即掏出手枪，侧身躲在院门一边。"吱呀"一声，强哥拉开院门冲了出来,拿着刀乱舞起来,花野洋子不失时机地用枪顶住他的头,另一只手把强哥手里的刀夺了下来,扔进院子里,冷冷地说:"跟我走一趟吧。"

强哥感受到花野洋子的声音很冷,她随时有杀死自己的可能,但强哥还是壮着胆子问道:"原来是花野太君,我们之间有怨还是有仇?现在又到哪里去?"

"既无怨,也无仇,但你必须跟我走。"花野洋子用枪顶了一下强哥的头。

花野洋子把强哥带到一座废弃的仓库里。仓库里散发着呛人的气息,强哥此时才发现,自己栽在了花野洋子的手里。只是他不知道她为何带他来这个地方,虽然有些害怕,但还是按捺不住怒气,质问道:"你用这种方法带我来这里,到底要干什么?"

"只想请你帮我找一个人。"花野洋子的语气仍然很冷,"只要你肯与我合作,我不会要你的命,相反,你还会得到许多钱。这个交易,你觉得如何?"

"原来是这么简单一件事啊。"强哥一下子笑了起来,说,"在上海滩,我强哥要找一个人,那还不是一件很容易的事?别人需要三天,但我只要一天。"

强哥虽然只是一个小混混,但他与上海滩三教九流的人物都有接触,只要他一个信号,跟着他一起混的人,就会分散到上海的各个角落,把他想要找的人揪出来。

"你就这么自信? 也不问问我要找的人是谁?"花野洋子知道强哥有能力找到红灯笼沈妍冰,但强哥的过分自信和随口承诺让她有些不高兴,"如果你在一天之内找不到那个叫红灯笼的沈妍冰,你该怎么办?"

"如果真找不到她,我提着脑袋来见你。"强哥知道花野洋子是一个日本女人,但他不知道花野洋子是特高课的人,还是梅机关的人,只知道她绝不是一个好人。对于重庆方面的人,强哥倒不怕,但他惧怕日本人。花野洋子是日本人,不但是一个很厉害的角色,更是一个凶狠毒辣的女人。强哥知道,无论是延安方面的人、重庆方面的人,还是日本人,都得罪不起。惹怒他们任何一方,他都无法置身事外,可眼下一定要把这个日本女人打发走。强哥答应花野洋子,自有他的主意,到时候随便找个人,就说是延安方面来的红灯笼,糊弄一下这个可恶的日本女人。

但花野洋子似乎看出了他的心思,又说:"你的头值不了几个钱,但你家人的头值钱。如果你在一天之内找到红灯笼,我就奖赏你。如果你在一天之内找不到她,我就把你的家人抓起来,直到你找到红灯笼为止。"

"你……"强哥突然有一种想哭的冲动,这花野洋子也太狡猾了。

"我说到做到。"花野洋子用枪指了指强哥,"我知道你在上海滩的日子过得很艰辛,只要你帮我办好这件事,我可以让你过上荣华富贵的生活,你可以在上海滩自由行走,连上海滩的大亨见了你,都要低头。"

"你有这么大的本事吗?"强哥忽然发现,花野洋子比他还会吹牛。

"我们特高课的人,没有做不到的事。"花野洋子需要给强哥一个下马威,像强哥这样的上海滩小混混,虽然天不怕地不怕,但他们怕日本人,更怕特高课的人。因为上海现在是日本人的天下。花野洋子也要让强哥知道,在上海滩如果有人不听特高课的话,他们的最终下场只有死,没有人救得了他们。

"你是特高课的人?"强哥从花野洋子嘴里得知她的身份后,吃惊不小。强哥混迹上海滩,知道不能招惹日本人。平时都是非常小心地避开日本人做事,更不敢招惹特高课的人。

"只要你替我办好这件事,我就兑现我许下的诺言。我给你十天时间。十天后,我仍在这里等你,如果你不来,你就替你家人收尸吧。"花野洋子的声音冷得让强哥发怵。

看着消失在黑暗中的花野洋子,强哥欲哭无泪。直到花野洋子走远了,强哥才朝花野洋子的方向恶狠狠地骂道:"骚娘儿们,你一旦落在我手里,我一定要把你千刀万剐。"

强哥说完,才慢慢转身往家中走去。

强哥刚走,一个长发飘逸的女子从黑暗中走了出来,强哥与花野洋子的对话,她听得一清二楚。女子冷笑着说:"花野洋子,山穷水尽了吧？查不到红灯笼，居然找上海滩的小混混来帮忙。看来上天都眷顾我，我许一晗一定比你先找到红灯笼。我们七十六号的人不是吃干饭的，我许一晗也不是那么好惹的。"

　　钮佳悦是早上才到上海的。从延安到上海，钮佳悦几乎是一帆风顺，但比预计的时间迟了一天。原定计划是钮佳悦乘火车到上海，刘雅诗在火车站接她。但钮佳悦在南京准备转车时，按照沈妍冰的叮嘱，拆看临出发前沈妍冰给她的信。信里的内容是让钮佳悦到达南京后，从南京改道湖州，再从湖州乘船去上海，在十六铺码头下船，会有人接她。因而，钮佳悦在南京退了车票，乘船回到老家湖州。站在小西街街口，钮佳悦仿佛看到了 1937 年的冬天，也仿佛看到了父母在熊熊大火中相偎相依的样子，然后他们被火一点一点地吞噬掉。下午，钮佳悦才从湖州东门港口乘船赶往上海。第二天早上，船到了上海十六铺码头，钮佳悦没有见到来接她的人，只得叫了一辆黄包车去了刘雅诗住的地方，那里已经换成了一家米行，这意味着那里已经暴露了。无奈之下，钮佳悦只得去了火车站，希望能在那里碰到接头人。钮佳悦在火车站不远处逗留了很长时间，仍没有见任何人来接头，不得不离开火车站。

　　钮佳悦到上海的目的是配合刘雅诗执行任务。钮佳悦清楚地记得那天晚上，她正在训练时，沈妍冰像风一样出现在训练场上，朝她轻微地招了招手。钮佳悦明白沈妍冰的意思，立即向训练老师请假，跑到沈妍冰身边。

　　"佳悦，李科长要找你谈话。"沈妍冰激动地说。沈妍冰之所以激动，是因为她早就听说过，只要李科长找人谈话，基本是下派任务。沈妍冰在激动之余也有些惋惜，李科长找谈话的人不是自己，而是钮佳悦。

　　钮佳悦便问道："李科长？哪个李科长？要找我谈什么话？"

　　沈妍冰也不知道李科长找钮佳悦谈话的目的，但她知道钮佳悦就要离开自己了。因此，她也不多说，以最快的速度带着钮佳悦来到李科长的办公室门口，对钮佳悦说："你进去吧，我在外面等你。"

　　钮佳悦是第一次来李科长的办公室。说是办公室，其实就是一间单独的窑洞，里面特别简陋，除了一张旧桌子外，就是书籍，还有一张简易的木板床。钮佳悦更没想到，李科长是一位中年妇女，个子不高不矮，但非常慈祥。

李科长房间里没有多余的凳子，她指着床对钮佳悦说："你看我这里乱得一团糟，你就坐床边吧。"

钮佳悦刚坐下，李科长就仔细打量着她，最后说："钮佳悦，浙江湖州人，十七岁。十二岁离开湖州去上海，两年后，随李思瑶去重庆战斗，最后保护沈妍冰来到延安……在短短的几个月的训练中，不但文化知识进步快，而且还掌握了许多密码知识，对于电报监听、破译更是不在话下，谍报工作掌握得很全面，各种成绩都一直名列前茅。不错啊，不错啊。"

钮佳悦不清楚李科长为什么要把她的身份调查得一清二楚，特别是最后连说"不错啊"又是什么意思。李科长提到浙江湖州时，钮佳悦仿佛回到了久别的家乡。是啊，江南水乡湖州是那么诱人，是那么让人放不下，无论是小西街的街坊邻居，还是那里的千张包子和诸老大粽子，让人馋得直流口水。钮佳悦也常常梦到那诱人的美食。

"就你了。经过考察，组织上决定派你去上海协助刘雅诗工作。"李科长说着，脸上露出久违的笑容，又说，"钮佳悦，我们之所以派你去上海，是因为你是浙江湖州人，你老家离上海很近，而且听得懂和说得来上海方言，这对开展工作非常有利。"

昔日繁华的大上海，如今已是十分萧条。在黑暗中，钮佳悦深一脚浅一脚地行走在大上海的弄堂里，不远处不时传来沉重的皮鞋声，那是日本宪兵向一个地方跑去的脚步声。

到哪里去找刘雅诗呢？第一次出来执行任务就遇到这么大的困难。钮佳悦有些迷茫，有些气馁。突然，一只手搭在了钮佳悦的肩上，着实把她吓了一大跳。钮佳悦本能地回头，看到一个穿着十分妖艳的女子站在那里。因为女子实在太妖艳，钮佳悦有些不适应，努力平静刚刚被惊吓了的心情，尔后，厉声用上海话问道："侬是啥人？大黑夜，怪吓人的。"

"我原以为是个公子哥呢，今晚可以陪我跳跳舞，喝喝酒，替我解个闷啥的。"妖艳女子嗲声嗲气,又带有一些浪荡,但她在看清钮佳悦的脸后,又说,"哟,原来是个小姑娘啊,大晚上的,还敢一个人在城里瞎转?"

今天已经很不顺了,又遇到这么一个妖艳的女子,钮佳悦顿时警觉起来。阿胖说过一个妖艳女子是百乐门舞厅的舞女,叫李茜茜。

"眼前这个女子会是那个李茜茜吗?"想到此,钮佳悦没有回答她的话,转身就要走。

"那边全是日本军警,把整条街都封锁了。"妖艳女子马上变回了她的本色声音,说,"要想不被日本人发现,就跟我走。"

"我为什么要跟你走?"钮佳悦有些不悦。

"你是第一次来上海吧? 难道不知道附近的几条街今晚都戒严了吗?"妖艳舞女说完,又自报姓名说,"你不要这样看着我。我叫李茜茜,是百乐门的舞女。"

果然是阿胖提到的那个舞女。钮佳悦心里一惊,凭直觉,眼前的这个李茜茜不只是一个舞女那么简单,她的背后肯定隐藏着许多故事。自己刚来上海,又联系不上接头人,是跟着她走,还是不跟着她走? 钮佳悦有些拿不定主意。

李茜茜也看出了钮佳悦的犹豫,便说:"走吧,看在我们都是中国人的份上,我还能害你不成?"

李茜茜说着拉起钮佳悦就要走。钮佳悦立即挣脱了李茜茜的手,正准备朝相反的方向走,却又被李茜茜堵住了去路。李茜茜的动作之快,让钮佳悦不由怀疑起李茜茜的身份来。

"小妹妹,如果被日本宪兵抓住,你就是有十条命也挺不过他们的严刑拷打。我让你跟我走,绝对不是在害你。"

李茜茜的热情,让钮佳悦无法拒绝,如果是五年前,她或许会马上跟着李茜茜走。可现在不行,自己是来上海执行任务的,千万不能跟着陌生人走,特别是李茜茜的身份非常可疑。万一她是坏人,自己的身份岂不暴露了?

"我们还是分开走吧。我也不认识你,也不知道你是好人,还是坏人。"钮佳悦说的是实话,但她装着胆小,又害怕的样子。因为钮佳悦明白,她不能在李茜茜面前显出自己的本性来,更不能让李茜茜看穿她的内心。这种胆小也许是迷惑李茜茜最好的武器，也是保护自己的最好方式。

"小姑娘，我知道你的胆子很小。但你要明白，我是个好人，至少我是中国人，不可能帮着日本人做坏事。"李茜茜说着一直在观察钮佳悦的表情。

前几天，李茜茜就接到上司谷海山交给她的任务，从延安来的一个代号叫红灯笼的特工抵达上海，而这个特工的名字叫沈妍冰。谷海山还把沈妍冰的照片给了李茜茜，让她无论如何都要查清楚沈妍冰来上海的目的。

一连在火车站蹲守了三天，李茜茜连沈妍冰的影子都没见到。今天早上，李茜茜又准备去火车站蹲守，刚出百乐门舞厅不久，随身带的小包差点被阿胖抢了去。刚开始，李茜茜觉得阿胖抢包只是偶然事件，毕竟在大上海每天都有很多女子的小包被那些小瘪三抢走。就在离开阿胖后，李茜茜越发觉得不对劲，于是，她又折回身来，跟踪阿胖，看到阿胖又抢一个穿着旗袍的女子的小包，李茜茜才证实阿胖确是一个扒手，发现自己的担心是多余的。

李茜茜正准备回到火车站，却发现了与众不同的钮佳悦。钮佳悦有着与她同样的遭遇。钮佳悦被阿胖抢了包后，像风一样跑动，引起了李茜茜的注意。按道理，像钮佳悦这样的小姑娘包被抢了，一般不是哭就是闹，她竟然追上了抢她包的阿胖。最后，钮佳悦还拿钱换回了小包。李茜茜怎么看，钮佳悦也不像一个有钱人，怎么会大手大脚地乱花钱呢？

正疑惑时，李茜茜发现钮佳悦往火车站的方向走去，便不声不响地跟在后面暗察，希望能发现一点线索。因为折回来找阿胖，李茜茜错过了火车到站的时间，也错过了可能会截住沈妍冰的机会，然而，李茜茜发现钮佳悦在火车站周边停留观察，像是在等人。按理说，像钮佳悦这样的小姑娘根本不该在火车站周围转个不停。火车站周围都是警察和日本宪兵，他们动不动就抓可疑人员，钮佳悦只是一个小姑娘，她的胆子怎么那么大？难道她也是来接红灯笼沈妍冰的？如果钮佳悦真是中共地下党，倒可以顺着她这条线查出沈妍冰的下落。李茜茜打定主意，便一直暗中跟踪钮佳悦。

没多久,钮佳悦离开了火车站,李茜茜决定继续跟踪她。只是钮佳悦没有目的地东走走,西走走,气得李茜茜直跺脚。好不容易等到天黑,李茜茜见钮佳悦仍无目的地乱走,更加肯定了她的想法。所以,她决定试着接近钮佳悦,看看她是什么反应。

"姐姐,你真是好人吗?"钮佳悦也看出了李茜茜接近她的目的,做出一副怯生生的样子,说道,"姐姐,我刚从乡下来上海投靠亲戚,没想到亲戚搬走了,一直找不到,才在这里转圈圈。"

"小妹妹,你的亲戚叫什么名字? 我说不定认识。"李茜茜见钮佳悦放下戒备心,觉得机会来了,只要把钮佳悦骗到她的住处,她不相信钮佳悦不说实话。只要查出了沈妍冰的下落,然后实施抓捕,她的任务就算完成了。

钮佳悦绝不能让李茜茜知道自己此行的目的,更不能让她知道自己真正要找的人,就随便报了一个名字:"韩丰。"

"韩丰? 好像有这么一个人,以前好像是住在附近,不久前搬走了。"李茜茜突然发现钮佳悦比她想象中要聪明得多,随便报了一个人的名字就让自己去找,但李茜茜嘴上还是答应下来。只要钮佳悦跟着她走,她的目的就达到了。

"小妹妹,我们认识这么长的时间了,还不知道你叫什么名字呢。"李茜茜刚才扯了半天,竟然忘记了问钮佳悦的姓名,这似乎有点不应该。

钮佳悦回答说:"钮佳悦。"

一听到钮佳悦姓钮,李茜茜心里咯噔了一下,马上问道:"钮佳悦,好名字。钮姓在浙江湖州是大姓。你是湖州人吧?"

"不是。我是上海附近乡下的。"钮佳悦当然不会说出自己是哪里人。

听到钮佳悦的否定回答,李茜茜浅笑了一下,以此掩饰她心中的不安。

一轮红日渐渐从黄浦江边上升起,微风轻拂过来,给暂时寂静的上海带来一片祥和。许一晗站在十六铺码头边,任微风吹拂她的秀发。作为七十六号行动处的副处长,她有太多的事情要做,晚上熬夜成了家常便饭。在得知延安方面派一个代号叫红灯笼的人来上海后，许一晗四处查询，终于知道了从延安来的代号叫红灯笼的特工，真名叫沈妍冰，便千方百计弄到了沈妍冰的照片。一连三天，许一晗都早早地来到火车站蹲守，居然连沈妍冰的影子都没有看到。这令心高气傲的许一晗像遭霜打的茄子，这沈妍冰也太狡猾了，自己可是一直守在火车站出口，拿着照片对比从车站出来的每一个人，怎么就没有她的影子呢？难道说情报有错？这也不可能啊。连特高课的花野洋子都去火车站了，可见情报是真的。想到花野洋子，许一晗又开心地笑了："这个狐狸精每天都给我们七十六号脸色看，她照样没有抓到沈妍冰。"

许一晗自我安慰后，又觉得哪里不妥。以前有什么任务，花野洋子会给梅机关打电话，然后梅机关一个电话打到七十六号来，让行动处在前面冲锋，她在后面捡胜利果实。这次，她为什么要单独行动呢？

"见了鬼了！"许一晗骂了一句脏话，连续三天的蹲守，晚上还要跟踪可疑人员，却一无所获。许一晗正准备回家睡觉时，一个年轻的警察朝她走了过来。许一晗认识这个年轻的警察，他叫宋书平。

宋书平眉目清秀，见了谁都是一副笑脸，说话声音也不大。许一晗总觉得宋书平不该当警察，应该当教书先生，或者当演员。许一晗认识宋书平有好几年了，也只是认识而已，从没真正了解过他。现在，宋书平正迈着步朝她走来，乍一看，人模狗样的。因而，许一晗笑了，升起的阳光把她的笑容照得愈发好看，还显出几分妩媚。她现在的这个模样绝对会让任何一个男人想入非非。

宋书平像是没有看到许一晗一样，直接从她身边走了过去。宋书平的无视，令许一晗十分不满，她急忙叫住宋书平，问道："宋书平，一大早急匆匆地干什么去？"

"原来是许处长啊，我还在想是哪个大美女站在这里，把我眼睛都晃花了。"宋书平的话把许一晗呛得差点拔出手枪来。宋书平真是没大没小了，连奉承她都带着讽刺味。但许一晗还是忍住了，谁让她最近老是走霉运呢？处长给了她几次机会，她都是无功而返。就连梅机关也不太信任她了。要不然，特高课为什么派花野洋子去查找沈妍冰的下落？从这一点足可以说明，她在梅机关也不受待见，更不说在特高课了。如果再不出点成绩，她恐怕很难在七十六号立足。

"宋书平，你这么阴阳怪气地干什么？我是在问你，你这么早去干什么？"许一晗不想打哑谜。宋书平肯定是无利不起早，就算要抓人，也不可能只有宋书平一个人前去，而且他没有穿警察制服，不可能是去执行任务，肯定是去哪里鬼混了，现在才回去上班。

"许处，你可是冤枉小的了。我刚刚看你目视远方，正在考虑问题，不敢打扰你，所以想悄悄地走开。没想到我还是打扰了你的清静，真是对不住。"宋书平答非所问。

"你……你简直要气死我。"许一晗哭笑不得，但一个主意在心里萌生了，又说，"宋书平，姐以前对你好不好？"

"好，好，好。"宋书平与许一晗在工作上交集并不多，宋书平有时候执行任务时会碰到许一晗，顶多就是敬个礼，并不说话。

"那么说，你答应姐了？"许一晗尽量把话说得柔和些，可她却放不下心高气傲的心态，所以对宋书平说话，仍然是居高临下。

"姐，什么答应不答应的？我都不知道你让我干啥呢。"其实，许一晗一开口，宋书平便知道她肯定有什么事要求自己。宋书平只是一个普通警察，而许一晗不一样，她是七十六号行动处的副处长。两人虽然在工作上有交集，终归各干各的事。

"书平啊，姐还会骗你不成？姐在执行任务时，哪一次没有照顾你？有危险时，都是叫别的警察上去，把你留在最后面。"许一晗知道一时让宋书平接受她的建议是不可能的，只能循循善诱。

"姐，你知道我这个人笨，完全不明白你在说什么。"宋书平说完嘿嘿地笑了。

"书平，你知道姐这么卖命是为了啥？"许一晗轻轻地叹了一口气，"姐这些年一直单身，没有结婚，把青春耗在工作上，又是为了啥？还不是为了将来过上好日子。"

"姐啊，你眼光太高了。你该找个如意的郎君了，青春过了，再也回不来。"宋书平见许一晗打出感情牌来，赶紧把话题移开，"姐，你们处里不是有很多优秀的男人吗，要不，你试着找一个？"

"书平，你以为我不想找个如意郎君吗？是一直没有找到合适的。其实，姐的要求并不高，模样与你差不多就行了。"许一晗含情脉脉地看着宋书平，"如果你愿意，姐可以做陪伴你一生的那个人。只是你现在的工作不是太好，姐把你调到七十六号来吧。"

"姐，你这是干啥？今天是不是发烧了？"宋书平被许一晗的直接表白吓了一大跳，马上说，"我现在的工作非常好，有事出警，没事时就玩。再说，我也没有什么天大的抱负，过一天算一天，说不定哪天就吃了枪子了。"

"闭上你的乌鸦嘴。既然你不愿意帮姐，就算了，还扯那些没有用的做啥？"许一晗见宋书平这么不解风情，心想自己的这一招已经失败。宋书平看上去老老实实的，肚子里的花花肠子却不少，自己以前还真是小看了他。要想让宋书平替自己办事，还得另想办法。毕竟宋书平是个不错的人选，从他以前执行任务时的表现来看，他比任何人都可靠，而且他还是一个特别精明的人。

"姐，如果没事，我就走了，我还要去上班呢。"宋书平知道此时是离开许一晗的最佳时机，再被她缠住，不知道她还要说什么话呢。

"滚！"许一晗看着宋书平借口上班要离开她，心里不由怒火升起，转身先行离开了。

看着许一晗远去的身影，宋书平的脸上有了让人不易觉察的笑容，然后转身朝许一晗相反的方向大步走去。

第二章

你的情商在哪里

　　站在百乐门舞厅的顶楼时，钮佳悦仿佛回到了几年前第一次来上海的情景，当她走到百乐门前，看到的不是上海的繁华，而是众多穿旗袍的女子。那些女子摆弄着各种风姿吸引过路的男人。钮佳悦明白那些女子哪怕是不吃饭，也少不了一件像样的旗袍。那些穿旗袍的女子，尽显温柔，风情万种。现在，钮佳悦终于明白了那些女子的处境，如果上海再继续这样沦陷下去，她们尽管风情万种，也不会有男人上去搭讪；如果没有男人搭讪，她们穿上再鲜艳的旗袍也毫无意义。

　　此时，百乐门门前几乎看不到穿旗袍的女子了，行人也少得可怜。突然一阵凉风吹来，钮佳悦心头一紧，准备转身下楼，发现李茜茜不知什么时候已经站在她的身后。

　　"你吓我一大跳。"钮佳悦没想到李茜茜会来到楼顶，而且是悄无声息的。今天，李茜茜卸掉了浓妆，乍一看，她也是一个典型的江南美女，柔情似水，有着江南美女妩媚的一面，让人爱恋，让人怜惜。如果李茜茜不是特别神秘的样子，钮佳悦一定会认为她是江南大家闺秀。有的舞女为了生活，什么事都干，也有的舞女是为了在舞厅钓一个金龟婿。舞女有时候挥金如土,有时候吝啬无比。她们在此出卖青春、出卖灵魂。可钮佳悦怎么看,这些都与李茜茜不相干,她除了浓妆艳抹之外,与其他舞女完全不一样。

"走,我们去吃早饭。吃完早饭,我带你去一个地方。"李茜茜莞尔一笑,脸上还露出两个浅浅的小酒窝。

在火车站没有查出从延安来的红灯笼,从钮佳悦嘴里也没得到一点有用的消息,李茜茜有些着急了。凭直觉,李茜茜认为钮佳悦是查找红灯笼的关键人物。钮佳悦虽然在李茜茜面前像是一个没有见过世面的小女孩一样,但她谈吐举止,又像是受过特别训练的。所以,李茜茜更加觉得钮佳悦与共产党有着密切的关系。

李茜茜知道朱佩玉当年爱上的男人叫钮卫国。虽然在重庆时,李茜茜没有与钮卫国见过面,但从谷海山嘴里得知,钮卫国是浙江湖州人士。钮佳悦说她住在上海乡下,但李茜茜怎么看,钮佳悦都像是湖州人,而且似乎与钮卫国有着不同寻常的关系。钮卫国有一个妹妹,只是李茜茜不知道她的名字,按年龄,与眼前的钮佳悦相仿。自己不认识钮卫国的妹妹,但上司谷海山认识。只要把钮佳悦带到谷海山面前,事情就会真相大白。如果钮佳悦真是钮卫国的妹妹,那么,就可以从钮佳悦身上查出许多秘密来。

在百乐门舞厅里,鱼龙混杂,李茜茜不可能在此地过多询问钮佳悦,这里一个看似弱不禁风的舞女,说不定就是七十六号安排的特工,或者与特高课有着密切的关系。

钮佳悦见李茜茜一直看着自己,却心不在焉,好像在想什么事。钮佳悦想,这李茜茜一看就是个老江湖,自己实际战斗经验还很少,决定想办法离开她去找刘雅诗。可联络站已经遭到破坏,刘雅诗已经不知去向。钮佳悦觉得自己像一只断线的风筝,不知道该飘向哪里。但留在李茜茜身边,自己的身份迟早会暴露。以前,一旦拿不定主意时,可以问李思瑶;到了延安,遇到事情可与沈妍冰商量。现在,在偌大的上海,只有自己孤身一人,还是敌占区,遇事只能靠自己。

一个人无论如何隐藏自己的一切,吃饭时都绝对会显现出真实的自己。所以,早饭时,李茜茜特地带钮佳悦去了西餐厅。她想看看钮佳悦如何用西餐,打算从中看出一些端倪来。

钮佳悦似乎明白李茜茜的意思，故意拿起刀叉做出一副不知如何吃那些西餐的惊恐样子，向服务生要筷子。

"佳悦，吃西餐要用刀叉的。"李茜茜漫不经心地提醒钮佳悦，看看她是什么反应。

"我吃饭都用筷子。"钮佳悦的脸红了，这种红晕是装不出来的。然后钮佳悦又很不好意思地低下头，拿着刀叉不知如何是好。

钮佳悦在延安经受了各种的训练和考验，特别是临场发挥的考验，只有在瞬间做出合格的反应来才能过关。钮佳悦从来都是在最短的时间内做出反应，每次都受到表扬。在文化知识方面，钮佳悦一直名列前茅，学习密码方面的知识，钮佳悦也是一点就通，还能举一反三。所以，李茜茜这点小把戏，钮佳悦根本不用考虑就能做出与本能一样的反应，而且让李茜茜看不出破绽。

"服务生，去拿双筷子来。"李茜茜怎么看，钮佳悦也不像装出来的。为了早点带钮佳悦去见谷海山，李茜茜不得不催促钮佳悦快点吃完早餐。

果然，钮佳悦拿着筷子就狼吞虎咽地吃了起来，弄得满脸都是。李茜茜想笑，却又笑不出来，只好随便吃了点，就站起身。看钮佳悦吃得津津有味的样子，又不禁摇了摇头。

这一顿饭，钮佳悦吃了很多，也吃得很快，然后慢吞吞地站起身来，打了一个十足的饱嗝，竟把一旁的服务生都逗笑了。

"好了，走吧。"李茜茜有些怀疑自己的眼光，钮佳悦真的与中共上海地下党有关系吗？但她又不能错过任何一个可疑对象。谷海山交代过，一定要抢在七十六号和特高课前面把沈妍冰抓到手。谷海山不是怕沈妍冰坏他的事，而是因为沈妍冰隐藏得太好了，不但骗过了日本特工花野真衣，也骗过了朱佩玉。直到她到了延安后，谷海山才知道她才是真正的红灯笼，真名叫沈妍冰。谷海山也因此损失了最得力的手下——朱佩玉。

李茜茜明白朱佩玉在谷海山心里的分量，她要改变谷海山对朱佩玉的看法，她李茜茜必须比朱佩玉做得更好。

出了百乐门的舞厅，钮佳悦抬头看了看天空，又把目光落在李茜茜身上，不知什么时候，李茜茜又变成了一个浓妆艳抹的舞女。

"这个女子真是千变万化，以后在工作中一定要防备她。"钮佳悦心里说，然后跟在李茜茜身边向前走。因为有了李茜茜在身边，钮佳悦多了一份安全感。因为很多人认识李茜茜，知道她是百乐门有名的舞女。

李茜茜带着钮佳悦东拐西拐，躲过街上的日本兵，尽管她们小心翼翼，却被一个警察拦住了去路。这个警察便是宋书平。宋书平嘴里叼着一支香烟，却没点火，一副吊儿郎当的样子，手里拿着一把手枪，枪口一直对着她们，尔后漫不经心地问道："大白天鬼鬼祟祟的样子，要到哪里去？"

钮佳悦心里一惊，但仔细看宋书平，更是一惊。昨天在火车站等人时，他在她的视野里出现过，当时有人叫他宋书平，只是宋书平在钮佳悦面前一晃，就不见了人影。钮佳悦当时没放在心上。现在想起来，这个宋书平非同一般。

李茜茜突然像变了一个人似的，朝宋书平抛了个媚眼，嗲声嗲气地说："原来是宋长官，你看我们穿成这个样子，会到哪里去？"

"我正问你呢。你们究竟要到哪里去？老实交代。要不然我把你们抓到局里关几天，看看你们嘴还严不严。"宋书平说着，左手从包里掏出一副手铐来。

"宋书平，老娘给你脸，你还真上脸了。"李茜茜翻脸比翻书还快，"你到舞厅里来，虽然没占到老娘多少便宜，但老娘给你找的姑娘还少啦？哪一个不是如花似玉的？你的良心真是被狗吃啦？"

"李西施，在舞厅里我是欠你的人情，但你要知道。这里是我管辖的地盘。现在，我询问你，是例行公事。"宋书平很是傲慢地说，"你现在领着一个陌生人离开舞厅。万一你带走的人是共党分子，我可交不了差。"

"宋书平，饭可以乱吃，话可别乱说。你说她是共党分子，证据呢？"李茜茜本想走小弄堂快一点到谷海山那里，却不知半路杀出一个宋书平来，还口口声声说钮佳悦是共产党，别提心里有多气。

"我说她是共党分子她就是共党分子，还需要什么证据？你看我们警察什么时候讲过证据？"宋书平仍是一副傲慢的样子。

宋书平与平时判若两人，让李茜茜十分生气，但她又不能真生气，怕生气过头，宋书平真的把她和钮佳悦抓进警察局里，那可不是闹着玩的。

"宋书平，你不是想讹诈钱吗？来，老娘身上还带了一些钱，拿去买酒喝。"李茜茜说着将一大把钱给宋书平递了过去。

宋书平没想到李茜茜会来这么一手，下意识地躲开时，李茜茜已经上前，朝宋书平拿枪的手就是一脚，一下子踢飞了宋书平手中的枪。待宋书平反应过来时，李茜茜已经抢先一步捡起了宋书平的手枪并对准了他。

"宋书平，咱们平时井水不犯河水，这是你逼我的。"李茜茜说完又对钮佳悦说，"你先走，我马上就来。"

"走哪条路？"钮佳悦冷静地问道，她知道李茜茜此时惹麻烦了。

"往那边走。"李茜茜扭过头对钮佳悦说，却没注意到宋书平一下子移到钮佳悦身边，一把抓住了她，并把她当作人质。

"李西施，我手里有人质，你开枪啊。"宋书平很是得意。

"你……"李茜茜没想到宋书平会来这么一招，随即扣动了扳机，枪却没有响。

"枪里根本没有子弹。"宋书平狡猾地笑着说，从口袋里又掏出一把小手枪说，"可这把枪里有子弹。"

"你……"李茜茜没想到她上了宋书平的当，真想上去一把抓住宋书平，狠狠地咬他几口。

"既然你没话可说，那就跟我走吧，到局里把这事讲清楚，还有啊，你夺我的枪，就是扰乱我办公事，要罪加一等。"宋书平十分得意地说。

钮佳悦没想到事情会是这样，心里马上平静下来。心想，宋书平怎么在这里出现，还出口说自己是共产党呢？难道自己在火车站等人，身份暴露了？不可能啊。自己这身打扮与普通乡下人进城一样，他怎么会怀疑到自己的身上呢？他肯定是在诓骗自己。如果现在不逃走，更待何时？钮佳悦见宋书平与李茜茜正说话，一用劲，便挣脱宋书平的手，一口咬在宋书平拿枪的手腕上，宋书平痛得"哎哟"一声，手枪被钮佳悦打掉在了地上。见状，钮佳悦急忙朝一条小巷里跑去，李茜茜则朝另一条巷子里跑去。

"跑得好快。"宋书平捂着两排牙印的手,摇了摇头。

刘嫂刚打开饭馆的大门,阿胖就跑了进来,迫不及待地让刘嫂给他烧一桌好吃的菜,还特别说明今天给现钱,绝不赊账。阿胖决定奢侈一次,是因为钮佳悦给了他一些钱,阿胖从没有见过这么多的钱。阿胖当扒手也有好些年了,但得手的机会却不多。阿胖当扒手时,从不敢找富人下手,也不敢找穷人下手,富人惹不起,穷人没钱。所以,阿胖专找那些单身的贵妇人或有钱的女子下手,即便她们发现了,他也会仗着自己是个大块头,吓得她们不敢吭声,自认倒霉。就像昨天,阿胖去抢三个女子的包,只是三个女子都是厉害的角色。当然,阿胖想不到李茜茜名为百乐门的舞女,实为军统特工,花野洋子看似是一个日本普通女子,却是特高课的特工。只是钮佳悦不同,让阿胖对她有了一种亲切的感觉。要不是钮佳悦给钱换回小包,阿胖今天的早饭仍然不知道在哪里。

很快,刘嫂就烧好了饭菜,刚给阿胖端了过来,强哥就出现了。强哥看到桌上的饭菜很是意外,便问阿胖:"你小子发财了?有这么多好吃的,也不叫我一声。"

"是表哥啊,侬咋想起来这里?"阿胖有好一阵子没见到强哥,只是阿胖觉得这个表哥平时从不照顾他,今天突然出现,肯定没好事。但阿胖不在乎,今天身上有钱,自然要在强哥面前表现一番,又说:"表哥,侬先坐,阿拉让刘嫂再烧几个菜,再来一瓶老酒。"

"阿胖,哥平时对你好不好?"强哥知道阿胖能吃,只是没想到他今天一个人要了那么多的菜,肯定是阿胖干了一大票。这么好的事,居然让阿胖捡了个便宜,今天一定要搞清楚,是谁这么倒霉。于是,强哥又说道:"闷声发大财,也不告诉哥一声,让哥也发一次财。"

"表哥,阿拉哪里发财了。只是阿拉遇到了一个好人,她给了阿拉好些钱。"阿胖虽不知强哥的来意,但也没有藏着掖着,又问道,"表哥,侬找阿拉有啥事情?"

"唉,一言难尽……"强哥欲说又止,其实是他心里太难受了。昨天悔不该胡乱答应花野洋子在一天之内找到红灯笼。如今一天的时间已经过半,强哥动用了手下许多小弟去寻找,仍没有一点关于沈妍冰的消息。强哥才决定去找阿胖帮忙。阿胖认识扒手界的一帮人，只要阿胖肯帮忙，让扒手界的朋友都帮忙寻找，就多了一分胜算。强哥也知道花野洋子是一个心狠毒辣的日本特工。以前亲眼见她一刀杀死一个逃跑的中国人，连眼都没眨一下。强哥混迹于上海滩，但从没杀过人，顶多也就是打打人，只要对方服软，或者对方把钱交出来，他就会放过人。有时候，强哥认为自己是一个心狠手辣的人，只是在花野洋子面前是小巫见大巫。日本人从来就不相信中国人，要不然，强哥早就投靠日本人了。

"有啥话，尽管讲。"阿胖看着桌上的饭菜早就馋得直流口水，强哥要说不说，他才懒得去听，夹起菜就迫不及待地吃了起来。

"帮我找一个人。"强哥说。

"啥人？"

"一个从延安来的叫沈妍冰的女人。"

"做啥？"

"不要问为什么，只要你帮我找着她，钱少不了你的。"

"阿拉才不去呢。阿拉每次帮侬办事，侬都讲有钱，结果一个铜板都没得。还是那个小姐姐好，阿拉都不认得她，她就给了阿拉很多钱。"

"她是什么人？会出手这么大方？"强哥觉得阿胖遇到的人肯定不一般，不由追根究底，"她长成啥样？"

"那个小姐姐，好像从乡下来的。"阿胖说完，把他昨天遇到三个女人的事给强哥说了，"哥，阿拉是运气好，还是那个小姐姐好？"

"小姐姐？她叫什么名字？"

"钮佳悦。"

"钮佳悦？"强哥没有把阿胖后面的话听进去，只觉得阿胖的遭遇太不可思议了，三个女子中，除了李茜茜外，其中一个是花野洋子，但他实在猜测不出钮佳悦是谁，这个名字太陌生了。

"你说说，那个钮佳悦长什么样子？她身上除了一个小包包外，还带了什么东西？"强哥想知道一个究竟，却被饭馆老板刘嫂打断了。

"是强哥啊，这么早来店里，也不说一声，我也好为你准备几道好菜。"刘嫂向强哥打招呼。

"刘嫂啊，几天不见，你又长漂亮了。"强哥有好些日子没来刘嫂饭馆里吃饭。强哥有时候在想，三十多岁的刘嫂，个子不高，人也不胖不瘦，却特别精明，在这一带是出了名的厉害角色，很多混混都不敢惹她，其中就包括强哥自己。有人说刘嫂的后台是日本人，也有人说她的后台是七十六号，但强哥从没弄清楚刘嫂的后台到底是谁，因而，在刘嫂饭馆里，他从不敢造次，反而对刘嫂多了一分尊敬。

"强哥，你又笑话嫂子我了。"刘嫂说完，又对阿胖说，"阿胖，嫂子给你准备了一道好菜，你怎么忘记了？"

一听有好菜，阿胖不由咽了咽口水，问道："刘嫂，啥好菜？咋没端上来？"

"你忘记啦？你不是想吃湖州的千张包子吗？我店里正好有，刚才只顾着忙活，放在厨房的锅里，你自己去端吧。"刘嫂急着把阿胖支走，是有话要对强哥说。

阿胖还真喜欢吃湖州的千张包子，听刘嫂说已经煮好了，起身往厨房里跑去。

"刘嫂，你把阿胖支开，有几个意思？"强哥见刘嫂有意支开阿胖，心里有些不爽。

"阿强，你这是哪里话？阿胖喜欢吃千张包子，我让他自己去厨房端，有何不妥？"刘嫂装着糊涂的样子。

"刘嫂，你那点心思，我还不清楚吗？说吧，有什么事说给我听。"强哥今天是来找阿胖帮忙的，刚刚听到阿胖说钮佳悦，觉得非常可疑，还没打听清楚，就被刘嫂搅和了，心里很是不舒服。阿胖一走，刘嫂便坐到桌前。

"阿强，你在这一带也是非常有名气的，我向你打听一个人，不知道方不方便。"刘嫂看出了强哥有些着急的样子，又说，"我不会让你白帮忙的，事成后我会重谢。"

"重谢我？是黄金，还是当官？我可不吃你这一套。你刘嫂在这一带也是出了名的抠门。帮你办事可以，先出钱，再谈事。"今天刘嫂给再多的钱，强哥也不能答应下来。因为花野洋子给他的时间不多了，花野洋子可是一个说到做到的人。他强哥不为自己考虑，但不能不为父母考虑。强哥虽然在外面混社会，却是一个十足的孝子。尽管很多事都背着父母做,但强哥也有他的原则。有时候,强哥也怀疑自己还是不是一个上海滩的小混混,很多混账的事情能做又做不出。就像阿胖一样,名义上是一个扒手,却专门找"软柿子"捏。说白了,强哥与阿胖一个是半斤,一个是八两。

"阿强,话不要说得太满,好不好?"刘嫂突然站了起来,说,"阿强,你好歹也算是混社会的人,求你办点事,你却推三阻四。你真以为离开了你,我就找不到人了? 我看阿胖比你行,我让他帮我办事,绝不会推三阻四。"

"阿胖? 你以为他真能办成事?"强哥非常不满刘嫂的话,又说,"要不是看在阿胖是我表弟的份上,我才懒得理他。就他那一身肉,能办成大事? 可以说,在这一带,没有人办事比我强哥行。但是,我今天就不答应帮你办事。"

"表哥,侬讲啥呢?"强哥说此话时,阿胖正端着千张包子出来,听到强哥那么贬低他,心里很是失落。阿胖原以为强哥是他的表哥,处处都会替他着想,没想到他在强哥心里竟然一文不值。

"阿胖,你听我讲,我不是这个意思。"强哥刚才只顾讲话,竟把阿胖忘记了。

"表哥,阿拉与侬的关系到此为止,以后各走各的路。"强哥以为阿胖即使听到了,也不会计较,谁知道阿胖把千张包子往桌子上一放,往饭馆外面走去,走到门口,又折身回来,把钱往桌上一放,"刘嫂,这是阿拉的饭钱。他的饭钱让他自己出。"

"阿胖,阿胖,你等等,听表哥给你解释。"强哥站起身来要去追阿胖,却被刘嫂拉住了。

"阿强,咱们也算是熟人,阿胖已经说了,他只给他的饭钱,你是社会上混的,吃了饭不会不给钱吧?"

"刘嫂,你放开我。我要去追阿胖。"强哥被刘嫂拉住,一时走不了,心里更加着急了。阿胖怎么说也是自己的表弟,只要好好地给他解释,他肯定还会帮自己的忙。

"阿强,我的饭馆是小本生意,你不会是想赖账吧?"刘嫂拉住强哥,就是不放手。

"你……你成心让我出丑,是不是?"强哥一边说着,一边掏出一把钱放在桌上，"这些钱够了吧？"

"这还差不多。"刘嫂笑着说，"这钱有多，要不，我再给你炒几个菜？再给你热一壶老酒？"

"那你还不放手？"刘嫂的手劲特别大，被她拉住，强哥竟然挣不脱。强哥突然发现这个刘嫂很陌生，她一个女人哪来那么大的劲？以她的姿色，怎么会在这里开一个小饭馆？而且一开就是好几年。她的饭馆能在这里延续这么长的时间，确实是个奇迹。但这个想法在强哥脑海里只闪现了一下，现在最迫切的事是找到阿胖，让他赶紧找人打听沈妍冰的下落，不然，父母被花野洋子抓去了，那可就是有去无回。

"我把多余的钱给你。"刘嫂说着，松开了强哥，把多余的钱给了强哥。强哥拿过钱往口袋里一放，飞也似的跑了出去。

看着强哥心急的样子，刘嫂笑了笑，然后拿起桌上的钱，急忙向厨房走去。厨师见刘嫂进去后，便忙摘下了帽子，露出一头秀发。厨师竟然是个女子，她急切地问道："姐，事情办得咋样了？"

"雅诗，正如你说的。强哥在背后说阿胖的坏话，阿胖听到就跑开了。"刘嫂笑着回答。刘嫂对面这个叫"雅诗"的女子正是刘雅诗，是刘嫂的亲妹妹。刘嫂的真名叫刘雅芝，姐妹俩是潜伏在上海的中共地下党员。

"姐，现在上海这么乱，我非常担心她的安全。"刘雅诗非常担心地说，"延安那边的人说派一个代号叫红灯笼的高级密码特工来上海，怎么来的是一个十几岁的小女孩子？"

"雅诗，你知道这个钮佳悦的底细？"刘嫂不明白刘雅诗的话。但她知道凡是来上海潜伏，执行特别任务的人至少也有一技之长，而且以男同志居多。刘雅诗虽然是个女子，但她在上海潜伏也有好几年了。每次都出色地完成了任务，只是也有几次遇险，如果不是其他同志的配合与营救，刘雅诗恐怕早已进了七十六号魔窟了。

"她啊，她是钮卫国同志的妹妹。我以前常听钮卫国同志提起他的这个妹妹，这是很多年前的事了……"刘雅诗好像回到了1936年的春天。

刘雅诗与李思瑶是同学，后来又一起学医。学成归来，刘雅诗奉上级党组织的命令,前往上海潜伏。在上海,钮卫国是刘雅诗的上级,钮卫国运用关系,把刘雅诗安排进上海公济医院里当医生。1937年夏天,钮卫国奉命保护一批文件撤退到重庆,刘雅诗便孤身一人留在了上海,一直到现在。后来,党组织陆续派其他同志来到上海,最终他们都联系上了刘雅诗。刘雅诗与刘嫂又重新开始了地下工作。

"你是说她就是一直潜伏在军统内部,后来牺牲的钮卫国同志的妹妹?"刘嫂与刘雅诗是亲姐妹,当然知道钮卫国的事情,只是没想到党组织派来的人竟然是钮卫国的妹妹钮佳悦。

"是啊。只是我一直想不通,钮佳悦还只是一个小女孩,她在1937年家乡被日军轰炸后就来上海寻找钮卫国,途中与我党的李思瑶同志相遇,后来被抓到大桥监狱里,出狱后一起去了重庆。李思瑶在重庆牺牲后,她独自一人护送沈妍冰同志去了延安。"刘雅诗感慨地说,"当时,她离家来上海时才十二岁。如今五年过去了,她也该长成大人了。"

"她有什么特长吗?"刘嫂实在想不出延安派钮佳悦来上海的原因。

"现在不是谈她有没有特长的事,既然她来到了上海,我们一定要找到她,好好地保护她,这样才对得起钮卫国同志,也才对得起党。"刘雅诗也有些不明白上级党组织为什么派钮佳悦来上海,但延安方面既然做出这样的决定,肯定有他们的道理。此时,刘雅诗心里还是希望党组织派那个密码高手、代号叫红灯笼的沈妍冰来上海。她们在一起可以监听和破解许多日军的密电文。

"我们想办法找到阿胖,详细了解钮佳悦去了什么地方。"刘嫂分析说,"强哥虽说只是一个小混混,他在上海滩还是有些力量,不能小觑他。从强哥向阿胖打听钮佳悦的情况来看,他背后的人不是军统,就是七十六号或日本特高课。无论强哥为哪一方做事,只要得知了钮佳悦的下落,那么钮佳悦就会十分危险。"

"如果不是我们的联络点暴露了,也不会出这么多的事。可是,姐,你说我们该如何寻找钮佳悦?"刘雅诗一直没弄清楚,那么秘密的联络站为什么说暴露就暴露了,要不是提前得到消息,她和其他同志就危险了。

"雅诗,这几天你去医院上班时,也要注意。另外也要打听一下钮佳悦的下落。"刘嫂嘱咐刘雅诗。

"姐,你有时间也要去打听钮佳悦的下落。"虽然刘雅诗现在的落脚点在刘嫂的饭馆里,但她白天去医院上班,没有多少时间打听钮佳悦的下落,只能让刘嫂去打听。刘嫂也不能老在外面跑,毕竟她是饭馆的老板。刘嫂说是饭馆的老板,其实饭馆里就她一个人。如果她不在饭馆里待着,而是到处跑,迟早会引起敌人的怀疑。

"你说的对。我们必须尽快找到钮佳悦,弄清她来上海的目的。"刘嫂听了刘雅诗的话,也有些犯难。

"看来,我们只能利用阿胖找钮佳悦了。"刘雅诗沉思了一会儿,把她的主意对刘嫂说了。

"雅诗,还是你的主意多。这样吧,我马上去找到阿胖。我还是比较了解阿胖的,虽然他有些呆头呆脑,但做事足可以让我放心。如果不是因为穷,阿胖也不会走上那条路。只要给他一些钱,再加上好好地教导他,我相信,要不了多久,阿胖会走上正道的。"刘嫂与阿胖认识也有好几年了。当年,刘嫂的饭馆刚开张时,阿胖还小,饿极了,跑到刘嫂的饭馆里,拿起两个馒头就跑,但被人拦了下来。刘嫂没有怪罪阿胖,而是又拿了几个馒头放在阿胖手里,告诉他,如果饿了就来饭馆找她。后来,阿胖也经常到刘嫂的饭馆里,再也没有偷东西,吃了饭就付钱,有时候没钱了,他先欠着,等有钱了就全部付清。但后来,阿胖就几乎不来了。

花野洋子有些坐不住了。她还是不放心强哥,毕竟强哥只是支那人中的一个小混混,像强哥这种混混有奶便是娘,怎能甘心为大日本帝国做事?要让这种人心甘情愿为自己服务,那只有一个办法,就是一定要拿住他的痛处。

花野洋子打定主意,便走出特高课,这次她仍是一个人行动。这样的事情,她不想惊动任何人,包括特高课里的人。花野洋子知道特高课的人都看不起她,在来特高课之前,她只是一个慰安妇,任何男人都可以占有她,在她的身上得到满足,直到她来到上海后,才知道生活可以这么过。特别是在打听到姐姐花野真衣的死讯后,她更想要干出一番惊天动地的事业来，不但要替姐姐报仇，还要让特高课的所有人知道她花野洋子是一名出色的特工。

花野洋子走出特高课后，许一晗便在后面不紧不慢地跟着她。许一晗得到消息，延安派沈妍冰来上海执行一项特殊任务。许一晗在火车站守了三天，都没有发现沈妍冰的影子，如今又一天过去了，一样杳无音信，许一晗很是不爽。特别是她发动宋书平参与她的这个任务，可宋书平爱理不理，又让她特别生气。虽然七十六号在上海可以一手遮天，但权力没有梅机关大，更别说特高课，而且各方面都要向梅机关汇报情况，而梅机关还得向特高课汇报。这次，特高课派出抓捕红灯笼的人居然是花野洋子。许一晗一直看不起花野洋子，她认为这个日本慰安妇当上特工后，一直对她的工作指手画脚。许一晗私下里对手下说，老娘在七十六号当特工时，她花野洋子还不知在东北陪哪个日本军人睡觉呢，到了特高课，竟然一副高高在上的样子。所以，许一晗一直对花野洋子不满，在抓捕共产党时，花野洋子不但抢了她的风头，更是随时随地辱骂七十六号的任何一个人。有时候，许一晗也想骂人，上天既生了她许一晗，又何必再生一个花野洋子呢？许一晗认为花野洋子就是她的克星。

昨天，许一晗看到无计可施的花野洋子居然去找社会小混混强哥来帮忙。而且竟然用强哥的家人做要挟，让强哥办事。许一晗也明白，这么多人在寻找沈妍冰，最终都无功而返；强哥虽然是社会上的混混，他也未必能在这么短的时间内找到沈妍冰。但也不能小看强哥这个人，他既然夸下了海口，说不定会通过他的渠道找到一些线索。这也正是花野洋子为什么要找他。或许，强哥比上海滩的包打听还要灵验。自己何不找到强哥，让他把消息先卖给自己？这样，既断了花野洋子的退路，自己也就事半功倍了。

许一晗打定主意，先跟踪花野洋子，一旦她与强哥接上头，自己再从中使坏，趁机带走强哥。

然而，花野洋子的行事令许一晗特别意外。花野洋子到了强哥的家里，并没有问强哥去哪里了，而是直接用手枪顶着强哥的父母，让他们跟她走一趟。强哥的父亲稍微反抗，花野洋子就用枪柄直接砸在了他的头上，顿时鲜血直流。花野洋子的凶狠毒辣，许一晗自愧不如。这日本鬼子真是毫无人性啊。许一晗曾审问过很多军统和共产党的特工，用过很狠毒的刑具，有的人挺了过来，有的人就没那么好运了。

花野洋子押着强哥的父母往城外走，躲在暗处的许一晗此时心里又有了一个想法，决定继续跟踪花野洋子。看她把强哥父母藏在什么地方，到时候找强哥替自己办事时，也就有了筹码。许一晗打定主意时，发现花野洋子押着强哥父母上了一辆小汽车，小车径直往城外驶去。

"她要把他们送到城外藏起来！"许一晗惊得差点叫出声来。她赶紧叫了一辆黄包车跟上花野洋子的汽车。可是，黄包车夫毕竟只有一双脚，根本追不上汽车，许一晗只得叫黄包车夫停下。她记住花野洋子远去的汽车的方向，心想，黄包车无论如何都追不上汽车，再追下去肯定是徒劳，何不等到天黑后再去打探？许一晗打定主意，便转身回城。

花野洋子的汽车向前行驶了一段路程后，在一宽阔处停了下来。花野洋子下了车，点燃了一支香烟，连吐了几个烟圈。

花野洋子连抽两支香烟后才上车，吩咐司机将车子调头，又朝城里的方向开去。在路上，花野洋子像是自言自语地说："许一晗，想跟我斗，你还嫩了点。"

钮佳悦一路奔跑，几乎辨别不清方向，跑了好一阵子，才停下脚步，发现并没有人追过来，便坐了下来，直喘气。她不明白，李茜茜那么小心的一个人，带着自己走小巷，躲开日本兵，怎么遇到了警察呢？而且这警察只有一个人，他好像知道她们的行踪一样，不但准备了两把手枪，其中一把还没有子弹，好像还知道李茜茜会夺去他的手枪一样。而自己居然能从他的枪口下跑出来，这太奇怪了，就像天方夜谭一样。钮佳悦觉得好像有人专门布了局，只等她钻进去。现在总算跑了出来，只是不知李茜茜跑到哪里去了。在偌大的上海滩，如果没有熟人带路，自己又到哪里去找刘雅诗？想到这里，钮佳悦有些惆怅起来，在上海城里自己居然不能正常行走，还要躲躲藏藏的。这可是在自己国家的土地上啊。

"该死的日本鬼子，不在自己的国家待着，偏要跑到中国来烧杀抢掠。"钮佳悦喘了一口气，在心里暗自骂起日本鬼子。突然耳边传来了轻微的哭声，而且这个哭声很是熟悉。

"是谁在哭？"钮佳悦此时怕日本鬼子或那些警察忽然出现，因此，她非常小心地朝哭声走去，发现坐在那里低声哭泣的人是阿胖。他怎么在这里哭泣呢？阿胖不是一个扒手吗？他还抢了自己的小包包，最后拿钱给他才换回来的。小包包里虽然没有值钱的东西，但这包是沈妍冰送给钮佳悦的礼物，价值不大，但意义非凡。所以，钮佳悦哪怕是舍钱也要把小包包换回来。

"估计他在抢东西时被人打了吧。"钮佳悦想，又折身回来，她此时不想见到阿胖，虽然阿胖的遭遇令人同情，可他抢别人的东西时，又是那样可恶。这样的人应该让别人教训一番，让他长长记性。再说他有手有脚，在国家危难之际，不想如何报效祖国，偏偏做有损同胞的事情。

想着阿胖的事情，钮佳悦忘记了自己还处在危险之中。得，现在赶紧离开这个是非之地。钮佳悦刚想转身走人，便被抬起头来的阿胖看到了，喊道："小姐姐，侬是一个好人。"

钮佳悦哭笑不得，自己还是被阿胖发现了。世上又有哪个女子会拒绝别人夸她？因此，钮佳悦停住了脚步，说道："姐姐当然是好人。"

"小姐姐，侬真是一个大好人，是阿拉见到最好最棒的好人。"阿胖不知怎么的，见到钮佳悦就像见到亲人一样，马上擦干脸上的泪水朝钮佳悦走了过来。

"你……阿胖，是吧？你站住……你不要过来。"在没有弄清阿胖的意图之前，钮佳悦绝不会让阿胖靠近她，说不定，阿胖趁自己不注意，又一次抢走自己手中的小包包，这次可没有那么多钱把小包包换回来。而且，自己刚才经过一段时间的猛跑，全身乏力。如果阿胖再抢了小包包就跑，自己哪里追得上他？

"小姐姐，侬别害怕。阿拉是来找侬的。"阿胖说着又哭开了，"阿拉是来感谢侬的。阿拉以为这辈子都见不到侬了。"

"你感谢我啥？"阿胖的话让钮佳悦有些茫然。

"是侬让阿拉看清了一个人。"阿胖说着哭得更厉害了。如果不是钮佳悦给了他钱，他不会去刘嫂的饭馆里吃饭，也不会碰上表哥强哥。如果不是刘嫂说饭馆里有湖州的千张包子，他不会去厨房，不去厨房也就听不到表哥的话。阿胖没有想到自己在表哥的眼里竟然一文不值，他还让自己帮他找钮佳悦。在阿胖的心里，钮佳悦就是一个好人，绝不能让表哥找到她。

"你看清了谁？"钮佳悦听了阿胖的话，更是云里雾里。

"阿拉表哥派人寻找侬，也让阿拉来找侬，阿拉没有答应他。"阿胖又擦了擦眼泪说，"姐，他是个坏人。"

钮佳悦突然感到事情有些严重，自己来上海，在半路上换了交通方式，又绕了道，绝对隐秘，怎么这么快就有人知道自己的行踪了？阿胖又不像在说谎话，他也没有必要对自己说谎。而且自己与阿胖就见过一次，如果不是他抢了自己的小包包，也许他们不会有什么交集。现在与阿胖有了交集，他还把他知道的事情也说了出来。

"阿胖，到底是怎么回事？"钮佳悦尽管还是提防着阿胖，怕他撒谎或者有别的企图，但如果不问他，肯定不会知道事情的真相。

"阿拉早上在刘嫂那里吃饭时，阿拉表哥就出现了……"阿胖擦干眼泪，把早上的事情说了一遍。

"原来是这样。"钮佳悦此时心里不慌了，她知道自己此时不能慌，而是要想办法躲过那些人的寻找。现在唯一的办法就是找到她的接头人刘雅诗，可刘雅诗又去了哪里呢？

"姐姐，我可以带你去见一个人。她这个人特别好。我想她肯定会帮你想办法的。"阿胖自告奋勇地说。

"见一个人，谁？"钮佳悦多了一分警惕。她不得不考虑，毕竟阿胖只是一个见了一面的人，相当于陌生人。上海滩鱼龙混杂，形形色色的人多的是，弄不好自己的身份就暴露了。

"她就是刘嫂饭馆的老板刘嫂。她真是一个好人。当初阿拉没有饭吃，偷她饭馆里的馒头时，她不但没有怪罪阿拉，还给了阿拉很多馒头。"阿胖永远都记得刘嫂的好。钮佳悦也是一个好人，他不能让表哥强哥把钮佳悦带走了。他要跟强哥反着来。强哥越是想找的人，他就越是不告诉他。他要让强哥知道他阿胖也是一个聪明人，是一个不能随随便便得罪的人。只有把好人介绍给好人，他阿胖以后没饭吃了，说不定好人会给他一口饭吃。这是阿胖做人的原则。

其实，阿胖早就看到了钮佳悦，他之所以哭，是想着他与钮佳悦的年龄相差不多，钮佳悦却比他懂事，像一个干大事的人，对人也好，不像强哥，成天只知道欺侮别人。而且强哥要找的人一般都是好人，好人就不应该受欺侮，所以，他不希望钮佳悦被强哥找到。

"刘嫂?"钮佳悦不知道刘嫂是什么人，自己怎么能随便跟着阿胖去见一个不认识的人呢? 可眼下，又无别处可去，该如何是好?

第三章

上海滩前的暗涌

　　从上海到重庆，从重庆到上海，再从上海到重庆，又从重庆到上海，谷海山在两地往来了无数次。每一次从重庆到上海，谷海山都没有想着能活着回重庆，尽管经历了无数次的生死考验，也看到了无数人的死亡，以至于谷海山看到死亡都麻木了，但每次谷海山都挺了过来，为的是有朝一日能看到希望的曙光。这一次，谷海山又来到上海，但他不是来旅游，更不是来这里喝茶聊天的，他不为别的，只为躲在某个角落里运筹帷幄。这一次，他还给自己增加了一个任务，亲手抓到从延安派来上海的沈妍冰。谷海山之所以想亲手抓住沈妍冰，不但是因为沈妍冰能破译各类密码，监听各种电台，还有一个目的，为朱佩玉报仇。

　　谷海山当初选中朱佩玉作为重点培养对象，是因为朱佩玉才干出众。只是没想到，成为军统高级特工后的朱佩玉为情所困，特别是她与钮卫国悄悄结婚后，就好像变了一个人似的。尽管这样，朱佩玉每次出任务，都不会令谷海山失望；但是，朱佩玉最终还是为情而死，为爱而死，也让谷海山失去了抓捕沈妍冰的好机会。谷海山失去朱佩玉，失去的不只是左膀右臂，而是一颗心。

谷海山一直觉得沈妍冰应该为国民政府服务，现在却成了共产党，这不仅仅是朱佩玉的失职，也是他谷海山的失职。谷海山觉得自己不配在军统里待着，以前，他认为自己只要喝茶看报，就能运筹帷幄，但这显然是一个错误。因此，谷海山特地请示了上峰，派他到上海去，哪怕只是担任军统设在上海的一个小小的站长，也不愿意再在重庆待下去。就这样，谷海山来到了上海，开始了他的新工作。

谷海山狠狠地吸了几口香烟，拿起桌上的情报看了又看。沈妍冰来上海有好几天了，派了多路特工出去打听，都无功而返，谷海山不得不使出他的另一张王牌——一直潜伏在百乐门舞厅的特工李茜茜。只要李茜茜一出马，没有办不到的事。可是这次，李茜茜似乎也遇到了麻烦，这不，她有些日子没向他汇报了。今天，又到了李茜茜向他汇报情况的日子。尽管已经超过约定的时间了，仍没见到李茜茜的身影，但谷海山觉得她一定会来。

"难道她也遇到什么麻烦了？"谷海山不敢多想，每想一次，就觉得头痛得特别厉害。他点燃香烟，走到窗前，看着不远处的黄浦江，感到特别孤独、惆怅、失落。谷海山觉得看似平静的上海滩其实暗涌波动，将掀起一场狂风暴雨。

李茜茜跑了很久，才发现自己只顾跑，竟不见了钮佳悦的踪影。李茜茜有些垂头丧气，这事要被谷海山知道了，她又该如何去面对？作为资深军统高级特工，李茜茜有些怀疑自己的能力了。早上，一切情况都还在她掌握之中，突然冒出来的宋书平打乱了她的计划。宋书平不但为日本人办事，还经常帮日本人对付军统和共产党。如果李茜茜不是怕暴露身份，她相信，今天躺在地上的人肯定是宋书平那个汉奸，她绝不会这样狼狈。

宋书平常常在令人意想不到的时候出现，像个幽灵一样。李茜茜清楚地记得，上一次她奉命跟踪一个共产党，眼看就要得知那个共产党的落脚点，也是这个像幽灵一样的宋书平突然出现，导致她错过了抓捕那个共产党的机会。宋书平也常跟一些日本人去百乐门舞厅，只是他从不跳舞，板着脸站在那些日本人身边，就像守候他亲爹一样。对于汉奸，李茜茜对他们从没有好脸色，但在百乐门舞厅，她不得不强装笑脸，左右逢源。现在，李茜茜不由担心起来，经过这次事情，她回到百乐门后，万一宋书平带人来查她，又该如何解释？在以后的工作中如何摆脱宋书平，这也是李茜茜急需解决的事情。

"得，还是先去谷海山那里汇报工作吧。"李茜茜想了想，便朝与谷海山约定的地方走去。李茜茜边走边想如何在谷海山面前把这件事情掩盖过去，却与一个人撞了个正着。

"你没长眼啊？"李茜茜头也没抬，就来气了。

"你眼瞎了啊？"对方也不示弱，开口就骂道。

李茜茜一听更是气，抬起头看到被撞的人，差点气得吐血。撞她的人是七十六号的许一晗，正拿着枪对着她。

许一晗也看清了眼前的是李茜茜，便用鄙视的眼光看着她，讥讽道："我当是谁呢？这不是百乐门的那个叫什么的舞女吗？这么巧啊，在这里都能碰到你，不知是我的不幸，还是我走了狗屎运。"

李茜茜当然认识许一晗，七十六号行动处副处长，这个杀人不眨眼的女魔头，早就上了军统的黑名单，只是一直没有机会除掉她。有一次，李茜茜带着锄奸队暗杀许一晗，许一晗事前得知消息躲了起来。虽然杀了几个七十六号的汉奸，但李茜茜也损失了好几名特工。从此，许一晗神出鬼没地单独行动，让人捉摸不透她的行踪。今天在这里遇到许一晗，李茜茜不服软不行，如果她与许一晗单打独斗，肯定是半斤八两，可四周都是警察和日本宪兵在巡逻，如果一击不中，就有可能引来了警察和宪兵，那可就麻烦了，自己的身份也就暴露了。因此，李茜茜马上换成一张笑脸，恭维起许一晗来："原来是许副处长啊，又在执行公务啊。我挡了你的路，我马上让开，马上让开，还请你多多原谅。"

"这还差不多，算你识时务。"许一晗收起了手枪，又说，"以后见到我们七十六号的人，躲远点，不要怪我没有警告过你。如果有下一次，相信你没有这么好运了。"

许一晗之所以没有怪罪李茜茜，是因为她此时的心情太好了。刚刚跟踪花野洋子回来，得知了花野洋子的秘密，只要等到天黑，她便可以去那里把强哥的父母接回来，安顿到一个隐秘的地方。既然宋书平不愿意与自己合作，那么先把强哥招到她的名下，她就多了一个得力助手，何乐而不为？李茜茜撞到她，只不过是一段小插曲，没必要对一个舞女进行打击。所以，许一晗也懒得与李茜茜计较，转身便走。

看着许一晗远去的身影，李茜茜背上全是汗，今天怎么尽是倒霉的事。好好的计划全部泡汤不说，还差点惹到七十六号的女魔头。李茜茜此时的心情特别复杂，今天有除掉许一晗的好机会，但李茜茜转念一想，在没有找到沈妍冰之前，就让许一晗多活一阵子吧。

李茜茜不敢再耽误时间，在心里默默地念着，路上千万不要再遇到其他找自己麻烦的人。可倒霉的事情好像跟着李茜茜似的。她没走多远，又被强哥拦住了去路。

强哥是出来追赶阿胖的，追过了几条街，都没见到阿胖的身影，又跑到阿胖家里去找，见门紧锁着，又翻院墙进屋里看，仍没见到阿胖的身影。强哥很清楚，他今天的话深深地刺痛了阿胖的心。这事也不能全怪刘嫂，只能怪他的嘴太臭，明知阿胖在那里，还要顺着刘嫂的话说阿胖的坏话。这事要是放在他身上，也一样会生气。如果没有阿胖的帮忙，强哥又到哪里去找延安来的红灯笼？再说，他在花野洋子面前夸下了海口，眼看时间马上就到了，再找不到阿胖，父母真要被花野洋子带走了，那时候，他可真是欲哭无泪啊。

"哎哟，这不是李西施吗？怎么这么巧，又遇到你了。"李茜茜是百乐门最漂亮的舞女，强哥一直没有机会这么近距离地接触她。每次去百乐门舞厅时，李茜茜都被人搂着跳舞，强哥也希望自己有一天光明正大地搂着她跳舞。可几年过去了，强哥也没能如愿以偿。虽然强哥在上海滩混得不错，但与日本人相比，他连个看门的狗都算不上，不过强哥总觉得自己终究会有发达的那一天。只要发达了，他要做的第一件事就是到百乐门把李茜茜包了，然后天天搂着李茜茜跳舞。

"强哥，你不是跟着日本人干事吗？今天这么闲？"李茜茜从强哥看她的目光中便知道强哥心里在想什么，便以强哥为日本人做事为由高抬他。

"李西施，这就是你的不是了。我什么时候给日本做过事？即使有，也是被他们逼的。"强哥不愿意提及他为日本人做事的事，是怕隔墙有耳,弄不好附近就有军统的锄奸队,他的脑袋就要搬家。因而他极力否认,又说,"我在上海滩混日子,也是生活所迫。如果不去混,我喝西北风啊。"

"那你拦我干啥呢?我要回舞厅上班了。"李茜茜想绕开强哥离开这里。

"不行,今天你得陪我跳一段舞。"强哥在看到李茜茜时,早把找阿胖的事忘记了,也把他向花野洋子夸下海口的事给忘了。

李茜茜真想给强哥一刀,了结这个人渣。可想到不远处有巡逻的日本宪兵队,她眼睛一闭,心里特别郁闷,便点头答应了下来。

"这才是我的李西施嘛。"强哥没想到幸福会来得这么突然,他原以为李茜茜会推辞,自己拿她也没有办法,毕竟自己以后还要在上海滩混。

强哥以前只能远远地看着李茜茜被别人搂着跳舞,只能过过眼瘾,现在,这个被称为现代版西施的李茜茜就在眼前,雪白光滑的肌肤,柔软的小腰,且吐气如兰,强哥差点把持不住自己。

"这是在梦里吗?"强哥忍不住问自己,可眼前的李茜茜是活生生的。强哥发疯似的搂着李茜茜在没有音乐的小巷里旋转起来,但只跳了一小段舞,强哥又想起正事来,说了句"我还要去找一个叫沈妍冰的共产党呢",丢下了在风中凌乱的李茜茜跑走了。

上海联络站遭到破坏,这是钮佳悦不愿意看到的,也是她没有想到的。联络站遭到破坏,有可能是组织内部出现了叛徒,也可能是日本特工已经嗅到这里了。如果自己再在上海这样晃悠下去,迟早也会被日本特工盯上。从阿胖刚才的话分析,自己已经被人盯上了。再不找个地方落脚,自己来上海的任务怎么去完成?有了刘嫂的饭店做掩护,或许会事半功倍。阿胖还说过刘嫂的饭馆的确是一处不错的地方,只有先安顿下来,才有更多的机会去找党组织。钮佳悦打定主意,便对阿胖说她愿意跟着他去刘嫂那里。

"好好好,阿拉在前面带路。"阿胖见钮佳悦愿意跟他走,别提心里有多高兴。在阿胖心里,钮佳悦是一个好人,可他没有钱,也没有更好的能力来报答钮佳悦,能把她送到刘嫂那里,算是对钮佳悦最好的报答了。但是,阿胖心里也直打鼓,刘嫂是否愿意收留钮佳悦还是一个问号。刘嫂的饭馆只有那么大,生意也不怎么好,多一个人就多一张嘴吃饭。但阿胖相信刘嫂是个好人,肯定会收留钮佳悦,这是他劝钮佳悦去刘嫂那里的原因。

　　阿胖虽然没有把他的想法说出来,钮佳悦却有着同样的想法。自己与刘嫂不熟,仅凭阿胖的面子,刘嫂能收留自己?但她从阿胖的话中可以判断,刘嫂是一个有良心的中国人。只要是有良心的中国人,钮佳悦就会说动她,劝她收留自己。哪怕她为刘嫂免费干活都可以,因为在找到党组织前,一定要有一个落脚点。

　　阿胖带着钮佳悦选择了一条偏远的小巷走。别看阿胖老实,其实心眼多着呢。他是怕从原路上返回会碰到强哥。

　　钮佳悦与阿胖到达刘嫂的饭馆时,已是中午时分,正是顾客吃饭的高峰期。刘嫂的饭馆里仍没有几个人,原因是刘嫂本想今天关了饭馆门,出去找阿胖打听钮佳悦的下落。可这样平白无故地关了饭馆门,又怕引人注意。在征得刘雅诗的同意后,就以菜食准备不多为由,推掉顾客。这样,清闲多了,两人商量事情的机会也多了不少。

　　阿胖走进饭馆的大门,就大声说:"刘嫂,阿拉给侬讲,今天,阿拉带了一个小姐姐来,让她住你这里,好不好?"

　　阿胖之所以这样说,是因为他想在刘嫂面前表一下功,他也不想把钮佳悦的身份告诉给刘嫂,其实阿胖也不知道钮佳悦的身份,只觉得她就是一个好人。

　　"阿胖,你又来啦?早上那么多饭菜没吃,我给你留着呢,要不我让厨房热一下,再给你端上来?"刘嫂说这话时,斜了钮佳悦一眼,顿时觉得钮佳悦不一般,总觉得很像一个人。难道她是……刘嫂不敢想下去,就让阿胖带着钮佳悦去后面的包间里吃饭,自己去厨房热菜。其实,刘嫂是去厨房让刘雅诗来辨认一下钮佳悦。

　　很快,刘雅诗借端菜的机会出现在阿胖和钮佳悦的包间里。当刘雅诗看到钮佳悦时,顿时觉得面熟。但她又不敢肯定面前的人就是钮佳悦,毕竟当年看到的钮佳悦还很小,这么多年过去了,钮佳悦也早已变成了一个大姑娘。

　　走到门口,刘雅诗不经意地说出戴表元的诗《湖州》的后两句:

"行遍江南清丽地，人生只合住湖州。"

"江南好，风景旧曾谙。日出江花红胜火，春来江水绿如蓝。能不忆江南?"钮佳悦吟出了白居易的《忆江南》全诗作为回应。

听到钮佳悦也吟诗，刘雅诗不由一怔，便又吟出宋释居简的《寄湖州故旧》的两句:"闭户防惊鹭，开窗便钓鱼。"

"溪上玉楼楼上月，清光合作水晶宫。"钮佳悦见刘雅诗又吟诗，便也不由自主地念出了唐朝杨汉公的诗《题郡城楼》后两句。

听到钮佳悦对出这两句诗后，本来一只脚已经迈出了门的刘雅诗收住了脚，转过身来，仔细地打量着钮佳悦，还是有点不相信眼前这个人就是她一直苦苦寻找的人。钮佳悦也没想到会在这里碰到她来上海要联络的人。看似两人都在念着不同的关于湖州的诗，其实是在对她们联络的暗号。

"钮佳悦，真的是你?"刘雅诗急忙将包间的门关了起来，激动地问道。

"原来你就是刘姐啊。"钮佳悦也十分激动。没想到阿胖歪打正着，让她在这里碰到了党组织的人，而且是她一直苦苦寻找的人。

"阿胖，我与你小姐姐有话要说。你去门外待着，不要让任何人进来。"刘雅诗急忙把阿胖支开，她有很多话要对钮佳悦说。刘雅诗在上海做地下工作这么多年，一直在盼望着延安的人来这里。

阿胖不知道钮佳悦怎么会与刘嫂饭馆里的厨师认识，厨师让他去外面等着，他便知道她们有要事要谈，所以很懂事地跑出了包厢。

"钮佳悦同志，我们盼望你很久了。"在阿胖走出包厢后，刘雅诗上前紧紧地握住钮佳悦的手说。

"终于找到你们了。"钮佳悦也非常意外，她没想到这么容易就见到了接头的人。

"其实，你来的那天，我原计划去十六铺码头接你，意外的事情发生了。等我再去十六铺码头时，没见到你的人影。"刘雅诗长长地叹了一口气说。

"这到底是怎么回事?"钮佳悦问道。

"说来话长。"刘雅诗顿了一会儿才说，"我们的那个联络站用了好几年，一直没出过事，不知道为什么这次出事了。如果不是我事先得到消息,后果难以设想。"

刘雅诗想起那天的事,还心有余悸。那天,正是钮佳悦到达上海的时间,刘雅诗和往常一样去联络点,让那里的几名同志一起去十六铺码头接钮佳悦,就在离那个联络站不远的地方,发现几个日本特工便衣正在用日语交谈,谈论怎么抓联络站里的共产党。一个说要等特高课的花野洋子来才动手,一个说等七十六号的人来。还说抓几个共产党,七十六号的人就足够了,等花野洋子去抓,是不是有些大材小用了。刘雅诗能听懂日语,因此在得到这个消息后,她不得不走近道,通知联络站的人马上撤离,并让他们立刻去通知知道这个联络站的其他同志,把这个联络站已经暴露的消息传下去。等刘雅诗赶到十六铺码头,已经不见钮佳悦的身影,只好回到刘嫂的饭馆里,商量如何寻找钮佳悦。没想到,钮佳悦被阿胖带来了。

只是令刘雅诗想不通的是,这个使用了好几年的联络站怎么就暴露了?这几天,她通知其他地下党员调查,到现在都还没有查清楚原因。

"原来是这么一回事。"但钮佳悦觉得事情太蹊跷了。如果没有人告密,日本特工又是怎么知道的?

"我们还在调查。所以,安全起见,我来到这里。"刘雅诗说,"这个饭馆是我们准备的临时联络点。"

"这里的人可靠吗?"钮佳悦有些担心地问道。

"这个,你绝对放心。饭馆的老板刘嫂是我的亲姐姐。她也是我们党组织的人员。只不过这个消息除我以外,别人不知道。当然,现在你也知道了。你是从延安来的,我应当告诉你。"刘雅诗说。

钮佳悦知道建立一个联络点不容易,刘嫂的身份不能暴露,但刘雅诗却把这个消息告诉给自己,说明她对自己的绝对信任。

两人正说着话,刘嫂进来了。她见刘雅诗长时间没进厨房,便知道她的猜测是对的,等饭馆的客人走完了,她急忙走了进来。

"姐,这位就是钮佳悦同志。佳悦,她就是我的亲姐姐,大家叫她刘嫂。她的真名叫刘雅芝。以后,你也叫她刘嫂吧。"刘雅诗介绍说。

"刘雅芝同志,你好。"钮佳悦走过去紧紧地握住刘嫂的手,感到一股暖流流遍了全身。

"对了,那个密码高手沈妍冰没有来?"刘雅诗这才想起,上级党组织说派来上海配合她们工作的人是代号叫红灯笼的密码高手沈妍冰,现在却只来了一个钮佳悦。

"我不知道啊。"钮佳悦被刘雅诗的问话吓了一大跳,"我是一个人来的啊。"

"你是怎么来的?"

"我从老家湖州坐船过来的。"钮佳悦说,"当时,上级党组织给我的任务,就是让我一个人来上海。交通工具是火车,但我在南京下了车,转水路去了湖州老家,然后坐船来上海,比原计划的时间晚了一天。"

"原来如此。是我算错了时间。"刘雅诗恍然大悟,"怪不得那天我到十六铺码头没有见到你。"

战争给上海带来了沉重的打击,也带来了萧条和不安。城里的百姓早早地熄灯睡觉,他们不知道在这个不安的晚上会发生什么事,或者会有什么倒霉事落到他们的头上。他们尽管躺在床上,却是思绪万千。偶尔有一两个孩子的哭声,但很快被大人悄悄地制止了。特别是深夜的上海滩,没有了灯火辉煌,除了时不时响起的日本兵沉重的皮鞋声外,就是虫鸣。这样不祥和的夜晚,给人带来一种窒息的感觉,让人寝食难安。

此时,几个身影悄悄地向城外移去。在经过日本兵设的关卡时,为首的一个女人亮出了证件,日本兵很仔细地看了看,然后放他们出了卡点。这个女人就是许一晗。今晚,她带了几个信得过的手下去城外寻找强哥的父母。

许一晗认为把强哥争取过来是一件很重要的事情。以强哥在上海滩的势力,要找一个共产党,那是手到擒来之事。只要能多抓住几个共产党,许一晗就不会像现在这样被动。现在特高课的人不相信她的能力,七十六号的人也不相信她的能力,特别是行动处处长,只要有任务,都派给别人,连一个小小的任务也轮不到她。像这次查找延安来的红灯笼,特高课都没有通知梅机关,更不用说通知七十六号了,而是让花野洋子亲自出马,处长在得到这个消息后,把许一晗叫去狠狠地骂了一顿,差一点就停她的职了。俗话说"人争一口气,佛争一炷香",许一晗自然要找回面子,找回面子最有效的办法就是她亲手抓到沈妍冰。

许一晗带着人直奔上午看到的花野洋子开车去的地方。几个人一路小跑,很快跑到了路的尽头,那里既没有旧仓库,也没有房子,除了黄浦江,就是野草。

"上午明明看到花野洋子的车子往这个方向开来的,怎么就没有路了呢? 她会把人藏在哪里呢?"许一晗有些想不通,他们出城后,可是一直沿着这条大路走的,途中也没有岔路,也就是说,如果车子往前走,只能走到尽头。

"许处,兄弟们查看了四周,没有路,也没有房屋,在这里根本藏不了人。"一个手下走过来向许一晗报告。

"再找,说不定,我们漏掉了什么地方。"许一晗仍不甘心。花野洋子不是傻子,如果这边没有藏人的地方,她不会无缘无故地把人送过来。

经过两个小时的搜寻,许一晗和手下都没有发现可以藏人的地方。

"许处,是不是她发现了你,把车子往这里开不假,只是她没有把人藏起来,而是拉回城里,找一个隐蔽地方藏了起来。"一个手下分析说,"她是特高课的人,说不定在与我们玩捉迷藏的游戏。"

手下的话点醒了许一晗,或许花野洋子早就发现了自己,把车子开出城,是引自己上当。自己怎么这么傻呢? 为什么不在城门口等她回来呢? 看来,自己还真的低估了花野洋子。她比自己想象中要狡猾得多。

许一晗像一只斗败了的公鸡,耷拉着脑袋,对几个手下说:"走,回去。"

几个手下像得了特赦一样,但跟在许一晗身后,他们心里并不痛快:忙活了一大晚上,连根毛都没有找到。他们平时就对许一晗有异议;今晚扑了个空,对许一晗更加不满,但又不好表露出来。

许一晗觉察到几个手下有些不高兴,便说:"兄弟们,今晚的事不要对任何人说。今晚你们没有功劳,也有苦劳。我许一晗是不会忘记你们的。这样吧，我们回到城里吃个夜宵，我再个人出资给兄弟们每人发两块大洋。"

听到不但有夜宵吃，还有钱拿，许一晗的几个手下心理平衡起来，总算没有白忙一个晚上了。于是纷纷向许一晗表忠心，说花野洋子太狡猾了，连许处都敢骗，看来日本人太不相信他们七十六号了，以后有好的消息也不能向梅机关通报，让特高课也抓瞎。

"他们想得太简单了。"许一晗知道手下们拍马屁的功夫，没有点破他们的话。许一晗深知，七十六号看似独立，但其实他们的一举一动都逃脱不了特高课的监视。日本人根本不相信中国人，无论七十六号为日本人办了多少大事要事，在日本人眼里，七十六号是应该的。如果做得好，他们就口头表扬；如果做得不好，他们可不是口头骂人这么简单了。如果特高课或梅机关那么好糊弄，她许　晗也不会像现在这样狼狈了。明知从延安来的沈妍冰就在上海，她只能暗中调查。抓住了沈妍冰，是她许一晗的功劳；如果抓不到，就是她的失职，说不定会被特高课抓起来拷打。

这不是没有先例。许一晗清楚地记得，她的前任因为自大，在特高课立下军令状，说一定要抓住潜伏在上海的共产党和军统特工，结果只抓了几个无关紧要的军统特工，最后被特高课抓进去严刑拷打。最终，前任忍受不了酷刑，撞墙自杀。

每每想到此事，许一晗的背心就冷汗直冒，连梅机关都是说翻脸就翻脸，而特高课更是翻脸比翻书还快，完全没有情分可讲。七十六号的人也一样。有时候，许一晗也在想，自己进入七十六号，是不是进错了地方。她只是一个女人，为什么要做七十六号的人呢？可是这个想法只在许一晗脑海闪现一下就过去了。她选择的是如何完成任务，如何在处长、在七十六号所有人面前抬起头来。如果许一晗不心狠手辣，等待的将是七十六号或特高课对她的心狠手辣。

花野洋子倒了一杯红酒，一个人坐在那里慢慢地喝起来。每喝一口红酒，花野洋子就疯笑一声，然后拿出一把小刀来，在她的左手手臂上轻轻地划上一刀，鲜血一点一点地往下滴。看着鲜血滴下的样子，花野洋子疯狂地笑了起来，端起酒杯接住滴下的鲜血，待鲜血流得差不多了,她端起酒杯,把混有鲜血的红酒一干而尽,然后才拿出纱布把手臂包扎起来。

"不管你叫红灯笼,还是叫沈妍冰,我一定要抓住你。"花野洋子包扎完伤口,冷冷地自言自语。以往手臂的疼痛可使她暂时忘记过去;可现在,即使疼痛加倍,往事也会一幕一幕地浮现在眼前,特别是家乡福冈每年樱花开放的时候,姐姐花野真衣都会带着她在樱花地里奔跑、玩耍的情景。花野洋子认为那是她这一生最开心、最幸福的时候,尽管家里一贫如洗,但至少一家人可以团团圆圆地在一起,每天都有欢笑声。那种亲情是什么东西都无法比拟的。

好景不长。有一天,甲长领着一个陌生男人来到家里,这个和谐的气氛被打破了。姐姐花野真衣被那个陌生男人带走了。陌生男人说是让姐姐去过好日子。父母尽管很是反对,却不得不面对现实。姐姐一走就是好些年,杳无音信。在花野洋子十六岁这一天,甲长又带着一个陌生男人来到她家,花野洋子有些害怕,害怕像姐姐一样,一走就是好些年,完全没有了音信。就在花野洋子犹豫时,那个男人告诉她,如果她想见到她姐姐,就必须跟他走。

花野洋子太想念姐姐花野真衣了,因此,她不顾父母的劝阻,当即跟着那个男人走了。花野洋子觉得那个男人好伟大,后来才知道自己被他骗了。她与其他女子一样被汽车送到海边,然后乘船来到中国。在中国,花野洋子与那些女子一样,被送进了慰安所。

一个花一样的少女,在痛苦中将自己的灵魂出卖了。一起去的几个少女,事后对花野洋子说,这是她们的无上荣光。她们在用另一种形式为天皇陛下效力。花野洋子觉得她们的话很有道理,可是肉体的痛苦可以忍住,灵魂上的折磨让她痛不欲生。有好几次,花野洋子想结束她的生命,但每每想到姐姐,她又把那个念头硬生生地吞了回去。报效天皇陛下有很多种方法,为什么要用她花季一样的青春呢?她可以拿起枪,在战场上与敌人拼个你死我活。无论怎么说,在战场上,用实际行动向天皇陛下效力,岂不更好?

时间一天天过去,花野洋子不但没有见到姐姐花野真衣,她的灵魂也被折磨得不成样子,每天像是行尸走肉;她没有目标,没有方向,除了迷茫还是迷茫,不知道自己的明天在哪里⋯⋯

"八嘎。"花野洋子不想再回忆那些往事,那是她一生的耻辱。现在,花野洋子觉得自己当初是那么愚蠢,随便相信一个陌生人。虽然那个陌生男人说是让她为大日本帝国的皇军服务,为天皇做事。但慰安所不但给她带来了心灵上的创伤,还有耻辱。她不甘心,不愿意做一个任人欺辱的慰安妇,她要出人头地,她要见到姐姐花野真衣。那时候,花野洋子也在想,姐姐是不是在做与自己一样的事情。一想到那些士兵不分青红皂白脱掉她身上的和服时,她觉得那不只是耻辱,更多的是折磨。如果不是那个人把她从东北带到上海,她这一辈子或许就在慰安所里了,更不能知道姐姐是如何的厉害,但姐姐已经死在了共产党的手里,是为查找共产党一个代号叫红灯笼的密码高手而死的,她的死是有价值的。姐姐的这个仇不能不报。要替姐姐报仇,就必须抓住沈妍冰,然后在她的身上一刀一刀地剐下去……

很久,花野洋子才冷静下来,思考着许一晗为什么要跟踪自己。花野洋子一直觉得许一晗不简单,她不去抓共产党和军统特工,却跟踪自己。许一晗是七十六号派来跟踪自己的,还是另有所图?如果不是自己机智,许一晗肯定把自己的计划全部破坏了。想到计划,花野洋子才发现强哥还没来向她报告寻找沈妍冰的情况。早上把强哥的父母抓走藏起来是一个明智的选择。如果没有强哥的父母,花野洋子觉得她很难把控强哥,他虽说是一个小混混,可他做事也有原则,万一他被共产党,抑或是国民党的军统利用了,对大日本帝国来说,就是一个很大的损失,但强哥更不能被许一晗利用。抓强哥的父母,也算是无奈之举吧。

"沈妍冰啊沈妍冰,你这个红灯笼,无论躲在上海什么地方,我都会抓住你。"花野洋子冷笑了一声,觉得此时心情舒畅多了,又倒了一杯红酒慢慢地喝起来。

强哥把上海滩转了个遍,都没有找到阿胖,直到深夜才回家,发现父母不在家,而且房间里乱成一团,这才着急起来。不用猜,父母肯定被花野洋子绑架了,强哥这才意识到事情的严重性。千不该万不该,在花野洋子面前夸下海口,付出的却是父母被绑架的代价,这个代价太严重了。如果找不到沈妍冰,父母就有生命危险。这个掌握父母性命的人不但可怕,而且可恨。强哥心里特别后悔,怎么偏偏惹上了花野洋子呢?之前,强哥还幻想着,帮花野洋子找到沈妍冰,不但能在日本人那里立住脚跟,花野洋子一高兴,也许还会赏给他很多的钱。只要有了资金,强哥就可以在上海滩招募许多小混混,他就可以霸占一方,像许文强、黄金荣一样过逍遥的日子。只是强哥的这个想法,还没开始,便已夭折了。

强哥虽然是个小混混,成天干些不着调和对不起社会的事,但他却是一个孝子。没有父母,就没有他强哥,或者说父母不在了,强哥再有钱再有地位,都没有人与他一起享受。现在得想办法把父母找回来。如果现在去找花野洋子,她来一个不承认,又该怎么办?再说左邻右舍都没有看到他的父母是被谁绑架的。

无论是谁绑架他父母,都要在第一时间查清楚。强哥打定主意,又想起母亲患有哮喘病,如果每天不按时服药,随时都有生命危险。想到此,强哥头上的冷汗直冒,现在必须马上去找花野洋子。

很快,强哥见到了花野洋子,看到她漫不经心的样子,心里顿时明白八九分。而且从花野洋子的样子来看,她似乎早就知道自己会去找她。只是花野洋子冷冷的面孔,让强哥多了一分怵意。他正在想如何向花野洋子开口时,花野洋子说话了:"阿强,你是来找父母的吧?告诉你,我把他们安排在了一个非常安全的地方。当然,你不用去找,因为你根本找不到他们。"

"你把我父母怎么了?"强哥从花野洋子嘴里得到了证实,而且是她先说出来的,强哥欲哭无泪。这个日本娘儿们还真是胆大妄为。这下,强哥不得不对花野洋子另眼相看。在遇到她之前,强哥一直认为自己是上海滩的小混混,比谁都混蛋,如今在花野洋子面前,他只不过是森林中的"一棵小草",根本没法与那些"参天大树"一样的大混蛋相比。

"你不记得你给我许下的承诺了?"花野洋子的声音仍然很冷,冷得让强哥的后背直冒冷汗。

"我请求你放了我的父母,我会全心全意替你办事,一定会想方设法找到那个红灯笼共产党。"父母在花野洋子手里,强哥已经没有了脾气,只能低三下四地求她。

"你先替我找到红灯笼沈妍冰，我就会放了你的父母。如果你找不到，就别怪我不客气。"花野洋子看都没看强哥一眼，又说，"别说我没警告过你。对抗我们大日本帝国，不会有好下场的。我们说到做到。我想弄死你，比踩死一只蚂蚁还容易。"

"是……是……"强哥又何尝不知道日本人的凶狠，只是这话从花野洋子嘴里说出来，更容易让人产生一种畏惧感。

"不是你嘴上答应，我要的是你的实际行动。"花野洋子看了强哥一眼，然后从桌上拿起一张纸递给强哥，说，"这上面是我的电话号码。一旦有了沈妍冰的消息，就打这个电话。有其他共产党的消息，你也要第一时间联系我。从此以后，这个地方，你不要再来了。"

强哥接过花野洋子的电话号码，连连说："是，是，是。我一定照办，不会让你失望。"

强哥不照办又能怎么办？父母在她的手中，哪敢说一个"不"字。但强哥在心里，已经把花野洋子的祖宗十八代都骂了个遍，可是那又有什么用。

出来后，强哥再也忍不住，朝地上狠狠地吐了一口口水，他何时受过这样的窝囊气？在上海滩，都是他强哥欺侮别人，今天竟然被一个日本女人欺侮，他又怎能咽下这口气。可不咽下这口气，父母就有生命危险。摆在他面前的只有那一条路，必须尽快找到沈妍冰。可是，上海那么大，要找到一个陌生女子，还不等于大海捞针？而且连他看不起的表弟阿胖都不愿意帮自己。在这上海滩又有多少人真心愿意帮助自己？别看手下的那一帮小混混见了面都"强哥，强哥"地叫，有了利益，他们会像一条条狗一样跟在后面，一旦没有利益，他们还能认自己这个大哥？

世间本就是这么无情。像花野洋子这个日本女人，强哥与她往日无仇，近日无冤，为什么偏偏找到他替她办事呢？强哥总觉得事情没有那么简单，隐约觉得等待他的不只花野洋子一个日本特工，还会有其他人找上他。

强哥走到小巷的一个拐角处，大哭起来。

第四章

突然出现的红灯笼

在敌后工作,如果敌人内部没有自己人,就很难获取情报。当然获取情报的另一个途径,就是监听敌人的电台,破译敌人的情报。这样可以少走许多弯路。刘雅诗正需要一个监听敌人电台和破译情报的人。早在几个月前,刘雅诗就向上级党组织反映过此事,上级党组织的答复是,他们将派一个代号叫红灯笼的密码专家到上海协助刘雅诗工作,前提是刘雅诗一定要保护好这位密码专家的人身安全。刘雅诗当即向上级党组织保证,谁要想动密码专家的一根指头,除非从她刘雅诗的尸体上踏过去。

只是刘雅诗等来的人不是密码专家沈妍冰,而是钮佳悦。虽说钮佳悦快十七岁了,可看上去还是一个小女孩,她哪里是一个密码专家呢?刘雅诗只能把这个失望藏在心里,不敢说出来,最终却没忍住,发出一声叹息。

"雅诗,你在叹什么气?"刘嫂注意到刘雅诗的不安,又问道,"你是不是觉得上级党组织派来的钮佳悦帮不上你的忙?"

"姐,怎么说呢?我觉得佳悦不适合这份工作。她应当在延安的学校里学习文化知识,不应该像我们一样潜伏在上海。我们工作的危险性，你比任何人都清楚。她的年纪还小，我不想让她走我们走过的路。"刘雅诗觉得这密码知识可不是一个普通人在短时间内就能学会的。虽然刘雅诗知道钮佳悦小时候聪明好学，可在过去的几年中，她先被关进上海的大桥监狱两年，随后与李思瑶到重庆，又是两三年，一直在奔波，根本没有学习文化知识的时间，又哪里有时间去学习密码知识，而且她也没有受过系统的训练。钮佳悦与她一起工作，令她有些忐忑不安。谍报工作可不是过家家，虽然有的人天生就是做谍报工作的料。但钮佳悦只是一个小女孩，又十分普通，她怎么能胜任这份工作呢？

"你的担心不是没有道理，我们这行工作危险，既然上级党组织派她来，我觉得自然有他们的用意，或者这钮佳悦有过人之处。"刘嫂也轻轻地叹了一口气，其实她并不相信自己的话，或者说她是在安慰自己。

"姐，我们还是做其他打算吧。"因为联络站被破坏，刘雅诗一直耿耿于怀，如果有一个懂密码的人，或者早些得到日本人的消息，那个联络站也就不会遭到破坏。现在自己又要找一个隐蔽处来开展工作，虽然刘嫂的饭馆目前还算安全，却只能开展小规模的工作。刘嫂饭馆这个隐蔽的联络点，本来是万不得已才启用，如果这个联络站也遭到破坏，那真没地方可去了。现在钮佳悦来了，她又是生面孔，饭馆里人多眼杂，万一有人盯上她了，该怎么办？又该把她往哪里转移？虽然钮佳悦不是密码专家，但刘雅诗也得用自己的生命来保护她，单不说钮佳悦是自己的同志，她还是钮卫国的妹妹。刘雅诗与钮卫国虽然共事的时间不长，但她知道钮卫国特别看重钮佳悦这个妹妹，哪怕他丢掉生命也要保证妹妹的安全。现在，钮卫国牺牲了，刘雅诗自然要接下钮卫国的重担。

"雅诗，我们现在不是讨论钮佳悦是否胜任这份工作的时候，首要任务是如何保证她的安全。阿胖在我们这里吃饭时，强哥好像对钮佳悦特别感兴趣，又好像知道钮佳悦会来上海一样。我们可要防着强哥。"刘嫂现在回过神来了，又说，"钮佳悦是延安秘密派到上海来的，怎么她一到上海就被盯上了呢？强哥是我们这一带的小混混，按理说，钮佳悦的到来与他毫无关系，他为什么对钮佳悦那么感兴趣？我在想，是不是他背后的人想知道钮佳悦的消息？强哥背后的人又是些什么人，是日本人，还是军统？我们不得而知。所以，我觉得钮佳悦目前的处境特别危险。"

"姐，经你这么一说，还真是这么回事。我们要提防强哥，不能让他知道钮佳悦在我们这里。"刘雅诗只顾着想钮佳悦的事，却忘记了强哥向阿胖询问钮佳悦的事，要不是姐姐发现了，把阿胖支到后厨，姐姐用计让强哥上当，把阿胖气走，说不定阿胖就把钮佳悦的消息告诉给强哥了，自己现在也不一定能见到钮佳悦。没有接到钮佳悦，就是自己的失职。

"阿胖这个人不坏，我们要给阿胖做做思想工作，要他千万不能泄露了钮佳悦的行踪。"刘嫂有些担心地说，"不过，我怕他万一说漏了嘴，钮佳悦就会有麻烦，我们这个饭馆也不安全了。"

"姐，你说的是。我们要怎么让阿胖不把这个消息泄露出去呢。看来，我们得想想办法了。"刘雅诗也陷入沉思之中。

"阿胖不是吃了上顿没下顿吗？我们可不可以让他天天有饱饭吃，或者让他带着那些扒手离开这里？"刘嫂也考虑了很多套方案，可是没有一套满意。阿胖毕竟是一个十多岁的孩子，而且与他一起的扒手，有大有小，他们什么事都做得出来。要堵住他们的嘴，可不是一件容易的事。

见刘雅诗和刘嫂出去了，钮佳悦便在饭馆的厨房里坐了下来。虽然几经波折，但总算与刘雅诗接上了头。钮佳悦现在要在这个既陌生又熟悉的城市开展工作了，不由想到五年前，自己独自一人来上海找哥哥钮卫国，刚出湖州城就碰到日本特工花野真衣和密码专家沈妍冰，后来又碰到李思瑶，在途中又遇到嫂子朱佩玉，五个女子历经重重困难来到上海。那时候，整个上海正处在战火之中，花野真衣那个日本鬼子用计将钮佳悦关进大桥监狱里，她在那里度过了近两年的痛苦时光。每每想起大桥监狱，钮佳悦就在心里暗暗发誓，一定要把日本鬼子赶出中国的土地，这样才能让上海的百姓过上好日子，让全中国的人民过上好日子。

这次是自己单独来上海，也是自己第一次从事地下工作，万事都得从头做起。以前,无论是在上海还是在重庆,遇到难题,都有李思瑶在身边,可以向她请教。现在,虽然有刘雅诗在,但自己对她那样陌生,遇到难题该怎么向她请教呢?

这时,阿胖走了进来,看到钮佳悦正在沉思,便轻轻地叫了一声:"小姐姐,侬是不是想家了?如果侬想家,阿拉有一个主意,保证侬不会想家了。"

阿胖知道钮佳悦年纪比他大,还是从外地来上海的,只是上海这个地方不太平,离开家乡来这里的人都会想家。阿胖虽然是上海人,但一个人的时候也非常想家,想已经逝去的父母。父母还没来得及看到阿胖长大,就永远地离开了这个世界。阿胖想父母和家的时候,他就一个劲儿地猛吃饭,用吃饭的方式来忘记一切。

"你说说是什么办法?"钮佳悦被阿胖的话逗笑了。这个阿胖虽然是一个扒手,可心地善良,还是个直肠子,有什么说什么。

"就是吃饭。只要吃饭,阿拉就会忘记一切。"阿胖老实地回答说。

"怪不得你那么胖,原来是吃胖的。"钮佳悦突然有些想笑,可看到阿胖认真的样子,又笑不出来。在上海这个地界,能吃一顿饱饭已经不错了,阿胖之所以用吃饭来忘记一切,其实是他根本吃不上饱饭,常常是饿着肚子。偶尔能吃上一顿饱饭,他当然会忘记一切。

"小姐姐,侬取笑阿拉。"阿胖看出钮佳悦想笑又没有笑出来的样子,心里特别开心。只要钮佳悦高兴,阿胖觉得比他自己有饭吃还要高兴。

"好了,阿胖,不说这些了。我想听听你的故事。"钮佳悦突然想起在以后的工作中,阿胖一定能帮到自己的忙。如果能把他争取过来,那就更好了。阿胖是上海本地人,熟悉上海的大街小巷,更熟悉上海的各方人马。

"小姐姐,阿拉……"阿胖听到钮佳悦要听他的过去,眼泪一下子就流了出来。阿胖是多么不愿意说出自己的往事,可每天晚上夜深人静时,那些往事却如同画面一样浮现在他的眼前,以至于他多次在梦里哭泣。

在淞沪战争爆发前,阿胖的父母在石库门做小生意。虽说生意小，但一家人过得其乐融融。阿胖七岁那一年，听到了由远而近的枪炮声，父母照例去店里做生意。然而，直到天快黑时，父母都没有回来，阿胖这才跟着表哥强哥去找他们，却发现商店已经成了一片废墟。年幼的阿胖呆呆地不知道发生了什么事，眼睛直直地盯着父母商店的地方。强哥把他抱住，告诉他父母被炸死了。从那一刻起，阿胖成了孤儿。没有了父母，阿胖流落街头，经常饥一顿饱一顿，有时候连续几天都吃不上一顿饭。他跟着表哥强哥去混日子，但因年龄小，又老实，没多久表哥就丢下了他。没有饭吃的阿胖成了街头的小乞丐，后来在别人的教唆下成了扒手。从乞讨到扒手，阿胖只想每天能吃上一顿饱饭，仅此而已。

"阿胖，你的命好苦……"钮佳悦的话还没说完，也想起自己十二岁那年，父母被日本鬼子的飞机轰炸致死。尽管这么多年过去了，那天的情景仍历历在目。自己如果不是遇到了李思瑶，也许与阿胖没有两样。

"姐姐，阿拉不相信命，阿拉一定要好好活着，只要活着，总有出头的一天。"阿胖反倒劝起钮佳悦来，"小姐姐，侬以后遇到啥事情，阿拉帮侬。"

"姐姐相信你。"钮佳悦说着拉住阿胖的手，暗暗下定决心，一定要把阿胖争取过来，在将来的工作中肯定能用到他。

没有抓到从延安来的红灯笼沈妍冰，却被小混混强哥拉着在弄堂里跳舞，李茜茜气得几乎想杀了强哥。气归气，李茜茜还得想一个办法去谷海山那里交差。

思来想去，李茜茜都没有想出办法，只好回到百乐门舞厅躲起来，她害怕谷海山等不到她去报告情况，派人来百乐门舞厅找她。

一连几天，谷海山都没派人来百乐门舞厅，李茜茜有些坐不住了。迟早要与谷海山见面的，倒不如主动去找谷海山，总不能让谷海山说她一个堂堂军统高级特工竟然连一个刚来上海的共产党特工都搞不定。

穿上旗袍的李茜茜，嘴上涂满鲜艳的口红，手里拿着一块白手绢，这样的打扮很容易引起人的注意，也容易让人想入非非。尽管李茜茜如此精心打扮,但从她走路的样子不难看出,她是受过特殊训练的。

果然,谷海山看到李茜茜这身打扮,气得几乎说不出话来,最终骂了起来:"你,真是成事不足败事有余。"

谷海山之所以选中李茜茜做朱佩玉的接班人,一是李茜茜具有不一样的特工素质,平时处事也非常冷静,而且她的长相最容易勾起一些男人的非分之想。当然,这是一个特工可以利用的地方。李茜茜是江南人氏,一口吴语不会引起别人的注意,而且她的交谊舞又跳得特别好。找一个在上海潜伏下来的女特工,从各方面的条件来看,李茜茜是最合适不过了。所以,在经过多次考察后,谷海山才下定决心让李茜茜留在上海百乐门舞厅潜伏下来,伺机获取情报。

只是没想到,现在的李茜茜办事越来越不得力,今天这身打扮除了引起别人注意外,又能起到什么作用? 作为高级特工,怎么能犯这样的低级错误呢?

"站长,我……我错了。"李茜茜这才意识到自己这身打扮真是愚蠢极了,马上去屋里把脸上的粉脂和嘴上的口红擦拭干净,这才慢慢走了出来。

"你还知道错了。"谷海山又想发火,却又发不出来,他当初选择李茜茜,是希望李茜茜不要走朱佩玉的老路。这一点,李茜茜目前是做到了,可是她作为一名高级特工,不注意细节,带来的后果是致命的。

"站长,我没有查到沈妍冰的下落……"李茜茜说这话,声音小得自己都听不见。作为一名军统的高级特工,李茜茜也觉得自己太无能了。情报上说,沈妍冰是坐火车到上海,李茜茜得到了情报后,先后在火车站蹲守了三天,却没有发现沈妍冰的身影。班次准确,时间也准确,怎么就没见到她人呢?

"如果你这么轻易就能查到她的下落,她就不是红灯笼沈妍冰了。"谷海山叹了一口气说,"从七十六号传来的消息来看,她们也没有查到她的下落。另外,特高课有一个叫花野洋子的特工也在查她的下落。你千万要注意这个日本女特工,她心狠手辣。都说我们军统心狠手辣,但根据我们安排在七十六号的内线报告,花野洋子的手段比我们狠一百倍一千倍,如果遇到了她,千万要摆脱她,不要与她纠缠,以免引起不必要的麻烦。当然,有机会除掉更好。毕竟,我们要在上海待到什么时间,谁也不清楚。"

"花野洋子?她是花野真衣的妹妹?"李茜茜当然知道花野洋子,只不过是在舞厅里。花野洋子常与特高课的人来百乐门舞厅,有时候是跳舞,有时候是会见客人。李茜茜只能远远地看着他们,特高课的人从来不找李茜茜跳舞,尽管李茜茜是百乐门舞厅的高级舞女。他们好像能看穿一切一样,情愿去找一个长相一般的舞女跳舞,也要把李茜茜晾在一边,有时候李茜茜主动去找他们,都被拒之门外。李茜茜自认为她的魅力不小,可怎么就入不了特高课的眼呢?李茜茜也经常反思,是她哪里做过了头,还是他们知道她的一切?

"你说得没错,她就是花野真衣的亲妹妹。这个女人除了狠毒之外,还十分狡猾,比她姐姐花野真衣强多了。你的师姐朱佩玉当时对付花野真衣费了很大的劲,但花野真衣最后却死在共产党的手里。我希望你不要步朱佩玉的后尘,一不要感情用事,二不要暴露了自己。我们在上海滩潜伏下来不容易,培养一个特工也不容易,特别是培养像你这样的高级特工,更是不易。"谷海山说着又轻轻地叹了一口气,他从重庆往返上海,不就是为党国效忠吗?如果连一点成绩都没有,岂不枉费了党国的栽培?虽然他把抓沈妍冰的希望押在了李茜茜的身上,但总觉得这是孤注一掷。

"这戏越来越好看了。中共派一个特工来上海,还成了香饽饽,各方人马都在找,就连社会上的小混混都在寻找她。"李茜茜突然感到有些伤感,自己堂堂的高级军统特工,丢在舞厅里连其他舞女都不如,而各方人马听到共产党的特工沈妍冰来上海,马上就出动了,她真是好福气啊。

"连小混混都在寻找沈妍冰?"谷海山听到这个消息,心里一紧。这沈妍冰别人不知道,他可是最清楚了。这可是难得的天才密码高手,自己从1937年就开始派人寻找她,这么多年过去了,不但没有找到她,连她的影子都没有见到。如果不是得到她要来上海的情报,他谷海山又岂能多次往返上海?这次他做足了功课,提前来到上海等沈妍冰,结果现在连沈妍冰的影子都没见到。

"是石库门一带一个叫强哥的小混混，他手下有一帮人，干一些抢夺的营生。只是，我不知道他背后的人是谁。"李茜茜觉得强哥要找沈妍冰不是他的本意。一个小混混寻找共产党的特工，不等于找死吗？再说强哥是混社会的，要的是钱，而共产党那么穷，哪里会有人给他们钱？强哥又不是为军统办事，那么，他不是为七十六号办事，就是为特高课或梅机关办事。这样的话，见到强哥这个小混混就要格外小心了。

"你的担心并非多余。把他查清楚，不能让他坏了我们的事。"谷海山不允许任何人坏了他找沈妍冰的事。谷海山有时候在想，自己为什么这么热衷于寻找红灯笼呢？冷静下来，他发现自己多多少少掺杂了一些私人恩怨。如果说沈妍冰是那么好挑战的一个特工，他也不会把全部精力放在这里。当年，沈妍冰在花野真衣眼皮子底下独自行动，并与花野真衣生活了好几年，都没有露出一丝破绽来，可见沈妍冰是一个多么可怕的人。这次来上海，这么多人都要寻找沈妍冰，想抓住她，结果却空手而归，这就是她的高明之处。如果沈妍冰真的那么轻而易举地被抓到了，那他谷海山就高估了她。

"站长，这次，我一定不会辜负您的厚望。"其实，李茜茜总觉得自己在谷海山的心里不如朱佩玉，虽然朱佩玉是自己的同学兼同事，但她觉得朱佩玉太妇人之仁，不是做特工的人选。谷海山那么看中她，肯定是看走眼了。无论能力，还是日语方面，李茜茜都是一流的，可在谷海山的眼里她连一个普通的女人都不如。这些心里话，李茜茜不敢对谷海山说出来，也不敢对任何一个人说。她知道，一个特工一旦被一些俗事缠身，那么离他的死期就不远了，哪怕是军统的高级特工也不例外。

"去吧，一定要完成交给你的任务。我们在上海待的时间不短了。"谷海山极力控制住情绪，不在李茜茜面前显现出来。

看着李茜茜的背影，谷海山长长地叹了一口气，李茜茜要是有朱佩玉一半的能力该多好。朱佩玉是自己的得意门生，可偏偏就那么死了，谷海山现在都不愿意承认这个事实。尽管朱佩玉也有诸多缺点，但在谷海山眼里是一个完美的特工。千不该，万不该，朱佩玉不该多情。沈妍冰是杀害朱佩玉的帮凶。

谷海山忽然感觉背上很凉很凉。

上了花野洋子的当,许一晗心里觉得很不是滋味,想着什么时候自己才能风光一回。从各种渠道得到的消息来看,从延安来的红灯笼沈妍冰,不但特高课在寻找,连军统特工也在寻找。许一晗觉得现在就是一场比赛,谁先找到沈妍冰,谁就是赢家。只要比他们都先找到沈妍冰,然后抓住她,就等于给自己的前途上了一道保险。

许一晗端了一杯咖啡,慢慢品尝起来,脸上充满了笑容,机会总是留给有准备的人的。要抓住沈妍冰,就得提前有所准备,要勤于行动,不能老待在七十六号的办公室里,更不能指望哪一个人,特别是她的几个手下,根本靠不住。有了好处,他们争先恐后地捞,没有好处,他们就相互推卸责任。到最后,还得许一晗亲自出马。

上海的大混混与日本人的关系不错,不屑去查什么共产党,自己去找他们,级别根本不够,想让他们帮忙,等于搬起石头砸自己的脚。但小混混就不同了,他们的势力不大,小打小闹,不但需要日本人的势力,也需要七十六号给他们撑腰,只要有了靠山,他们就等于有了翅膀,想干什么就干什么。像强哥这样的小混混,也只能在石库门一带混生活,如果放在整个上海滩,肯定会被黄浦江的水呛死。如果自己现在去找他,并给他撑腰,那就不一样了。况且强哥的父母被花野洋子抓去了,只要自己答应帮他把他的父母找回来,他肯定会替自己办事。

许一晗打定主意,决定去会会强哥。

在见到强哥那一瞬间,许一晗以为自己找错了人。强哥全没有往日的那种小混混风采,无精打采的样子像死了亲人一样。

"阿强,你这个样子,还像是混社会的吗?"许一晗开门见山地问强哥,"是不是遇到不顺心的事了? 我帮你出头。"

"就你? 这忙,你帮不了。"强哥仍然是无精打采的样子,连说话的力气都没有了。

强哥是石库门一带的小混混,却也是一个孝子。许一晗知道强哥的父母被花野洋子绑架了。在强哥父母被花野洋子绑架的那一天,许一晗曾跟踪花野洋子,原本打算在暗中把强哥的父母救下来,再秘密地把他们关押起来,然后逼着强哥为自己做事。但许一晗太小看了花野洋子,她把强哥的父母带出城外,原来是虚晃一枪,把自己给骗了。花野洋子现在肯定逼迫强哥为她办事,这是把强哥争取过来的好机会,不然,自己又多了一个敌人。因此,许一晗冷笑着说:"你不试一下,怎么知道我不能帮这个忙?我知道你是在为父母的事着急。我还知道,你的父母被特高课的花野洋子抓走了,她现在要挟你帮她做事。而我,可以把你的父母救出来。"

"这事你都知道了?"从许一晗嘴里听到父母被花野洋子抓走了,强哥有些好奇,表面上没有激动,心里在想许一晗是怎么知道的,便又说,"你们都是为日本人做事,你知道我父母被花野洋子抓去了,也不足为奇。"

"这话你就错了。"许一晗见抓住了强哥的弱点,便开始实施她的计划,"其实,你的父母被花野洋子抓走,是我亲眼所见。我本想阻止花野洋子这么做,但我不敢。你也知道她是日本特高课的人,我的话根本起不了作用。于是,我就暗暗跟踪她,看看她把你父母藏到了什么地方,结果,等我晚上去那个地方时,根本没有找到你的父母。原来,她把你的父母带出城是假,关在城里某个地方才是真。"

"你说的是真的?"强哥有些好奇,却有些不相信。许一晗为什么要帮自己,她图个什么?

"如果你不相信,可以去问我的手下,他们与我一起去的。因为扑了个空,我还请我手下吃了夜宵,给他们每人发了两块大洋,这可都是我自己的私房钱。"许一晗信誓旦旦地说,"当然,我不在乎那点钱。花野洋子那个日本娘儿们凭什么抓你的父母?上海滩是我们的地方,她一来就想把上海滩抓在自己手里,如果不给她一点教训,还不知谁才是上海滩的老大。"

"还真被你说对了。花野洋子真的逼我为她做事,去找一个叫沈妍冰的共产党女人。她说如果我不尽力帮她找,就抓走我的父母。我以为她是开玩笑的,没想到她还来真的。"强哥现在还后悔在花野洋子面前夸下海口,他怎么能相信日本人呢?再说,强哥也见识过花野洋子的狠毒,只要稍不如她的意,她就狠下杀手。这次抓走自己的父母,只是给了自己一个警告,如果不为她做事,不找出沈妍冰,父母的性命就难保,他的性命也难保。要摆脱她的要挟,首先要把父母救出来。许一晗虽然愿意帮自己救父母,但是她为什么要这样做呢?她的目的不会与花野洋子一样吧?想到这里,强哥觉得自己活得太累了。他只想在石库门一带混日子,不想惹日本人,也不想惹七十六号的人,可这两个地方的人偏偏都找上门来了。他只是一个小混混,哪里有帮他们查共产党下落的本事。如果那么容易就能找到沈妍冰的下落,他们为什么不自己去找?

"你不要有什么想法,我帮你纯粹是看在我们都是中国人的份上,我们都在上海滩谋事。你那份混社会的工作,如果不是我们七十六号罩着你,你以为能混到今天?"许一晗威逼利诱着,"你想想,万一哪一天你们做错了事,七十六号把你们当成共产党抓起来,就是你们有一百张嘴也说不清楚;你也知道,凡是进了七十六号的人,不死也要脱一层皮,那里的刑具可不是吃素的。我在七十六号也算是一个说得上话的人,如果你真有那么一天,我可以直接把你捞出来。"

真是怕什么来什么,花野洋子已经够让强哥头疼了。现在许一晗这个女魔头又找上门来,软硬兼施,自己如果不答应她,还不知道她会做出什么事情。强哥可以肯定的是,她不比花野洋子差到哪里去,要不然,许一晗又怎能在七十六号混下去?想到七十六号,强哥的背心发麻。他曾听别人说过,普通人只要进了七十六号,没有一个能熬过那里的酷刑,他强哥不是铁板身材,若真的进去,那就只有死路一条。如果现在不答应许一晗,她随便给自己安个罪名,就能把自己送进七十六号的监狱。

"好吧,我答应你。但是你要说清楚做什么事,我会尽最大的力量去把事情做好。"强哥这次学聪明了,知道不能把话说得太满,更不能向许一晗夸海口。

"没有什么大事。花野洋子不是让你去查找沈妍冰的下落吗?只要一有消息,你得先告诉我,而不是她。"许一晗终于说出她此行的目的。她完全有理由相信强哥会帮她做事,因为她已经给了他甜头。

"我答应你的要求,但我有一个条件,你必须保证把我的父母救出来。"强哥也不含糊,他料到许一晗会让他帮她查找共产党红灯笼沈妍冰的下落,只是他心里不明白,查找沈妍冰的下落,真的有那么重要吗？沈妍冰到底是一个什么样的人？令特高课的花野洋子那么看重她，也让许一晗同样看重她。

"既然你这么爽快，我也答应把你的父母救出来。"当然，帮强哥救出父母，只是许一晗的缓兵之计。许一晗又拿出一张照片来递给强哥，说："这里有她的照片。"

这是沈妍冰留学时的照片，许一晗花了很大力气才弄到手的。

看到照片，强哥不由叹道："这真是一个大美人啊，比百乐门的那个头牌舞女李茜茜还要漂亮许多。"

强哥一直以为李茜茜是上海滩最漂亮的女人，当他看到沈妍冰时，才知道天外有天，人外有人。但此时强哥心里终于有底了，如果没有照片，要在上海滩找一个人，等于大海捞针；现在有了照片就不一样了，他可以拿着照片去照相馆里多印几张，让手下的兄弟去找。

"就你那点出息，没见过漂亮的女人吗？"许一晗也自认为很漂亮，可以迷倒许多男人，但她在沈妍冰面前，也自叹不如。当许一晗看到强哥赞叹沈妍冰的样子时，心里别提有多不舒服了，冷着脸说，"别看她漂亮，她这个人可歹毒着呢。你要是协助我抓到她，少不了你的好处。"

"我知道。"强哥拿着照片，不由地点头感叹了一声，"这事就这么定了。我帮你查找沈妍冰，你帮我救父母。"

"你抓紧时间查找沈妍冰的下落，我有事要先回七十六号。"许一晗马上打包票，"只要你听我的话，帮我做事，救你父母还不是小事一桩？"

说着许一晗站了起来，起身往外走。看着许一晗远去的身影，强哥感觉自己已经被一张无形的网罩住，被拖向了深渊。

钮佳悦到上海好些日子了，没见刘雅诗给她安排工作，有些不习惯起来。她知道自己来上海不是旅游的，也不是来玩的。有好几次，她都想问刘雅诗是怎么回事，每次话到嘴边又咽了回去，自我安慰起来，刘雅诗肯定有她的安排。

这天晚上，钮佳悦拿起一本书正想看，阿胖急匆匆地跑了进来，迫不及待地说："小姐姐，告诉你一件很奇怪的事。"

红灯笼 II 秘战上海滩

062

"什么事啊,看把你急的。"钮佳悦放下书,看着满头大汗的阿胖,又问道,"吃晚饭了没有?"

"天黑前,刘嫂给了阿拉两个包子还没吃呢。"阿胖拿出包子咬了一口,边吃边说,"黄浦江又……出现了一个代号叫红灯笼的共产党……"

"慢点说,先把包子吃了再说。"钮佳悦在听到"红灯笼"三个字时,心里不由一惊,黄浦江边怎么会出现一个代号叫红灯笼的共产党呢? 但她不能太着急,让阿胖把包子吃了慢慢地说。

阿胖点了点头,几下把两个包子咽进肚里,又喝一杯水,才说他晚上本来是要去找他的表哥强哥,刚到强哥的家,就看到强哥领着一个女人往黄浦江那边走去。强哥边走边对那个女人说他的一个手下在黄浦江边看到了一个自称"红灯笼"的女人,还说她是什么共产党的特工。阿胖本想跟上去再偷听一些,又怕强哥和那个女人发现,只得远远地跟在后面,但听不到他们说话声,他就往回走,却发现另一个女人带着几个人跟在强哥和那个女人身后。阿胖见过那个女人,是七十六号的许一晗。

"一个叫'红灯笼'的女人?"钮佳悦突然觉得上海滩的水很深,即将有什么大事情发生。那个叫红灯笼的女人,会是沈妍冰姐姐吗?如果真是她,她又是什么时候来上海的? 她又是怎么暴露的? 跟在强哥身边的那个女人又是谁?

"对了。跟在表哥身边的那个女人,好像是个日本女人,叫花野洋子。那天,阿拉在抢侬的小包包的前面,也抢过她的包包,被她狠狠地打了一顿。她那天穿了一身旗袍,阿拉到死也认得她。"阿胖说着摸了摸自己的脸,仿佛还在痛一样。

"花野洋子?"钮佳悦又一次陷入沉思。从延安出发时,李主任就对她说过,日本最厉害的特工南造云子已经死了,现在在上海最厉害的日本特工要数花野洋子。只是没想到花野洋子这么早就出现了。李主任还告诉钮佳悦,让她注意七十六号行动处的副处长许一晗,这两个女人看似很漂亮,可心狠手辣在上海滩是出了名的。想不到,这两个女人都出现了。

"小姐姐,你认识那个日本娘儿们?"阿胖见钮佳悦走神,又说道,

"这个日本娘们特别凶狠。她专门欺侮阿拉中国人,动不动就开枪杀害阿拉中国人,阿拉一个兄弟也是被她杀死的。"

日本人的心狠手辣,钮佳悦又怎么不清楚呢?他们如果不心狠手辣,又怎么会侵略中国呢?钮佳悦至今也不能忘记,1937年的那一天,日本鬼子的飞机轰炸了湖州,轰炸了小西街,从那时起,她就无家可归。无论是在上海的大桥监狱,还是在重庆的防空洞里,她都命悬一线。她恨日本人,希望早一天把日本鬼子赶出中国的土地。

"阿胖,今晚的事对谁也不要说。"钮佳悦对阿胖说,"你回去吧。我有些困了,要早点休息。明天早上,你去黄浦江边打听一下那个红灯笼的消息。"

"小姐姐,你认识红灯笼吗?"

"不认识。只是觉得好玩。"钮佳悦不能对阿胖说得太多。

"好的,阿拉就听小姐姐的话,不多问了。"阿胖虽然笨,但他觉得钮佳悦与那个红灯笼有着不同寻常的关系。不过钮佳悦是一个好人,她的话就是圣旨,无论如何,阿胖都要办到,因此,他走到门口,又回过头来,说:"小姐姐,侬放心,阿拉明天一早就去打听清楚。"

待阿胖走后,钮佳悦又陷入沉思之中,黄浦江边出现的那个红灯笼到底是谁?她为什么会出现在黄浦江边?强哥、花野洋子会和那个红灯笼相遇吗?如果这个红灯笼真的是沈妍冰姐姐,难道也是因为联络站的破坏,没找到接头人,才去黄浦江边的?如果真是沈妍冰姐姐来了上海,今晚她肯定有危险。不行,得找刘雅诗和刘嫂商量一下,让她们想想办法去救人。

钮佳悦来到刘嫂的卧室,敲了半天的门,里面都没有人应。钮佳悦轻轻地推了一下门,门却开了,走了进去,刘嫂不在屋里,刘雅诗也不在屋里。这么晚了,她们去哪里了?以往,刘嫂晚上从不出去,刘雅诗除了上夜班,晚上也不出去。今晚她俩都不在房间里,钮佳悦感到有些奇怪。如果她们有任务,为什么不叫上自己?仅仅是因为自己刚来上海?可自己是来上海工作的,有工作时,她们应该叫上自己才对啊。

钮佳悦打算去黄浦江看看到底是怎么回事,可一想自己是刚来上海,人生地不熟,又是晚上,不能很快到黄浦江边上,而且到处都是日本鬼子和七十六号的特务。

"该怎么办?"钮佳悦像热锅上的蚂蚁,坐也不是,站也不是。就在这时,刘嫂和刘雅诗急匆匆地回来了。看两人神神秘秘的样子,肯定是出去执行任务了。她们到底去执行什么任务?她们不说,钮佳悦也不好问。

"佳悦,你还没有睡?"刘嫂发现钮佳悦有些古怪的神色,问道。

"刘嫂,雅诗姐,我有一件事要向你们请教。"钮佳悦本想问她们去了哪里,执行什么任务,话到嘴边,却说,"今晚阿胖来了,他说黄浦江出现了一个叫红灯笼的人。强哥带着日本特工花野洋子去了那里,许一晗也跟踪他们也去了那里。"

"这事啊,我们都知道了。"刘嫂抢先说,"他们肯定扑了个空。"

"为什么?"钮佳悦终于猜测出了几分,刘嫂与刘雅诗肯定也是为了红灯笼的事去黄浦江边的,只是她们为什么不带自己去?是怕有危险?

"佳悦,你还小,本来这件事我们不该隐瞒你的。但既然你知道了,我们就实话实说吧,我们今晚也是为了红灯笼的事,特意去了一趟黄浦江边。"刘雅诗觉得自己太小看钮佳悦了。自己与刘嫂出去执行任务,钮佳悦不声不响地问话,就把自己的底套了出去,仅凭这点,就可以看出她是一个特别聪明的人,要不然,上级组织怎么派她来上海潜伏执行任务呢?钮佳悦年龄不大,可她心智已经成熟了。

"应当不会这么简单吧?"钮佳悦见刘雅诗主动说去黄浦江边执行任务的事,总觉得有些不对,可又说不上来。毕竟,自己刚来上海,有些事情还不了解。

"佳悦,我们这次本想带你一起去的,考虑到你刚来上海,一是需要休息,二是要熟悉这里的情况。等你熟悉后,我们会带你一起去执行任务。"刘嫂也看出了钮佳悦比自己想象的要聪明得多。今晚的任务是她与刘雅诗筹划了好几天,报上级党组织,得到肯定后,她们才去执行的。

"刘嫂,雅诗姐,我没有怪你们没带我去执行任务。但我应当有知道的权利。"钮佳悦见刘雅诗说明了情况,如果再追问下去,弄得自己不相信她们似的,又说,"多一个人就多一个主意,你们说是不是?"

"好了，不说这些了，今晚是我们不对。"刘嫂也看出了钮佳悦有些不满，便打了个圆场，说，"时候不早了，我们早点休息吧。"

"那休息吧。我明天还要去医院上班呢。"刘雅诗明白了刘嫂话里的意思，如果再说下去，她们今晚执行的任务会被钮佳悦全部套了出去。今晚执行的这个任务太特殊了，她们绝不能让钮佳悦知道。如果钮佳悦知道情况，肯定会阻止她们。她们是为了钮佳悦好，不得不出此下策，去执行一个本不该执行的任务。

回到房间，钮佳悦总觉得刘雅诗与刘嫂执行的任务太特殊了，她想了很久，还是想不出是什么原因，便迷迷糊糊地睡着了。

第五章

婀娜多姿的倩影

深夜的黄浦江,虽然有微风,但江浪仍然一波接着一波地扑打堤岸。因为战争,黄浦江堤岸边的小路已经被疯狂滋长的野草淹没了。在微风中,那些野草像秋天的稻浪一样前俯后仰,让人联想翩翩,误认为有一个好的收获。但心事重重的花野洋子心里却是一惊,红灯笼把接头地点选在这里,肯定也是看中这里是藏身的好地方,哪怕动用一个连的军人也很难发现。

"好狡猾的红灯笼。"花野洋子借着微弱的电筒光看到这些野草时,不由生气起来,早知如此,就应该多叫些人来。如今,花野洋子进也不是,退也不是。不抓住代号叫红灯笼的共产党特工,她心有不甘,如果就这样撤退了,她更是不甘心,这也不是她花野洋子行事的风格。越是遇到困难,花野洋子越觉得具有挑战性。可今晚任务的挑战性也太大了,仅凭她和强哥,即使在白天把整个江堤全部搜查一遍,也会被累死的。

"咱们是不是分开搜查?"花野洋子对强哥说这话,心里仍然后悔不已,自己为什么要单独行动呢?

在偌长的江堤岸边要找几个人是何等的艰难,更何况在夜里,花野洋子有些绝望,心里不住地骂自己愚蠢,又不住地骂强哥,这个狡猾的中国人,这么晚了把她叫到江边来。虽然强哥的父母在她的手上,可强哥仍不甘心为她卖力。眼前这个中国人的确非常聪明,他不但把他许下的诺言做到了,又让自己抓不到红灯笼,这是何等高明的计策啊。想到此,花野洋子心里十分不爽,不屑地看着强哥,冷冷地说:"你不是说你的情报十分准确吗,人呢?"

"我的消息肯定准确,那个代号叫红灯笼的共产党特工就出现在这里。也许她是得到了什么消息,已经逃跑了。"强哥十分肯定地说,"如果没有得到准确的消息,我敢来找你吗?再说,我的父母还在你的手上,就是给我十个胆子也不敢欺骗你。"

花野洋子看着强哥十分肯定的样子,也不好再说什么,只是在心里嘀咕起来,到底是强哥在骗她,还是红灯笼真的得到消息逃跑了?花野洋子还是觉得事情太过巧合了。从强哥那里得到消息,她就跟着他马不停蹄地赶到这里,前前后后没有遇到别人,时间也不长,如果说红灯笼得到了自己前来的消息,那么红灯笼是如何得到消息,又是怎么离开的呢?如果说是强哥骗她,那他的目的又是什么?

要想找到红灯笼,真的是一件难事。花野洋子突然觉得无论自己有多大能力,有多么心狠手辣,在红灯笼眼里,她或许就是一个小丑。想到此,花野洋子忽然感到头痛不已。

石库门一带生意最好的咖啡馆是天一咖啡馆,因为来这里的除了富人,更多的是日本人,他们三五成群,喝着咖啡,谈笑风生,没有身在异乡为异客的感觉,反而让人觉得他们就是这里的主人。许一晗也经常来这里喝咖啡,看着成群结队的日本人走进咖啡馆,鼻子里"哼"的一声,在心里暗暗骂道,现在的日本鬼子也换口味了,不吃寿司,改喝咖啡了,真是物是人非啊。

今天,许一晗早早地来到天一咖啡馆里,在一个临窗的位置坐下,要了一杯咖啡,无精打采地喝着,总觉得咖啡少了一个味儿似的。看着街上少许的行人,心里不由感叹起来,往日繁华的上海从 1937年仲夏就开始没落了。她不由伤感起来。许一晗是地地道道的上海人,父母是上海滩很有学问的知识分子,虽说家庭不是很富有,但比一般人要好得多。许一晗是她父母唯一的女儿，而且还是老来女，因此父母对她特别宠爱。许一晗从小不爱红装爱武装，成天与一群男孩混在一起，在十六岁便学会了喝酒、抽烟，还经常与男孩子打架，那些男孩子经常被她打得头破血流，很多家长找上门讨说法，都被许一晗堵在门口给撵走了。父母管不住她，最终断了她的零用钱，但许一晗仍然惹是生非，最后投靠了七十六号。无奈之下，父母把她撵出了家门，断绝了亲情关系。即使如此，许一晗还是继承了父母的一个特点——喝咖啡。如果一天不喝咖啡，就像少了点什么似的。

许一晗点了一支香烟，吐了一个烟圈，眼睛却没有离开大街。她在等待强哥前来给她一个交代。昨晚跟在强哥与花野洋子后面去抓捕出现在黄浦江边的红灯笼，不但花野洋子扑了个空，她也一样扑了空。回到城里，许一晗照例带着手下去吃了夜宵，还给了每人两块大洋。许一晗的心在滴血，虽说弄来大洋并不难，但也是花了她不少心思的。她有一个理想，就是钱越多越好，有了钱，什么事都好办。当年，如果不是父母断了她的钱，她怎么会进入七十六号，每每想到此，许一晗总觉得父母欠她的太多了，并对他们恨之入骨。

抽完一支香烟，强哥还没有出现，许一晗骂了一句："小赤佬，玩啥把戏，都这个点了还不来！"

许一晗骂完，又点了一支香烟，发现自己最近喝咖啡的次数越来越多，香烟也抽得越来越厉害了，也只有喝咖啡或者抽香烟时，她才能找回以前的那个自己。年少时，许一晗与一群男孩子叼着香烟，在上海滩东奔西跑，干着一些不切实际的事情。尽管多年过去了，许一晗还是非常怀念那段时光，那时候除了吃喝，就是疯狂地玩乐，哪像现在在七十六号钩心斗角，还要看处长的脸色行事。如果不是钩心斗角，许一晗也不会找强哥替她办事，更不会在这里为了等一个小混混而心慌意乱。

就在许一晗胡思乱想时，强哥像一条蛇一样游走在大街上，尔后左顾右盼地走进天一咖啡馆，最后出现在许一晗面前。强哥之所以心不在焉，是因为想起昨晚的事，还心有余悸，花野洋子真不是人，那口气，那发怒的样子，比一只母老虎还要猛。她每问一句话，都像是用一根鞭子抽打强哥的后背。好不容易应付过去，回到家时，天已经大亮了，直到躺在床上准备睡觉，才想起与许一晗碰面的事情，于是连脸都没有洗，就准备出门。这时强哥才发现，他的家门口不知什么时候多了一些陌生面孔。不用猜便知道这些人是花野洋子派来监视他的便衣特工。

为了与许一晗见面，强哥想了好些办法才摆脱那些便衣特工。强哥在大街上一路狂奔，又发现几个便衣特工在跟踪他，好在他是地地道道的上海人，走大街，穿小巷，费了好大的力气，终于摆脱了跟踪他的便衣特工。

见到强哥姗姗来迟，许一晗在烟灰缸里将烟头使劲地揉了揉，厉声问道："为什么这么晚才来？你知道你迟到了多少时间，又浪费了我多少时间？"

"我被跟踪了，好不容易才甩脱他们。"强哥解释说。

"你被跟踪了？还甩脱了他们？"许一晗有些不相信，又问道，"是谁的人在跟踪你？"

"我怀疑是花野洋子派来的人。"

"你是不是露出了破绽？"

"我不清楚。"

"你……"许一晗紧紧地盯着强哥，恨不得一口把他吞下去，"你坐下，把事情的经过说出来。"

"昨晚我带花野洋子去黄浦江边，起初，她非常相信。后来，她看到那里全是野草，怀疑我糊弄她，就一个劲儿地问我……"

"这些我都知道。你说点别的。"许一晗打断了强哥的话，她一直跟在强哥与花野洋子后面，又怎么不清楚强哥与花野洋子的谈话呢？她只想知道花野洋子从她的视野消失后的情况。

"是。"强哥心里有了一股无名火，但又不能发出来。眼前的这个女人与花野洋子一样心狠手辣，一样的坏。强哥知道自己名声在石库门一带极坏，但与这两个女人比起来，那就是小巫见大巫。如果老百姓见了他强哥，除了骂还是骂，但要是见到许一晗和花野洋子，老百姓们肯定不会骂他们，只恨不得手里有一支枪，朝这两个女人开无数枪，直到将她们身上打满窟窿为止。

"你在想啥事情？"许一晗见强哥还在沉思不说话，便催促起来。

"昨晚我跟着花野洋子回来后,她将我带了回去,仔细询问了我是怎样发现黄浦江边的那个红灯笼的,中间还对我用了刑。"

"她问了你一些什么问题?"许一晗觉得强哥没有说到重点,她不能错过任何一个细节。作为七十六号的行动处副处长,许一晗也不是吃干饭的。

"她问我在黄浦江边为什么没有见到红灯笼,又问我有没有把这个消息告诉其他人。"强哥突然发现,无论是许一晗还是花野洋子,这两个女人都有一个共同点,就是一点小事情会翻来覆去地问,而且稍不注意就会被她们抓住漏洞。

"你是怎么回答的?"许一晗仍不放心强哥。

"我是按照你的意思说的。"强哥真有点后悔,当初答应许一晗帮她做事。强哥原以为他与许一晗都是中国人,许一晗会看在都是中国人的份上,帮助他把父母从花野洋子手里救出来。现在看来,他又做了一个错误的决定。

"花野洋子没有问其他的?"许一晗仍然不放心,一旦强哥把她供出来,她不但无法在七十六号继续待下去,而且还会被特高课抓去。特高课可是让人生不如死的地方啊!

"没有了。"强哥不能把花野洋子审问他的话全部告诉许一晗,他得留下一张"王牌"。说不定,这张"王牌"还能救他的命。

第二天一早,李茜茜才得到红灯笼出现在黄浦江边的消息,别提有多懊恼了。她想,如果早一点知道这个消息,说不定就能抓住红灯笼,可以完成谷海山交给她的任务。可世上没有后悔药卖,李茜茜觉得她每次得到消息总是比七十六号晚一步。虽然李茜茜在百乐门舞厅里能得到很多消息,但近一年来,她得到的有用消息并不是很多,这才导致她在谷海山乃至其他军统特工面前少了威信。有时候,李茜茜也觉得自己很傻,作为一名军统特工,要有敏感的嗅觉和特有的洞察力;这两点她自认为都有,可在每次执行任务时,她又觉得自己根本没有。

吃罢早饭,李茜茜便独自出门。她要去黄浦江边看一看,虽然有消息说红灯笼沈妍冰在那里出现过,但没有消息说她被谁抓住。这就说明她在那里某个地方有落脚点。既然红灯笼曾经在那里出现过,说不定会再次出现。虽然李茜茜只是去碰碰运气,但总比不去好吧。

清晨的黄浦江在阳光的照射下波光粼粼,堤岸边的野草迎风飘荡,好一派令人迷恋的景色。李茜茜不由感叹起来,如果不是日本鬼子的侵略,这里也许是另一番景色,江里或许白帆点点,勤劳的国人在野草生长的土地上种出各种各样的庄稼,到了收获的季节,国人们会迎着阳光,和着晨风,迷醉在这里。但自从日本侵略以来,这里肥沃的土地便长满了野草。这是中国人赖以生存的土地,被日本鬼子无端地蹂躏、糟蹋,而国民政府却熟视无睹,竟然还要对付自己的同胞共产党。有时候,李茜茜也扪心自问这样做到底对不对,只是她的这个想法在脑海一闪而逝。作为军统特工,执行并完成上级交给她的任务才是正事。

一阵唏嘘后,李茜茜才想起她此行的目的,便行走在长满野草的江堤小路上,寻找一些蛛丝马迹,却意外地遇见了宋书平。

"想不到,我们的李西施也来这里看风景啊。"宋书平似笑非笑地看着李茜茜,眼光像一把利剑一样刺进了李茜茜的心窝。

"我就不能来这里看风景吗?"李茜茜刚才只顾着想事,却没有发现宋书平是什么时候出现在她的眼前的。作为军统的高级特工,李茜茜突然发现自己做事竟是那样的无知,如果把宋书平换作七十六号,或者特高课的特工,自己恐怕早就没命了,好在他只是一个警察。但上次自己带着钮佳悦走时,被宋书平无端地拦住了去路,自己还抢了他的枪,虽然只是一把没有子弹的手枪,但自己的身手已经显露了。这宋书平今天出现在自己的眼前,不会是巧遇吧?

"没打扰到你看风景吧?"宋书平说这话时,声音极为平静,又像是自言自语的样子,令李茜茜更是捉摸不透。

"你这不就打扰我了?"

宋书平静静地看着李茜茜,突然像是想起了什么,问道:"咦,今天怎么只有你一个人来呢? 那个小姑娘没来?"

"我身边的小姑娘多得很,你是指哪一个小姑娘?"李茜茜明知故问。其实,自从上次和钮佳悦碰到宋书平后,她们就分散了,到现在李茜茜都没有找到钮佳悦。想到钮佳悦，李茜茜总觉得她不是一般人，身上肯定带着某种秘密，自己刚刚与她接触，还没仔细调查，就被宋书平坏了事。

"你给我装傻吗？"宋书平知道李茜茜不想承认她认识钮佳悦的事。

"你给我说清楚嘛。"李茜茜明白宋书平问的事，但她不能告诉宋书平，便做出一副撒娇的姿态，想把这事糊弄过去。她也明白，宋书平绝不是那么好糊弄的人，但拖延一些时间也好，她可以借机脱身。毕竟在这江边，只有她和宋书平两人，真正动起手来，谁输谁赢还不一定。

"就是上次咬我，并打掉我手里枪的那个小姑娘。"宋书平的声音突然严厉起来，他不想与李茜茜兜圈子。

"你说的是她啊？我也不知道她去哪里了，我也正在找她。"宋书平如此关心钮佳悦，他们之间会是什么关系？李茜茜猛然想到，那天，以宋书平的身手，钮佳悦怎么能打掉他手中的枪并跑掉呢？宋书平随便扣动一下扳机，即使打不中钮佳悦或自己，只要枪声一响，附近巡逻的日本宪兵就会在很短的时间内赶过来，她与钮佳悦谁都逃不掉。宋书平故意不开枪，难道他认识钮佳悦？可从那天的情况来看，钮佳悦似乎不认识他。

"你撒谎。"宋书平突然笑了起来，"她与你是一个舞厅里的人，你怎么会不知道她的下落呢？"

宋书平的笑，让李茜茜有些心惊肉跳，这宋书平的葫芦里到底装的是什么药，他怎么认定钮佳悦是百乐门舞厅里的人？如果说钮佳悦真是百乐门舞厅里的人，宋书平带人过来找不就行了？虽然宋书平只是一个小小的警察，但他完全可以找一个适当的借口来舞厅找人，或者与日本人一起来。他在这里等自己，目的何在？李茜茜难以估摸宋书平今天来到黄浦江边的目的，便说道："宋书平，你当你的警察，我当我的舞女，你来舞厅里，我也没有得罪过你，咱们好像井水不犯河水吧？你今天突然问我这些话，是什么目的？"

"你多疑了。我今天值班，奉命在这一带巡查，恰巧碰到你，随便问问而已。"宋书平不咸不淡的回答，令李茜茜找不出丝毫破绽，却让她更加心慌。李茜茜知道,一个高级特工不能遇到一点小事就心慌,这是大忌。面对宋书平的这种问话,李茜茜又不得不小心应对,万一宋书平是七十六号或者特高课派到黄浦江监视的人,自己正好撞上了枪口,该如何是好?

"你是警察,没错,但我没做犯法的事,在这里看看风景,不行吗?"李茜茜有些无奈,但又不能得罪宋书平。

"这里除了江水,便是野草,风景好看吗?"宋书平似笑非笑地说。

"我回去,还不行吗?"李茜茜觉得宋书平话中的含义好像很深奥,更让她捉摸不定。但此时不离开,更待何时?

"我没有说不行。"宋书平抬了抬手说,"请便。"

"走就走。"李茜茜转身就走,心里却特别窝火,应该好好查查这个宋书平的底细了,他到底是在为特高课、梅机关,还是为七十六号做事?

早上,钮佳悦很早就醒了,很想去黄浦江边打听那个叫红灯笼的女子的下落,但是,由于她初来上海,对上海不熟悉,加上到处都是日本便衣和军统的特工,如果她贸然去找红灯笼,说不定会发生什么意外。所以,没有得到刘雅诗的同意,钮佳悦不敢贸然出门,好在她已经让阿胖去打听消息了。现在唯一要做的事就是静下心来等待阿胖的消息。快到中午了,阿胖还没有来,钮佳悦十分着急,她害怕阿胖出了什么事。阿胖虽然是个扒手,但是他这个人的本质不坏。如果不是因为生活所迫,阿胖肯定不会走上邪道,现在要好好地开导他,把他引到正路上。

午后,阿胖终于回来了,钮佳悦悬着的心终于放了下来,她迫不及待地问道:"阿胖,都打听到些什么消息?快告诉我。"

"小姐姐,看把侬急得个啥样。"阿胖知道钮佳悦心急,便把打听到的消息一股脑儿地说了出来,"小姐姐,今天阿拉看到了百乐门舞厅的舞女李茜茜,也去了黄浦江边,还看到一个警察。他们在那里说了很久的话,舞女好像提到你的名字。"

"舞女?警察?"钮佳悦突然感觉到事情的严重性。不用问,钮佳悦也知道阿胖所说的舞女肯定是李茜茜,不过令钮佳悦想不通的是李茜茜为什么也去了黄浦江边。钮佳悦回想起在百乐门舞厅时与李茜茜的交往,感觉她的身份肯定不简单。警察会是谁？难道他就是那次拦住自己与李茜茜的那个警察？

"那个警察叫宋书平,阿拉见过他很多次,有时候对阿拉很凶,有时候又很慈祥。"阿胖记得有一次,他与几个小伙伴正准备偷一个乡下人模样的人的东西时,被宋书平抓了个正着,但宋书平并没有把他们抓到警察局里,走到半路就把他们放走了。临放时,宋书平挥舞着手中的警棍警告他们,如果以后还敢偷穷人的东西,就把他们送到警察局关个十天半月。

"果然是他们。"钮佳悦突然觉得宋书平这个警察很有意思,上次,她与李茜茜从百乐门舞厅出来,就碰到了他。

"宋书平说他是奉命巡查,阿拉怎么看,他都不像在巡查,好像与舞女李茜茜一样,在寻找什么人。"尽管阿胖当时听得不太清楚,但从宋书平的表情可以看出来。

"有点意思。"钮佳悦没想到这些有意思的人都去了黄浦江边,不用说,他们都是奔着红灯笼去的。他们对红灯笼那么感兴趣,就说明他们并不是普通人。听阿胖说,日本特高课的花野洋子与强哥先去了黄浦江边,接着许一晗也去了。花野洋子是日本特工,许一晗是七十六号的人,李茜茜和宋书平有可能是军统的人。钮佳悦想,以后见着这些人都要格外小心,不然,她的身份随时都可能暴露。

"小姐姐,侬说有意思,是啥意思？阿拉看他们都不是啥好人。"阿胖不明白钮佳悦的话,为她担心,说,"小姐姐,侬以后见到他们要躲得远远的。他们都是坏人。"

"阿胖,小姐姐谢谢你的关心,我当然晓得他们都是坏人,见了他们也会躲得远远的。"钮佳悦突然觉得阿胖不但是一个善解人意的人,还特别可爱,又说,"你以后见了他们也要躲得远远的。"

"好的,小姐姐。"阿胖突然感到一股暖流流遍全身。钮佳悦是个好人。好人就会有好报,好人就会关心别人。

清晨的阳光洒照在上海这座城市时,满脸疲惫的谷海山伸了一下懒腰,然后坐下来,拿出烟斗点燃香烟猛吸起来。昨晚一连接到两个消息，一是归国华侨、生化专家赵长根教授在爱国人士的帮助下，三天后将在上海十六铺客运码头上岸，另一件事就是共产党特工红灯笼，或者说是沈妍冰出现了。赵长根掌握了破解日军 731 部队研制细菌的方法，他即将秘密回国。但据安排在七十六号的内线传来的消息，七十六号和特高课也已经掌握了这个消息，他们正派人去十六铺码头进行布防，一旦赵教授上岸就实施秘密抓捕。日本鬼子在战场上使用毒气炸弹，导致很多中国士兵和老百姓身亡。谷海山已经查清了 731 所属的荣字 1644 部队在南京中山东路原南京陆军中央医院设立总部的消息，尽管荣字 1644 部队对外称华东派遣军防疫给水部/中支那防疫给水部，或称"多摩部队"，但谷海山摸清了荣字 1644 部队的一切情况：部队长为桔田武夫中佐，副部队长兼研究课长为小林贤二少佐，荣字 1644 部队下设七个课，在上海、南京、岳阳、荆门、宜昌等地派驻十二个支队。赵长根针对他们研究的毒气，找到了破解方法。

谷海山喝了一口冷茶，突然身上冷汗直冒，日本细菌武器的厉害，他比谁都清楚。现在的工作重心应当放在如何把赵长根接到，再安全地将其送往重庆上。特高课和七十六号都知道了这件事，他们的动作也特别快。上海现在在日本人的控制范围内，要想安全地接到赵长根，再将其送往重庆，任务的艰巨性可想而知。

唉，李茜茜，亏自己一直看好她。让她查红灯笼沈妍冰的下落，却一直没有消息。这两个任务都交给她，她能办到吗？昨晚半夜，在得到红灯笼出现在黄浦江的消息后，谷海山马上派人去百乐门舞厅通知了李茜茜。但她到现在都没回来，也不知查到了些什么消息。

谷海山正想着，又焦急又满脸疲惫的李茜茜急匆匆地来了，见到谷海山后，一句话都没有说，便端起桌上的茶杯猛喝起来。

谷海山看到李茜茜的样子，又有些心疼，作为潜伏在敌占区的特工，随时都有生命危险，但他们心甘情愿。其实像李茜茜这样才貌双全的女子，完全可以找一户大户人家嫁了，然后过安逸的日子，可她与朱佩玉一样，选择了做特工，而且在上海这个日本人控制下的环境里做一名潜伏的特工，这得需要多大的勇气。刚才，谷海山还想着如何责备李茜茜，可现在看到她疲惫的样子，把话又咽了回去，轻声说：

"慢点喝，别呛着。"

"站长。"李茜茜放下茶杯后，问道，"站长，那个叫宋书平的警察，到底是不是我们的人？"

"宋书平？好像有点印象，他怎么啦？"谷海山不由问道。

"我已经遇到过他好几次了，他虽然是警察，可行事作风与其他警察完全不同，我一直怀疑他是我们的人。"李茜茜说着，把她几次遇到宋书平的事也一并讲了出来。

"原来是这样？"上海那么多警察，谷海山当然不认识宋书平，但他听到这个名字后，突然想起不久前的一件事。那天，谷海山带着锄奸队清除叛徒汉奸陈三娃时，得到一个消息，说有几名共产党正在秘密开会。于是他决定趁热打铁，一举端掉共产党的那个窝点。就在谷海山要靠近共产党开会的地点时，宋书平带着人追来了，并立即开了枪，虽然没有伤着锄奸队任何一人，但枪声惊动了正在开会的共产党，他只好带领锄奸队离开。后来回想起这件事，总觉得哪里不妥。谷海山在枪杀叛徒陈三娃后，宋书平就带着人追赶过来。按道理，宋书平人多势众，又开着警车，要追上谷海山与锄奸队，那可是轻而易举之事，但宋书平就是没有追上；就在谷海山认为特别安全，决定顺路端掉共产党的开会人员时，宋书平恰好出现，这令人费解。现在想来，这绝不是巧合。

"上一次，他明明可以开枪将我击毙，却放过了我。"李茜茜指的是上次她带着钮佳悦来见谷海山，被宋书平拦住的事。因为宋书平的出现，她与钮佳悦走散了。作为军统的高级特工，竟然让一个刚成年的小女孩逃脱了，这是她的失职。但她不能把这事告诉谷海山，不能让谷海山抓住把柄，更不能让谷海山对她失望。李茜茜一直不服气谷海山把朱佩玉当成他手下最好的特工，但现在想来，李茜茜不服气都不行。最近，一连执行几次任务都以失败告终。李茜茜有时候也在想，是敌人太狡猾还是自己太笨。就拿今天早上的事来说，自己悄悄地前往黄浦江寻查红灯笼的事，居然被宋书平给搅黄了。宋书平似乎对她的一举一动了如指掌，还知道自己前去黄浦江的目的。如果宋书平当时要与自己武斗，谁输谁赢还不一定。

"从你了解的情况来分析，宋书平不太可能是七十六号的人，也不可能是特高课的人，但也绝不是我们的人。如果他是我们的人，我为什么一点消息都没有？而且我们安排在七十六号的内线，从来没有提起宋书平这个人。唯一能解释的，就是他有可能是共产党的人。"谷海山经过综合分析得出这个结论，又叮嘱李茜茜，"以后，遇到他要格外小心，更不能暴露了你的身份。"

"我在想，他肯定在怀疑我的身份。如果他没有怀疑，就不会一次两次地跟踪我。"李茜茜非常担心地说。

"你先避开他。我马上派人去调查他。如果他不是我们的人，无论他属于哪一方，我都会派人除掉他。反正死一个警察，也没有多少人在意。"谷海山不想李茜茜一直纠结宋书平的事，他还有更重要的任务要交代，让她三天后去十六铺码头接赵长根。吩咐完，谷海山又叮嘱李茜茜要做充分准备，事关重大，不能让特高课和七十六号的人抢了先。

"赵教授？就是你以前一直提到的那个生化专家？"李茜茜听说过赵长根的事，只是没想到这件事要让她去办，她可一直在追查沈妍冰，现在要为赵长根的事分心。于是，李茜茜又问道："那查沈妍冰的事，由谁负责？"

"这件事先缓一缓。"谷海山缓缓地站起来，说，"赵教授对我们来说特别重要，而且是戴老板亲自督办这件事。戴老板已经把这件事交给了我。我现在不方便出面，只能由你去办，当然，我会派人协助你，由你指挥，武器也准备好了，其中有两门八九式掷弹筒，不到万不得已，能不开枪就不开枪，特别是这个重武器能不使用最好不使用。"

"是。"李茜茜突然感觉到谷海山还是那么相信自己，可是这个任务太重了，仅凭一己之力，她不知能否安然接到赵长根。至于如何把赵长根安全地送到重庆，那是谷海山的事了。

"你赶紧回去弄一个详细的计划，然后拿来我们研究。"谷海山想过派其他人去接赵教授，可想来想去，还是只有李茜茜最合适。

"是。"李茜茜现在没有办法，只能无条件地服从。

"去吧。这两天就不要来我这里了，以免暴露了你的行踪，其他事情我会派人与你联络。"谷海山挥了挥手，心情特别压抑。

在李茜茜走后，谷海山感到一股倦意涌上心头，可他心里还是放不下沈妍冰的事。红灯笼就是沈妍冰,沈妍冰就是红灯笼,她出现在黄浦江边上,会不会也是奔着赵长根赵教授来的? 谷海山拿不定主意,总觉得这两件事不会这么巧合,但他预感到将有大事发生。

直到深夜,刘雅诗才下班回到刘嫂的饭馆里,饭馆也没有客人,钮佳悦觉得自己应当找刘雅诗和刘嫂把出现在黄浦江的红灯笼的事弄清楚。在钮佳悦的意识里,那个红灯笼的出现与刘雅诗有关联。

"雅诗姐,刘嫂,现在没有外人了,我想向你们打听一件事。"钮佳悦单刀直入地说,"请问,出现在黄浦江的红灯笼是怎么回事?"

"你为什么突然问这件事情?"刘雅诗没想到钮佳悦又问黄浦江出现红灯笼的事情,在心里不由暗暗赞叹钮佳悦是一个不简单的人。

"我就想问问到底是怎么回事,难道说组织上又派人来上海了?"钮佳悦现在担心延安方面派沈妍冰来上海。如果真是那样,那沈妍冰就有危险了。刘嫂和刘雅诗是在上海的联络人,如果沈妍冰真来上海了,她们肯定会得到消息,怎么会无动于衷呢? 可刘嫂和刘雅诗一点都不慌张,此事必有蹊跷。

"组织上没有派人来。"刘雅诗笑着说,"这是我们的计策。"

"计策? 啥计策?"钮佳悦被刘雅诗的话搞糊涂了。

"佳悦,这是我和雅诗想出的一个计策。"刘嫂也笑着说,"我们早就打听到特高课的花野洋子和七十六号的许一晗,还有军统也派出了特工在寻找从延安来的红灯笼。"

"是啊,我们接到组织上的消息,说从延安派了一个叫红灯笼的特工来,我们一直以为是沈妍冰同志,没想到上级党组织派你来上海与我们一起工作。我们都知道红灯笼是沈妍冰同志的代号。当年,你和李思瑶被关在上海大桥时,我们曾多次打听和组织营救,但均以失败告终。之后,接到组织上的命令,让我们无论如何都保证红灯笼同志的安全,但没有说谁是红灯笼,就连唯一知道红灯笼是谁的交通员,也在来的路上被特高课的人杀害了。直到后来,我们才知道红灯笼是沈妍冰同志的代号。"刘雅诗说这话时,仿佛又回到了1937年的那个夏天,她接到党组织的命令,无论如何都要保证红灯笼的安全,但等她与刘嫂赶到接头地点,发现了与她们接头的交通员遗体,刘雅诗与党组织再一次取得联系,得到的命令是全力营救李思瑶同志。但她最终没完成这个艰巨的任务,好在李思瑶同志与钮佳悦最终逃离了大桥监狱,前往重庆。

"原来是这样。"钮佳悦长长地舒了一口气,又问道,"那黄浦江边出现的红灯笼是怎么回事?"

"其实,除了保障你的安全,我们还接到另一个任务,就是迎接回国的赵长根教授。"刘雅诗说,"赵教授是生化专家,对我们抗击日军有很大的帮助。我们向敌人发了一个烟幕弹,让他们顾此失彼,这有利于我们把赵教授接过来。"

"迎接赵教授,也是我来这里的任务之一。"钮佳悦说。

"这就对了。"刘嫂说,"我们之所以用了这么一个计策,目的是安全地迎接到赵教授,然后再把他安全地送到延安。"

"我姐说得对。你来之前,我就接到上级党组织的命令,无论如何都要把赵教授安全地接到,然后再安全地送到延安去。"刘雅诗说着,就把她迎接赵教授的计策说了出来。一个月前,刘雅诗接到上级党组织的命令,归国华侨、生化专家赵长根在国外已经完成了抑制日本 731 部队细菌的实验,并取得了重大成果,决定回国报效祖国,但一直苦于没有回国的路线,最后通过在国外的爱国人士制定的路线,乘船回国,在上海十六铺码头上岸,但上海被日本控制,从日战区上岸,安全成了最大的问题。为了保证赵教授的安全,上级党组织决定,由刘雅诗负责迎接。在接到这个任务后,刘雅诗一直在想一个万全之策,但很多天过去了,刘雅诗也没有想出一个万全之策,加上联络站被破坏,安全迎接赵教授的计划又一再落下。正好钮佳悦来了,根据在敌人内部潜伏的同志传来的消息,他们知道红灯笼沈妍冰来到了上海,也知道她是一位密码高手,所以千方百计地寻找她。刘雅诗与刘嫂一商量,决定假扮成红灯笼出现在黄浦江边上,把所有的人员都吸引到那里,这样,刘雅诗和刘嫂就有了迎接赵教授的时机。

"原来那个红灯笼还真是你们装扮的,这么说沈妍冰姐没有来上海了。"钮佳悦终于解开了心里的那个结。如果沈妍冰来上海,她怎么会不知道呢?而且在延安出发前,李科长也没有说沈妍冰要到上海执行任务。再说，沈妍冰是个密码高手，延安那边正需要她破译敌人电台，怎么能到前线来呢？

"如果我们不这样做，万一赵教授归国的事情泄露出去，那将对他的安全构成严重的威胁，这也是没有办法的办法。"刘雅诗又说，"再说，沈妍冰同志也没来上海，就让特高课、七十六号和军统的特工去折腾吧。等他们反应过来，我们已经把赵教授接到并送走了。"

"这可是一个两全其美的办法。"刘嫂说，"为了这个方法，我们可谓绞尽脑汁。现在，日本鬼子已经疯狂了，到处使用细菌武器，这对我们战士的生命构成了极大威胁，我们必须想尽一切办法阻止敌人的疯狂行动。"

"为了赵教授的安全，我们也想了第二套方案。"刘雅诗从来就不打没有把握的仗，又说，"我们不能低估了敌人的智商，特别是特高课的特工，可以说是无孔不入。我们既然能得到赵教授归国的情报，他们也会得到同样的情报，七十六号的许一晗和军统的特工，他们也不是吃干饭的。他们得到情报的渠道多。我们让红灯笼出现在黄浦江，只是扰乱他们的视线，也有可能弄巧成拙。所以，我们现在还要准备几套方案。"

"我知道，这次的任务只许成功，不能失败。"钮佳悦知道这次的任务是失败不起的，如果没有把赵长根安全地迎接到，再安全地送走，那损失就大了。

"赵教授一个人可以抵上很多人，我们要不怕牺牲，要有坚定不移的信念，要有不怕死的决心，一定要把赵教授安全地接到，还要安全地送走。"刘雅诗知道任务的艰巨性，但这不能难倒她。自从潜伏到上海，她已经做好随时牺牲的准备。

"是的，我们得多准备几套方案，但均要做到无懈可击，保证赵教授人身的绝对安全，更不能让他被特高课、七十六号的特工，或者军统的特工截走了。"这也是钮佳悦从延安来上海的目的和第一个任务。她不能让自己执行的第一个任务就失败了，这个任务失败不起。

"佳悦说得不错。"刘嫂接下了钮佳悦的话，"我们现在就再商量几套方案，相互指出方案中的不足，随时完善方案。"

　　"好的,我们各尽所能,今晚就把方案定下来。"刘雅诗也同意钮佳悦和刘嫂的意见。

　　三个人围在桌旁,发挥各自所能,在天亮时,终于又制订出几套迎接赵长根的方案。看着桌上的方案,三个人会心地笑了。

第六章

引以为豪的计划

　　只要抓住了红灯笼沈妍冰，花野洋子在上司面前就有抬头的机会。但是，沈妍冰来上海好些天了，连个人影她都没见着，花野洋子疯了一样，几乎一夜没睡。难道就这样白白地错过抓捕沈妍冰的机会？

　　沈妍冰是延安派来的特工，更是杀害姐姐花野真衣的凶手之一，花野洋子曾发誓要抓到她。一想到姐姐被红灯笼杀害，连尸体都没有看到，花野洋子就心痛不已，姐姐花野真衣是她在中国唯一的亲人，就那样不明不白地死了。那些在战场上死了的士兵，他们的骨灰还可带回日本国去，可姐姐连遗物都没有一件。想到此，花野洋子突然有些伤心起来，也不由为姐姐的死悲伤起来。她有时候也在想，姐姐花野真衣走的路到底对不对，可一想到自己在中国东北做慰安妇的那种日子，她又觉得姐姐花野真衣做的事是神圣的，伟大的。自己走姐姐走过的路，值。

　　天已经微亮，花野洋子倒了一杯红酒，仍然想借红酒来迫使自己忘记一切，桌上的电话不适时地响了起来。花野洋子迫不及待地拿起电话。电话是上司打过来的，意思很明确：有一个中国的生化专家明天下午两点在十六铺码头登岸，无论如何都要把这个中国生化专家截住，不能让他破坏了帝国的圣战。这不但是一个命令，而且是一个死命令。

放下电话，花野洋子的心竟然"扑通扑通"地跳得特别厉害。上司终于肯用自己了。这个命令从特高课里传出来，意味着展现自己能力的时候到了，比去抓一个没有踪影的共产党特工强多了。花野洋子深知，这个任务不能失败，一旦失败，她将在特高课永远抬不起头，而且这件事将成为整个日本帝国的耻辱。既然特高课能收到这个消息，那么隐藏在上海的军统和共产党们肯定也能得到这个消息，只是不知道那个生化专家是国民政府的人，还是共产党的人。无论他是哪一方的人，都不能让他落在他们手里，也绝不能让他为中国卖命。这是一个绝密的消息，也是一项神圣的任务。要完成好这个任务，必须周密计划，不能让国民党和共产党的特工钻了空子，更不能让他们把人截走了。

要想顺利完成这次任务，就必须知道是什么人来接这个归国的中国生化专家，用一句中国话说："知己知彼，百战不殆。"花野洋子虽然在中国待了很多年，但她来上海的时间还不长，对上海还不是特别了解。想了解中国人，就必须通过中国人。在这些中国人中，花野洋子觉得强哥是最合适不过的人选，毕竟他的父母还在自己的手上。如果强哥不听自己的话，随便把他父母一根指头放在他面前，他连大气都不敢出一声。想到此，花野洋子冷笑了一声，端起红酒一饮而尽，然后出门去找强哥。

强哥正在家里生闷气。他只是上海滩的一个小混混，从不招惹日本人和七十六号的汉奸们，可他们偏偏找上门了。那个日本娘儿们花野洋子看上去楚楚动人，没想到心如毒蝎，做起事来的那个狠劲，强哥还是第一次遇到。她说干什么就要干什么，一点人情味都没有。还有许一晗，作为一个中国女人，竟然当了汉奸。看上去她的脾气不愠不火，骨子里却透着一股威严和霸道，着实让人受不了。强哥有时候也在想，这两个女人是他命里的克星，但他在上海滩当小混混的目的，只是过日子，从没有招惹过她们，怎么就认定他是她们要利用的人呢？如果他真有那本事，怎么至今还只是一个小混混呢？

但强哥最担心的还是父母的安全，因为父母被花野洋子抓去了好些日子，一点消息都没有。虽然许一晗说帮助他把父母救出来，可她连自己的父母关在哪里都没有打听到，还能指望她吗？

强哥正想着，花野洋子猛地推门进来了，看着强哥，很是不悦，厉声问道："你今天还没有出去给我打听消息？"

"我……我正准备出去呢。"花野洋子的突然出现，让强哥瞠目结舌。在听到花野洋子不友好的口气后，强哥特窝火，这日本娘们从不给他一个好脸色。他前两天带她去黄浦江抓红灯笼，结果自己还被她带进特高课里拷问，虽然上的刑不重，但也着实痛得不行。本打算这两天在家养养伤，花野洋子居然上门来了。

"现在就不要出去了，今天你去帮我办另外一件事。"花野洋子说着从包里拿出一大把银圆丢在桌子上，说，"这是对你上次消息的奖赏。只要你给我好好办事，好处还是少不了你的。"

看着桌子上的银圆，强哥欲哭无泪。这日本娘儿们今天突然给他银圆，说明她还有事求他，只是他哪有那个能力帮她办事？办得好，能得到奖赏，办不好，强哥不但救不了他的父母，还会受到比上次更厉害的严刑拷打。这日本娘儿们真是惹不起，但在这种情况下，强哥又不得不问道："什么事？"

"想必你对十六铺码头特别熟悉吧？"花野洋子说道。

"这个自然熟得很。"强哥从小就在上海滩混日子，又怎么会对十六铺码头不熟悉呢？那里的每一块石头，强哥都了如指掌，只是他不明白花野洋子为什么会提到那儿。

"我们要在十六铺码头接一个非常重要的人，但他不是我们的人，为了防止中共和军统的特工把他接走了，我们容不得一点闪失，所以，我必须了解那里的一切。你现在的任务是把十六铺码头的情况全部告诉给我。"花野洋子在来的路上，就一直在想，无论是军统还是共产党的特工，他们要到十六铺码头接人，除了前去码头，肯定还在暗处安排了接应的人。可她对十六铺码头还非常陌生，该怎么布置人马？万一没布置好，被军统或者共产党的特工钻了空子，或者把她的人给端了，那她将一败涂地。

"十六铺码头的位置特殊，又是客货两运的码头，就怕他们混在那些工人中间……"作为上海滩的小混混，强哥觉得无论花野洋子布置多少兵力，一旦被接的人装扮成普通卸货工人，他们到哪里去找？强哥说出这话后，又后悔不已，自己真是成事不足，败事有余，凭啥要告诉花野洋子，这日本娘儿们这么坏，就让她接不到人。他突然希望花野洋子这次任务失败，那么，这日本娘儿们就不可能这么嚣张了。

"你的主意不错。"花野洋子听到强哥说中国的那个生化专家有可能装扮成普通卸货工人，那么她带领的特工是不是也可以装扮成普通的卸货工人？只要有被怀疑的对象，这些装扮成卸货工人的特工就可以很快地控制住他们，这岂不是两全其美的方法？

"为你效劳，是我的荣幸。"强哥虽然得到花野洋子的夸赞，头上却冷汗直冒，自己干了一件坏事。

"这事成功后，你的功劳大大的，我会奖赏你的。你把十六铺码头的地图画出来，我要仔细研究。"花野洋子催促起来。强哥没有办法，只得草草地把十六铺码头的地形画了出来，又给花野洋子解释了一遍，花野洋子一一记在心里。拿到地图后，一个计划也在她心里完成了。因为有了地图，花野洋子也有十足的把握，再加上强哥出的主意，剩下来的事就是实地观察和精心布置了。一切就绪后，花野洋子想，中国的那个生化专家休想从她的眼皮子底下逃走。

许一晗觉得强哥是一个靠不住的人，决定跟踪花野洋子，从她那里下手。出了门，许一晗抬头望了望天空，今天的天气并不太好，灰蒙蒙的，暴风雨好像随时要到来。许一晗整了整衣领，戴上墨镜，眼前的一切更加灰蒙蒙了。她骂了一声"册那"，然后又取下眼镜，捋了捋头发，把风衣帽子戴在头上，朝花野洋子的住处走去。

要监视花野洋子的一切，必须近距离跟踪她。许一晗看到花野洋子从外面回来，急忙躲在一边观察，发现她似乎很高兴，还哼着听不懂的日本歌曲。这女人也太狂了，这时候还有心情哼歌曲。但许一晗转念一想，不对啊，这日本娘儿们这么早就出去了，回来又这么高兴，肯定有问题。

许一晗为自己这么晚才出来感到特别后悔，肯定是花野洋子抢先一步得到了有价值的情报。难道说她有了红灯笼沈妍冰的消息了？这也不对啊。自从沈妍冰那晚在黄浦江边出现后，便再也没有消息了。

许一晗想，是不是强哥得到了什么情报，先告诉了花野洋子，却没有告诉自己？她感觉特别不爽，在路边叫了一辆黄包车直奔强哥家。

强哥没想到花野洋子一大早就来了，她那咄咄逼人的样子，让他愤怒到极点。如果不按她的要求去做事，父母的性命就难保。他又怪自己嘴臭，不该给花野洋子出主意，让她捡了一个大便宜。好在花野洋子得到主意就走了，如果许一晗再来，自己又该怎么做？强哥正想着，门被推开了，许一晗真的来了。

"该死，怕什么来什么。"强哥在心里嘀咕了一句，强装笑脸站了起来。

"阿强，看你忧心忡忡，是不是花野洋子来过了？"许一晗发现强哥有些不对劲，心里一下子就明白过来了，肯定是花野洋子来找过他。目前最重要的是把花野洋子来强哥家里的目的弄清楚，就知道她高兴的原因了。

"还真被你猜对了，她还真来这里了。"强哥不想隐瞒许一晗，这个狡猾的女人肯定看出了端倪，自己没有隐瞒她的必要，还指望她帮自己救出父母呢。

"你知道红灯笼沈妍冰的下落并告诉她了？"许一晗不想绕弯子。只要强哥知道了沈妍冰的下落，她一定要赶在花野洋子前面抓住沈妍冰，那样她不但可以立功，七十六号的人也要对她另眼相看。

"不是。"强哥回答后，突然觉得许一晗除了狠毒外，并不聪明。如果让许一晗也知道归国的生化专家即将在十六铺码头上岸，那又将是什么情况？

"不是？那是什么？"许一晗突然觉得还有比寻找红灯笼沈妍冰更大的事情，那可是立功的机会到了。

"有一个生化专家即将在十六铺码头上岸，花野洋子要布下天罗地网抓这个人。"强哥装着十分担心地说，"只是……只是……"

"只是什么？你快点说，不要给我打哑谜。"许一晗一听，觉得这件事非同小可，真是比抓捕红灯笼的事情还要重要。日本人早就在战场上使用细菌武器,国内的战场已经不可同日而语。如果日本战胜,她的这一步棋是走对了;一旦日本战败,她头上的汉奸帽子永远都摘不掉。那时,无论是国民党还是共产党,岂能给她活路?日本在东北的 731 部队,大家都心知肚明,如果被归国的生化专家全部破解了,那日本人哪有胜利的机会?抓住这个归国的生化专家,不单单是立功,也是为她后半生着想。许一晗突然发现找强哥帮自己办事,真是一个明智的选择。

"只是谁都不知道这个生化专家是一个什么样的人,只知道上岸的时间。"强哥慢条斯理地说,"估计花野洋子知道那个人长啥样。"

"她知道?没有告诉你?"许一晗突然发现她虽然身为七十六号的行动处副处长,在特高课面前却什么都不是。这么大的消息,她居然一点都不知道。七十六号为日本人办事,从没得到过他们的信任。会不会是处长得到了消息,派其他人去了呢?但许一晗马上又否定了,七十六号里任何一次任务,都是他们行动处冲在第一线,这次处长那里一点动静都没有。

许一晗想,抓住归国的生化专家是大功一件,如果知道了花野洋子的计划,然后不声不响地从她手上把归国生化专家抢走,那她可是大功臣了。想到此,许一晗不由笑了起来,从口袋里掏出一把银圆,丢在桌子上,对强哥说:"这是对你的奖赏,你把花野洋子的计划告诉我,待我抓到那个生化专家后,还会奖赏你很多银圆。"

"你说的是真的?"强哥看着银圆,突然想笑,早上花野洋子也给了他一大把银圆,现在许一晗也给他一大把。看来这两个女人已经到无计可施的地步了,要不然,这两个恶毒的女人会舍得拿银圆给自己?如果让两个女人相互打起来,自己是不是就有好戏看了?强哥打定主意后,便对许一晗说:"许处啊,这有些为难。我把她的计划告诉你,她知道了还不杀了我?"

"难道你就不怕我杀了你?"许一晗没想到强哥不愿意与她合作,有些着急起来,连哄带吓地说,"她抓走了你的父母,她就是你的仇人。我可以帮你把你的父母救出来。再说,我们都是中国人。难道你宁愿相信一个日本人,也不相信我这个中国人?"

"这……"强哥装着考虑好一会儿才答应下来,"好吧。我相信你。她的计划是让她的手下化妆成码头上的伙计，然后乘机把归国生化专家抢走，而且她在暗处安排了许多枪手。你只要把她安排在暗中的枪手解决掉，然后把她安排在码头装扮成伙计的特工再一一干掉，那个生化专家不就是你的了？到时候她追问起来，你就说她安排在暗中的枪手是被军统的人干掉的，而那些装扮成码头伙计的人，你根本不知道是她的人，你把责任推得一干二净，她又怎么奈何得了你？"

"你这个主意真不错。"许一晗没想到强哥如此聪明，计划也无懈可击，以前还真是小看了他。

"主意我出了，至于你能不能抓捕到那个生化专家，就全看你的了。"强哥看到许一晗竟然相信了他的话，心里不由大快起来，这两个娘儿们打起来，可就有好戏看了，如果她俩死掉一个，或者全死了就更好了。

许一晗得到了强哥的主意和花野洋子的计划，心里高兴得不得了，但她没在脸上表现出来，又摸出几块银圆放在桌上，说："阿强，这事只能天知地知，你知我知。"

"我知道我该怎么做，如果有第三个人知道，我任凭你处置。"强哥看着许一晗着急的样子，心里也想笑，早上受了花野洋子的气在许一晗身上得到补偿，别提心里有多高兴，但他没在许一晗面前表现出来。

站在十六铺码头的不远处，钮佳悦把心放飞开来，这个沿着黄浦江南下不到两公里的十六铺，人气竟然这么旺。钮佳悦知道十六铺码头在很多年前便堪比南京路人气集散地。这座上海滩最大的码头，意义丝毫不亚于"亚美利加"。十六铺码头见证了上海从一座小渔村晋升为繁华大都市的百年传奇。

只是如今的十六铺码头，已物是人非。钮佳悦不由感叹起来。如果能早日把那些日本鬼子赶出上海，赶出中国，那么这里将再现繁华。钮佳悦见过上海的风雨，也见过重庆的沧桑，更见过延安人的辛劳，她为这个千疮百孔的国家感到叹惜，要让这个千疮百孔的国家繁荣起来，不能只靠军队，把侵略者赶走，每个中国人都应该出一份力。

地下交通站传来消息，花野洋子今早在十六铺码头布满了特务。眼尖的钮佳悦还未走到十六铺码头，就已经看出那些搬运工是特务，尽管他们已经伪装得很好，但通过他们行走的步伐就可以看出，他们都是经过特别训练的人，而且他们的眼睛不时四处张望，像要在人群里找出某个人一样。

"我们不要靠码头太近。"刘雅诗突然出现在钮佳悦身边，把她拉到一边，小声说，"今天的情况太复杂了。在不远处还有很多特务，他们是七十六号的人。"

今天一早，钮佳悦与刘雅诗、刘嫂就早早地来到十六铺码头边，看到情况复杂后，决定让钮佳悦负责监视码头，刘雅诗负责检查附近的情况，而刘嫂则在不远处接应。刘雅诗去检查时，发现暗处隐藏着许多七十六号的人，也就是说，无论是特高课还是七十六号的人，今天是势在必得。

"那我们怎么办？"钮佳悦突然有些着急起来，觉得低估了特高课和七十六号。那晚与刘雅诗、刘嫂制订的计策，今天一点都用不上了。

"佳悦，不要急。办法总会有的，我们只能随机应变，哪怕付出我的生命也要把赵教授安全接走，不能让他落在日本人手里。"刘雅诗十分坚毅地说，然后又冷静地分析起来，"既然日本特高课与七十六号的人都来了，我们也来了，那么，军统那边肯定也派人了。只要他们相互打起来，我们就可以渔翁得利。只是我一时没有想到让他们打起来的办法。"

"军统那边来的会是什么人？"钮佳悦问了一句。

"目前还不知道。但我相信，他们派来的人我应当认识。唉，认识他们又能怎么样？他们又不会与我们合作。"刘雅诗还没有得到军统那边的消息。以往大家都在上海滩潜伏，也有相识。但前两年开始，在上海的军统不单单只对付七十六号和特高课的人，也处处提防着共产党。后来，他们还肆无忌惮地抓捕中共上海地下党员。有时候，刘雅诗也在想，同为中国人，他们为什么要自相残杀。后来，她只好躲着军统的特工，也不再与他们共享情报。刘雅诗清楚地记得有一次，她和几个在上海的地下党员开会，军统就派人来抓他们，如果不是听到了枪声，那一次他们就会全部落入军统手里。因而，刘雅诗对军统没有好感。但这次赵教授回国，特高课和七十六号的人都来了，作为重庆最看重的人，军统不可能不来人。只是刘雅诗不知道军统会派谁来。如果两家联手对付七十六号和特高课的人，胜算会大得多，可是现在都不知道他会派谁来。即使知道他们来了，他们又会与自己合作吗？

"军统的人，肯定靠不住。即使他们与我们合作，赵教授恐怕也会被他们抢走。与其这样，还不如靠自己。"钮佳悦虽然嘴上这样说，心里却也在打鼓。她来上海不久，对这种复杂形势中的斗争还缺少经验。刘雅诗毕竟在上海很多年了，在敌后的斗争经验比她丰富得多，这事还得刘雅诗拿主意。于是，钮佳悦又问道："雅诗姐，你说说我们现在该怎么办？"

"我也在想办法。但无论如何，今天的任务只准成功，不准失败。"刘雅诗现在也不知道该怎么办，但问题出来就得想办法解决。刘雅诗在心里责备自己，作为一个老同志，竟然没有把情况弄清楚，更没有做好充足的准备。虽然带了一些地下党的同志，让他们在暗处随时接应自己，可从今天的形势看，一场战斗是免不了的。但自己这边的人除了短枪外，就是手榴弹，那点火力怎么与七十六号和特高课相比！

"现在离轮船到岸还有一个小时，我们去刘嫂那边看看，问问她那里的情况如何。"刘雅诗突然发现这次任务太艰难了，但越是这样艰难的任务就越要有信心去完成。

几分钟后，两人来到刘嫂带领的上海地下党隐藏的地方，把刚刚发现的情况对她说了。

"不要着急，我发现有一个人来了，肯定会有好戏看的。"刘嫂说完指着不远处的几个人，"他们是军统的人。有一个人，我说出来你们也许不相信，她就是百乐门舞厅的李茜茜，这次带队的竟然是她。"

"是她？"刘雅诗和钮佳悦都十分惊讶。她们怎么也没想到，李茜茜竟然是军统的人。

"我已经侦察过了，李茜茜这次带来的人还不少，而且还带有重武器。如果我们与他们合作，事情肯定顺利得多。"刘嫂提议说。

"你说的这情况,我和佳悦刚才商量过了,即使我们与他们合作,把赵教授接过来,也会被他们抢走。"刘雅诗说,"所以,我们必须自己动手,但与他们几方相比,实力悬殊太大。"

"你说的也是。毕竟我们的实力无法与他们相比。就算我们与他们顺利把赵教授接到,他们岂能顺利地让我们把人接走? 这是我考虑问题欠妥当。"刘嫂为自己刚才的考虑而自责。

"我倒有一个办法。"钮佳悦在听到军统派的人是李茜茜时,一个大胆的想法在她心里产生了。

"快说说,你有什么办法?"刘嫂听到钮佳悦有办法,不由急切地问道。

"我认识李茜茜,她也认识我。我们还是一个战壕里的'战友'。那天,我与她从百乐门舞厅出来,遇到一个警察,好像叫宋书平。他用手枪指着我与李茜茜,李茜茜夺了枪,却发现是一把没有子弹的手枪。宋书平又掏出一把有子弹的枪,被我打落后,我们俩就分头跑散了。"钮佳悦好像又回到那天一样,尔后说,"我们可不可以这样?"

"怎样?"刘雅诗和刘嫂同时问道。

"我去'找'李茜茜,让她'帮'我们把赵教授抢过来,然后我们再从她手里把赵教授带走。"钮佳悦很有把握地说。

"这不是开玩笑吗?"刘嫂以为钮佳悦会有什么好主意,想从军统手里把一个人带走,那是何等的难? 就跟现在从七十六号和特高课手里抢人一样艰难。

"我看佳悦的主意行。"刘雅诗思虑了一会儿,明白了钮佳悦的用意。

"还是雅诗姐明白我的用意。"钮佳悦笑着说。

"到底是什么主意? 我怎么越听越糊涂了。"刘嫂还是没有明白过来。

"我说佳悦的主意行,肯定行。"刘雅诗此时也有很大的把握,又说,"李茜茜肯定会'帮'我们,前提是我们必须'助'李茜茜一臂之力。"

"我们应该这样。"钮佳悦见刘雅诗明白了她的意图,别提心里有多高兴。如果仅凭刘嫂带的几个人去码头抢赵教授,无疑是拿鸡蛋碰石头。要想把赵教授安全救出来，他们必须借助李茜茜的力量。

　　李茜茜与军统特工一早就来这里隐蔽，等待一个合适的机会。她可是在谷海山面前打了包票的，如果不把赵教授接回来，她就接受军法处置。当然，李茜茜知道，如果任务失败，她接受的军法处置肯定不会是禁闭和判刑那么简单，严重了甚至会执行枪决。因为蒋委员长常把"不杀不足以泄民愤，不足以正国法"这句话挂在嘴边。李茜茜在谷海山面前打下包票，相当于立下了军令状。如果任务失败了，就等于违反军令，完不成军令的人，如果不执行枪决，又怎么能平蒋委员长心中的愤怒？再说，赵教授是一个特殊人才，他一人便可以顶上一个团，甚至一个师的力量，这样的人才坚决不能落入日寇手里。但经过侦察，李茜茜发现七十六号的特工已经遍布在这里，也看出码头上的人和那些搬运工绝对是经过特别训练的，他们不是七十六号的特工就是特高课的人，或者是梅机关派过来的。在这些人里，李茜茜始终没有见到许一晗和花野洋子。有这么热闹的戏看，怎么少得了她俩呢？

　　李茜茜正在纳闷时，一个手下跑到她身边说："长官，在前面也发现了很多便衣特工，从他们的样子看，好像在等什么人，船上的人都在他们射击范围之内。"

　　"有这样的事？"李茜茜突然感觉到自己提前来这里隐蔽是正确的选择，因为她可以随机应变。但轮船马上就要靠岸了，要怎么消灭那些隐藏的便衣特工呢？李茜茜还没想到办法，就听到枪声大作。

　　"是谁在开枪？"李茜茜着急起来，现在就开枪，岂不是暴露自己？

　　"我们都没有开枪啊。"那些军统特工也纳闷起来，但听枪声越来越近，而且是朝他们这个方向来的。

　　"到底是谁开的枪，把老娘的计划全打乱了！"李茜茜有一种想哭的感觉。这枪声早不响晚不响，偏偏在这个时候响起来，自己辛辛苦苦才弄出的计划，这下全泡汤了，而且还是朝自己这个方向来的，难道是他们发现自己隐藏的位置？如果不还击，任凭他们打，自己迟早也会暴露；如果还击，只能是过早地暴露自己。

　　"长官。侦察的兄弟说是那些隐藏在暗处的七十六号便衣特工开的枪。"一个特工走过来说。

"是谁暴露了我们的位置?"李茜茜还是有些不甘心,本来想隐藏在这里,打一个伏击。现在倒好,伏击打不了,还要被别人伏击,岂有此理!

"长官,我们都没有暴露,好像是有人故意引向我们这边。"

"故意引到我们这边?"李茜茜一直以为自己是"黄雀",没想到自己只是"螳螂"。那么身后的"黄雀"又是谁呢?

"长官,我们有好几个兄弟都中枪倒下了,如果再不还击,恐怕……"

"怕什么,我们有重武器,都给我还击。"李茜茜已经被枪声冲昏了头脑。

听到李茜茜的命令,那些特工立即反击。几挺轻机枪对着冲过来的特工一顿扫射,顿时倒下一大片。

"把八九式掷弹筒拿过来,朝码头上打几炮,让他们都乱起来。"李茜茜看到轮船正朝码头驶来,可码头上的那些特工却仍坚守在原地。现在只能把这些人吸引过来,自己再去码头抢人。

果然,几发炮弹打过去,码头上的人也慌了,纷纷找掩体躲避。花野洋子也出现在李茜茜的视野里。李茜茜不由笑道:"这日本娘儿们果然在这里。要不是这几炮轰下去,还不知道她在哪儿呢。"

在一边观察情况的花野洋子没想到会有人使用八九式掷弹筒轰炸她的人,立即命人进行反攻。然而,李茜茜没想到的是,还有一路人马朝他们的位置进攻过来。面对两路人马的进攻,李茜茜有些吃不消了,此时,她才发现离她最近的人是许一晗。

七十六号的人来了,特高课的人也来了,怎么不见共产党的人马呢?李茜茜半晌才回过神来,原来自己身后的"黄雀"竟然是共产党。李茜茜有些慌了,命令军统特工向码头开炮,又命人阻击许一晗的人。

就在三方人马打得不可开交时,轮船在离岸边不远处停了下来,不敢靠岸。不敢靠岸的还有许多小船。突然,一艘小船快速靠近了轮船,几个人迅速爬上轮船,忽地一下就不见了,不一会儿,他们就带着一个戴着眼镜的中年男子上了小船,然后向远处驶去。这一连串的动作几乎一气呵成。

直到小船远去，一个军统特工才发现情况不对，他马上向李茜茜报告。看着远去的船影，李茜茜气得直跳脚，立即命特工停止开火，又骂道："我们中计了，赶紧撤。"

李茜茜怎么也没想到，在她率人与特高课和七十六号的特工浴血奋斗之时，竟然有人从他们的眼皮底下把人接走了。经过一场战斗，有好几个军统特工丢了性命，包括几名锄奸队员。不但人没接到，伤亡还不小，回去后该如何向谷海山交代？

李茜茜一急，一口鲜血吐了出来。几个特工见状，马上背上她就跑，其他人一边掩护一边撤退，但后面的人放了几枪后，却没有追过来。

一场战斗很快就结束了，十六铺码头又恢复了往日的平静，留下花野洋子和她的特工待在那里，像一群没有领头的羔羊，寻找肥沃的水土和草地。

十六铺码头的空气本来是压抑的，现在又多了硝烟味和血腥味。此时的码头上，不知从哪里跑出来一群真正的搬运工，他们在花野洋子的枪口下，开始忙碌起来。这群搬运工当然不是搬运货物，而是搬运尸体——特高课特工的尸体，还有不明身份的人的尸体。很多搬运工很想把这些可恶的尸体丢进黄浦江，可在花野洋子的目视下，他们不敢这样做。轮船在枪炮声停止后，也靠岸了，船上的人争先恐后地跑开了，他们恨不得长上翅膀飞离这个是非之地。

花野洋子没有想到事情会变得如此糟糕，不但没有接到生化专家赵长根，还损失了不少帝国精英，她该如何去面对特高课，如何面对给予她这份工作的引荐人，又如何对得起特高课对她的栽培？这一切都被许一晗毁了。这个中国女人成事不足，败事有余。想到她，花野洋子几乎是咬牙切齿，对一个手下说："去，把许一晗给我带过来。"

一会儿，许一晗和七十六号的特工们都被带到花野洋子面前。花野洋子上去给了她几个耳刮子，骂道："混蛋，一群混蛋，你们不但破坏了我的大事，还丢了我们帝国的脸。一群支那猪，永远都成不了大事,永远会被我们大日本帝国踩在脚下。"

　　花野洋子的火气还很旺盛,许一晗只能听着。她不听着又能怎么办?眼前这个不可一世的日本女人凶狠毒辣不输自己。只是许一晗到现在都没有弄清楚,自己与手下隐藏得那么好,是怎么被人发现的?如果不是死了几个手下,许一晗也不会下令还击,更不会追着打。许一晗深知日本人不好对付,特别是特高课,他们就像一张无形的网,时刻罩在她的头上。每次有凶险的任务,都是她带队去执行,可一旦有好任务,就轮不到她。如果不是为了争一次脸面,许一晗情愿坐在办公室里喝茶聊天,也不愿意参与这个麻烦事。但是今天的事,她的人不但与军统的人动了枪,还与花野洋子的人动了枪。这场混战是谁都不愿意看到的。可混战这么打开了,谁对谁错已经不重要了,重要的是现在如何从花野洋子身边脱身。而那艘小船载着人也跑不远,如果日本人的军舰去追赶,或许要不了多少时间就能追上。但这个消息不能告诉花野洋子,因为她是日本人,她可以通过上司调动军舰,抓到小船上的人,功劳就是她的,与自己无关,那么自己这么辛苦的计划和这么多手下的性命,就显得一文不值了。

　　"许一晗,你为什么会出现在这里?今天好像没有人通知你来这里执行任务。而且这次是秘密任务,你是怎么知道的?"花野洋子一直没想通,抓捕赵长根是一项秘密任务,虽然这个任务非常秘密,但重庆方面和延安方面肯定也知道。如果在码头上交手的人是他们,自己无话可说;可偏偏七十六号的人来凑热闹,而且还打了起来,好好的一场任务,就被许一晗搅乱了,人也被救走了。

　　"我是来追捕延安来的红灯笼沈妍冰的。"许一晗知道不能被花野洋子抓住了把柄,她要奋力反抗,还要让花野洋子颜面扫地。

　　"红灯笼?什么红灯笼沈妍冰?"花野洋子不相信许一晗的话,但她知道共产党的红灯笼确实存在,自己追踪那么长的时间,连沈妍冰的影子都没有看到,七十六号的人居然知道沈妍冰的下落?

　　"是的。我的一个手下跟踪了很久,于早上得知沈妍冰将来十六铺码头,于是我派人在这里监视起来。却没想到,正在我们埋伏,等待抓捕她时,有人朝我的人开枪,我没有办法,只得下令反击。"许一晗见花野洋子将信将疑,又说,"当时他们使用机枪朝我的人扫射,而且还用了八九式掷弹筒。你说，在这样的情况下，我能让我的人挨打不还手吗？"

对方确实使用了八九式掷弹筒，炮弹如雨点般打过来，特高课好些特工都死于非命，花野洋子差点被一发炮弹击中，幸亏躲得快。可那些人都逃跑了，连尸体都没有留一具，花野洋子很是不爽，又冲着许一晗问道："那他们是怎么逃脱的？他们是什么人，是共产党还是军统？"

"红灯笼来这里，那肯定是共产党的人。"许一晗说出这个理由，连她自己也不相信，就算是共产党的特工，他们手里怎么会有八九式掷弹筒这种武器呢？

"看来，共产党在上海的势力真不小。我们要想办法，把他们一网打尽，不然将来还不知他们会弄出什么事来。"花野洋子恼羞成怒，姐姐花野真衣的仇还没有报，现在共产党几乎不把她放在眼里了，这还了得？

"如果没有其他事，我带人先撤了。"许一晗知道再不走，花野洋子肯定会起疑心，会发现事情的真相。许一晗也看到赵长根是被一艘小船上的人救走的，其中两个人的身影特别熟悉。虽然那两人蒙着脸，但许一晗可以断定，他们绝不是男人。在上海有这样好的身手的人，许一晗大致都知道。但这两个人又会是谁呢？只要顺着小船行走的路线，定能查到谁用了小船，那人也将浮出水面。

"走可以，但凡以后有关红灯笼的事，得先向我报告。"花野洋子虽然不能错过抓红灯笼的事，但今天的任务没有完成，她得想回去后交差的办法。而且许一晗这个中国女人看似一般，却十分狡猾，刚刚把事情全部推到共产党的红灯笼身上。这个女人迟早都会是自己的眼中钉、肉中刺，得想办法消灭她，然后再找一个可以为自己办事的人到七十六号代替她。

"一定，一定。"许一晗不得不低声下气地回答，心里却恨不得一刀杀死眼前这个日本女人，她在心里骂道："花野洋子，你以前只不过是一个慰安妇而已，说白了，就他妈的一个军妓，只不过现在得势了，就人模人样，敢对咱指使吆喝。总有一天，我要让你死得难看。"

"你是不是有些不高兴？"花野洋子当然看出了许一晗心中的不

快,但在她的眼里,许一晗是中国人,虽在七十六号做事,但与一条狗没有两样。等到大日本帝国全部占领中国,这些狗都只有一个下场,那就是死。所以,花野洋子恶狠狠地看着许一晗,又说:"还不快滚!"

"是。"许一晗这才带着手下飞也似的跑开了。

这一次,手下特工伤了不少,而且还死了好几个,许一晗本来就有气,被花野洋子一顿骂,心里更加生气。一直跑到花野洋子看不到的地方,她才朝地上狠狠地吐了一口口水,骂道:"花野洋子,总有一天,老娘会亲手杀了你!"

第七章

扰乱心扉的暗号

载着赵长根的小船行驶到一个偏僻的港湾靠岸,岸边的树林里跑出来好几个拿着武器的人,看到小船一靠岸,纷纷上前帮忙。船上领头的人蒙着面纱,看到来人后,长长地出了一口气。待船上的人上了岸,领头的人摘去脸上的面纱,露出一张俊俏的脸来,她正是刘雅诗。接着另外一个也摘去了面纱,她正是刘嫂。岸边领队的人正是钮佳悦。

刘雅诗一挥手,那些人熟练地往船上搬运石头,直到船沉没在江里。这让一旁戴着眼镜的赵长根看得目瞪口呆。

"赵教授,不要害怕。我们是中国共产党,奉上级命令来迎接您。"刘雅诗笑着,"我们终于接到您了。"

"你们是共产党?"赵长根一直以为刚刚迎接他的是重庆方面的人,却没想到是共产党,有些意外,"那重庆方面的人去哪里了?"

"这个说来话长。刚刚在码头上与日本特工激战的就是他们。"刘雅诗指了指钮佳悦和刘嫂,对赵长根介绍说,"这位小同志,就是专门从延安来迎接您的人,另一位就是中共上海地下党的刘嫂同志,我叫刘雅诗。这次的任务是我们共同完成的。"

"赵教授,我们终于把您盼回来了。"钮佳悦伸出了手,与赵长根的手紧紧地握在一起,又说,"赵教授,您能回国,是我们国家的大幸!"

"他们在战斗,你们是如何从小船上了轮船的?"赵长根有些不相信刘雅诗等人。他知道上海现在是日本人的占领区,在十六铺码头上岸不会一帆风顺,也做好了随时牺牲的准备。赵长根从刚才的枪炮声中,就知道战斗十分激烈,而共产党的人轻而易举地就把他从轮船上救了出来,让他有些不可思议。

"这里不安全,我们一边走一边给你讲讲我们的任务吧。"刘雅诗知道十六铺码头上的日本特工和军统特工一旦反应过来,就会朝这边追过来,也就是说此刻危险并没有真正解除,而是正在一步一步地逼近。现在只是把赵教授从轮船上救了下来,后面的路还很长,只有把赵长根安全地送出上海,再由上海城外的同志把他安全送往延安,她悬着的心才能放下来。

"好吧。"赵长根只能答应下来,心里想,落在共产党手里总比落在日本人手里强。

"其实,为了不让您落在日本人手里,我们早就在安排如何迎接您……"刘雅诗一边带着他们疾步前行,一边叙述她与钮佳悦和刘嫂在十六铺码头边商量如何上轮船救赵长根的办法:钮佳悦在看到李茜茜与军统特工的埋伏时,就想到她与李茜茜从宋书平的枪口逃生的那件事。李茜茜本是一个舞女,却在一眨眼的工夫夺下一个警察的手枪,可见她不是一个简单的人。现在李茜茜率领特工埋伏,另一边又埋伏着许一晗带领的七十六号特工,而花野洋子率领的特工则在十六铺码头上伪装成搬运工,他们好像各自为伍;只要他们之间相互打起来,就能找到空隙救出赵长根。于是,钮佳悦把她的想法对刘雅诗一说,正合刘雅诗意。接下来,她们三人分工,刘嫂率人在江边弄好船只,刘雅诗率领几名同志朝许一晗埋伏的地方开枪,然后把他们引到李茜茜那里,再悄悄地撤走,来到江边与刘嫂汇合。在李茜茜与许一晗和花野洋子激战时,刘雅诗与刘嫂坐上小船划向轮船,然后从轮船上把赵长根接了出来。

"原来是这样,想不到你们这么聪明。"赵长根不知道现在落入共产党手里是喜还是忧。

"赵教授夸奖了。我们只是为您的安全着想。"刘雅诗又说,"您是生化专家,又是著名的教授,更是我们国家的重要人物。我们绝不能让您落入日本人手里。"

"是啊,赵教授,为了您的安全,我专门从延安过来接您。"钮佳悦看出了赵长根不是太高兴。赵长根是国家的重要人物,更是对付日本细菌武器的生化专家,如果没有他,日本军队再次使用细菌武器,就会有很多人死于非命。把赵长根安全地救出来,比任何事情都重要。

"姐、佳悦,你们先护送赵教授去安全地点……"刘雅诗正说着,后面突然传来了密集的枪声。不用想,刘雅诗便知道七十六号的人追来了,刚刚在十六铺码头上,他们的枪声就是这样。于是,她对钮佳悦和刘嫂说:"我得回去一趟。"

"你回去干什么?"刘嫂知道刘雅诗是要去把敌人引开。如果没人去把敌人引开,敌人会顺着这条路追过来,那么他们就不安全了。

"雅诗姐,你……"钮佳悦欲言又止。

"我在想,我们刚刚从水路上逃走,日本特工和军统特工肯定看到了,他们都是不达目的不罢休的人。"刘雅诗冷静地分析道,"七十六号的许一晗和特高课的花野洋子都不是那么好糊弄的。现在,她们已经反应过来了,岂能不顺着这条道路追过来? 到时候,赵教授就有危险了。再说,这里到处是日本宪兵,只要他们发现我们,给附近的日本宪兵队去一个电话,他们就会布下天罗地网。"

"你孤身一人前去,肯定会遇到危险的。我与你一起去。"钮佳悦突然发现刘雅诗比她想象中还要勇敢。

"你现在的任务是把赵教授安全地送出上海,"刘雅诗紧紧地握住钮佳悦的手,然后掏出一支手枪递给她,说,"佳悦,你已经是一个大人了,也是一名共产党员,请遵守纪律。"

"雅诗……"刘嫂也停住了脚步,深情地看了看刘雅诗,好像有很多话要对她说,可话到嘴边,又不知该说什么好。

"刘嫂同志,你的任务是配合钮佳悦保证赵教授的安全。"刘雅诗看着刘嫂,心里一热。刘嫂是她的亲姐姐,可是为了革命,为了掩护身份,两人在内部都以同志相称,有时候甚至装作不认识。明明是亲人,两人却只能承受着这种巨大的痛苦。

现在,刘雅诗一个人去引开敌人,肯定凶多吉少,无论是被特高课,还是七十六号,或者军统的人抓住了,后果可想而知。但为了保证赵教授的绝对安全,刘雅诗明知前面是狼窝,是陷阱,她也得前往。她没有别的选择。

刘嫂突然挡住了刘雅诗的去路:"雅诗,还是我去吧。"

"不行,这是命令。现在,我命令你和钮佳悦同志把赵教授送到安全的地方。"刘雅诗一把将刘嫂拉了过来。

"妹子,你……"刘嫂只觉得双眼的泪水不争气地流了出来。

刘雅诗心头一热,轻声说:"姐,你好好保重,这个任务我必须亲自去完成。我一定会活着回来的,我还要继续留在你店里当厨师呢。"

"雅诗姐,保重。"钮佳悦被刘嫂和刘雅诗在生死离别时刻的真情所感动。其他人都以为刘雅诗和刘嫂只是同姓而已,却不知道她们是亲姐妹。

刘雅诗只身一人返回去,绝对是凶多吉少,作为一名共产党员,她已经把生死置之度外。这不但需要勇气,还需要毅力。钮佳悦也在想,如果换作她遇到这样的事,她也会这样做。

许一晗带着剩下的人顺着黄浦江往下找,在一处偏僻的港湾处停了下来。这里水流不急,岸边又有许多树林,是人员隐藏的绝好地方,一般的小船如果在这里靠岸,人员上岸后就会消失在这片树林里;从十六铺码头过来的小船,如果不在这里靠岸,继续往前走就出了上海滩,虽然那里人烟稀少,但毕竟是日本军队控制的地方,对方人马还没傻到将自己投送到日本军队里。如果这个解释通了,他们绝对是在这里上岸的。经过刚才的激战,许一晗虽然有些疲惫,但头脑还没有糊涂。在激战时,对方的火力不俗,人员的素质过硬,战斗力也相当强,可见他们都是经过特别训练的,这样的人员不是军统的人,又会是谁? 如果与自己激战的人是军统,那么,抢走轮船上的人的肯定是共产党。共产党在上海的战斗力虽然不强,但他们很聪明,往往用最小的代价换取最大的胜利。这次也一样,他们不费一枪一弹,竟然在几方人马的眼皮子底下把人救走,不得不说他们都是很厉害的角色。他们从水路走,肯定会在这里上岸,从时间算,他们应当才登岸不久,如果自己的人马追,说不定还能追上,只是毕竟是推测,自己还不能完全确定。

想到此,许一晗马上命令所有特工分成两组,一组去树林里搜索,一组留在岸边。她之所以留了一队人马在这里,是因为她要证实自己的猜测:共产党乘坐的船只,没有飘浮在黄浦江上,他们也不可能把船弄上岸抬走,这是一个非常大的目标。那么只有一个可能,船沉在江里了。于是,许一晗对几个手下说:"你们从这里跳下去,看看江底是不是有船只。"

几个手下得到许一晗的命令,连衣服都没有脱,直接跳进江里。一会儿,一个人浮了上来,说道:"处长,水底还真有船。"

"那就对了。你们马上上岸。"许一晗突然笑了起来,她的判断没有错。他们肯定是从这里上岸,为了不让人发现,还把船沉在了江底,真是高明啊!

待人全部上岸后,许一晗把在树林里搜索的人全部召了回来,然后开始分配任务:"我们现在分成三组,呈扇形对树林展开搜索,若发现抵抗者一律格杀。但有一个人一定要留活口,就是一个戴眼镜的中年男子,他是我们这次要抓捕的对象。谁抓到戴眼镜的中年男子,我给他请功,除了奖励外,还有一个意想不到的奖赏。"

许一晗这一招让手下的特工都非常兴奋,特别是她那意想不到的奖赏,好几个男人都不由吞了吞口水。确实,许一晗的这种奖赏让男人们都想入非非。

"请许处放心,如果发现那个戴眼镜的中年男子,我们就是拼了命,也要把他抓住。"几个男特工马上回答。

"还等什么?马上行动!"许一晗阴冷地说完,便率先进入树林。

这是一片杂草丛生的树林,但有好几处像是有人走过的痕迹。许一晗顾不了许多,但还是边搜索边思考,共党分子还真会找地方。从这里走,不但隐蔽,还是一个很好防守的地方,进可攻,退可守。

在树林里搜索好一阵子,许一晗连个人影都没见到。一个手下走过来对许一晗说在树林外边发现了一条小路，路上的脚印还是新的，杂乱无章，看样子是刚刚有不少人从那里走过。

"走，去看看。"许一晗走到那条小路时，长长地叹了一口气，在心里骂自己真是聪明一世，糊涂一时啊。共党分子既然选择从这边靠岸，肯定在这里踩过点了，知道这里有小路。他们既然要逃跑，怎么会选择从树林里走呢？肯定是从路上走啊，这都怪自己太多疑了。

"把所有的人都叫回来，从这条小路往前追。还是那句话，谁抓住那个戴眼镜的中年男子，我的奖励还会加倍。"许一晗不再犹豫，率先朝小路跑了过去。

许一晗率人没跑多远，树林里便传来了一声枪声，接着传来了密集的枪声。坏了，许一晗急忙叫人停下，往树林里跑去。

待许一晗带人跑回树林时，枪声停了。好像从没有发生过枪战一样，而且静得可怕，只剩发散的硝烟味，提醒着许一晗这里刚刚的确发生了枪战。她的心提到嗓子眼上，枪声这么快就停了，有两种可能，一是自己的人把对方干掉了，二是对方的人把自己的人干掉了。如果是前者，自己的人该跑来汇报。可她率人跑了这么远的路，都没见到过来汇报的人，那就说明自己的人被对方干掉了。她先前的判断没有错，这树林真成了敌人进可攻，退可守的天然阵地。

跟过来的几个手下想进入树林，被许一晗制止了。自己在明处，敌人在暗处，不能贸然进入树林，说不定进去一个，对方就以"点名"的方式给解决了。

"许处，难道我们就这样守在这里？"几个特工见其他人没回来，也知道他们已经被杀了。只是他们不相信，这些训练有素的特工，跟着许一晗抓过不少共产党和军统，从没有失过手，无论是枪法还是身手都是一流的，会这么轻而易举地在树林里被人消灭了。

"等，我们就在这里等。你赶紧回去叫其他兄弟都过来，剩下的人把这片树林围起来，我就不相信困不住他们。"许一晗不敢再派人进树林，只是让人围住树林，不让里面的人出来。她之所以让手下回去搬救兵，是因为现在人少，根本围不住。对方不可能百发百中地"点名"，只要有机会，就是等到天黑，也要抓住他们。哪怕只抓住其中的一个，也能拷问出他的同伙来。

时间一分一秒地过去了，眼看天就要黑下来了，去搬救兵的人还没回来，救兵也没来。许一晗有些着急了。要是救兵还不来，如果对方趁着天黑逃走，他们又能拿树林里的人怎么办？想到此，许一晗在心里叫苦连天。

突然，枪声大作。枪声不是从树林传来，而是从外面传来的。许一晗大惊，现在是退也不是，进也不是。退，怕埋伏在树林的人向他们开枪；进，前面的人向他们开枪。外面来的人都黑衣蒙面，分不清楚他们到底是谁，这样下去，将会腹背受敌。许一晗没想到会出现这样的情况，真是欲哭无泪。

枪声似乎很短暂，许一晗身边的人一个一个地倒下去了。再这样下去，肯定会全军覆灭。许一晗不甘心，又没有办法，只得悄悄地躲起来。只一会儿，许一晗就看到她的手下全部倒在地上。

那群黑衣蒙面人走到树林边，为首一人朝树林里喊道："人生自古谁无死？留取丹心照汗青。"树林一个女子答道："行遍江南清丽地，人生只合住湖州。"

紧接着，女子从树林里走了出来。许一晗当然认得，她就是刘雅诗。为首的黑衣蒙面人见到刘雅诗，上前紧紧地握住她的手，说："刘雅诗同志，赶快离开这里。"说完，拉着刘雅诗像风一样跑了，其他人跟在后面，也很快消失在许一晗的视线里。那个为首的黑衣蒙面人的身影好面熟，她一时想不起来；但蒙面人与刘雅诗联络暗语居然用的是诗句，或许这就是他们接头的暗号。

想到此，许一晗不由笑了起来。

一阵密集的枪声响过后，小树林又平静下来。钮佳悦的心一刻也没有放松过，她不知道刘雅诗是否躲过了敌人的追捕，或者说她是否安然在世。其实钮佳悦不愿意多想，可脑海又全是刘雅诗的身影。这个大姐姐做事是那么的果断，对事情的判断又是那么的准确，如果自己一直跟着她在上海滩工作，没准还能学到很多东西，就像自己当年跟着李思瑶一样。无论是在上海，还是在重庆，李思瑶遇事总是那样沉着，危急时刻总能化险为夷。刘雅诗和李思瑶都有一个共同的特点，就是把危险留给自己，把希望留给别人。当年，花野真衣朝自己开的那一枪,如果不是李思瑶果断地用身体替自己挡子弹,自己又岂能到上海来执行任务?今天,刘雅诗也一样,明知后面有危险,她竟然只身前往,让自己与刘嫂把赵长根带到安全的地方。

也许这就是一个共产党员的职责。钮佳悦也深有体会,作为一名共产党员,要处处为他人着想,把危险留给自己。特别是刘雅诗与刘嫂分别的那一刻,钮佳悦也感悟到了很多。刘嫂与刘雅诗是亲姐妹,她们分别就在一瞬间,没有更多的言语,只是用行动告诉对方,谁该干什么,该把生机留给谁。

"佳悦,你在想什么?"刘嫂见钮佳悦一直低着头,有些闷闷不乐的样子,不由问起来。

"刘嫂,雅诗姐她……"钮佳悦不知道该如何来表达她此时的想法。

"傻丫头,别瞎想。我清楚雅诗的能力,她肯定会没事的。"刘嫂当然不愿意刘雅诗出事,可后面的枪声没有了,她清楚地知道没有枪声的结果是什么。刘雅诗是她的亲妹妹,也是她在上海的上级,如果刘雅诗真的出事了,她不知道以后该怎么办,尽管出发前,刘雅诗向她交代过,如果她牺牲了,刘嫂就接替她的工作。最重要的一点是,她让刘嫂无论如何都要保证钮佳悦的安全,让钮佳悦快速地成长起来。

"刘嫂,我想雅诗姐了。"钮佳悦知道刘嫂在安慰自己,可一想到刘雅诗一个人前去阻挡敌人,心里仍然不是滋味。

"佳悦,前面就要过日本人的关卡了,别多想。我们现在的主要任务是把赵教授送到安全的地方,不然,我们这一切都白做了。"虽然一行中还有几个上海地下党员,但好几人都有伤,刘嫂就让他们分开走。人多一起走,很容易引起日本人的怀疑;再说,那几人身上是枪伤,日本人不是傻子,一看到有人受了枪伤,肯定不问青红皂白,先把人抓起来再说。

"刚才的枪声惊动了日本宪兵,看样子,他们也在四处抓人,我们该怎么办?"钮佳悦看到不远处守关卡的日本宪兵比平时严多了,除了搜身外,还拿着画像与来往的行人进行对比。

"那画像有可能就是赵教授。看来,赵教授被我们救走,日本人不甘心,正在四处布控。我们要过这个关口,得另想办法了。"刘嫂也看到日本宪兵正拿着画像与过往行人进行对比。其实,这个关口平时也有这样的情况,但刘嫂不敢冒这个险,万一他们手里拿的真是赵教授的画像,那岂不是前功尽弃?

"刘嫂,我们得想一个办法过去,就这样去,肯定不行的。"经过在重庆几年的磨炼,钮佳悦已经能做到处事不惊。但此时,她又不能不为赵长根的安全着想。她来上海的第一个任务就是协助刘雅诗把赵长根从轮船上安全地接出来,再由其他同志送到延安去,现在到了任务的关键时期,不能有丝毫闪失;而且赵长根这么重要的一个人物,对抗战有着莫大的帮助,一旦他落入日本人手里,将造成不可弥补的损失。

"佳悦,我们等天黑吧。照现在的这个情形,我们根本无法把赵教授带过去。"刘嫂最终做出了这个选择,这是一个迫不得已的选择。

"真是辛苦你们了。你们不要为我的安全着想,你们先走吧。"赵长根此时心里无比激动,先前一直对共产党人耿耿于怀。但是共产党人不顾个人安危,他们想到的是别人的安全,这样的人是值得信赖的,特别是刘雅诗独自一人返回去阻挡追兵,目前生死未卜,仅凭这一点,就可以看出,共产党人在为天下大众着想。或许他们现在的实力很弱,但他们这种坚定的意志,是国民政府所不能比的。

"赵教授,您这是什么话,我们怎能丢下你不管?那我妹子阻挡追兵,岂不是白做了?"刘雅诗生死未卜,刘嫂没想到赵长根说出这样的话,心里不免有些不高兴。

"刘嫂,赵教授是一片好心,我们暂时找个地方先躲起来,一旦有机会我们就过关卡。"钮佳悦知道刘嫂心情不好,要好好地劝劝她,不能因为她一时的冲动,让赵长根有危险。

"赵教授,刚才是我不好,请您原谅我。"刘嫂马上意识到她的错误,立即向赵长根道歉。

"其实,刚才那位女子独自去阻挡追兵,我的心里也不好受。"赵长根见刘嫂道歉,显得特别激动,共产党人不同于国民党人。虽然赵长根以前没有与共产党人接触过,但通过今天的事件可以看出,他们不但机智勇敢,还不惧生死,确实是一群可爱的人。因此,赵长根又说:"两位,我虽然与你们接触不久,但我觉得你们是真心对我好。我也为我刚才的无礼,向你们表示歉意。从现在起,我一切行动都听你们指挥,绝不会让你们为难。"

"赵教授,你言重了。"钮佳悦没想到赵长根会自我检讨,心里有些过意不去,又说,"赵教授,我们只有躲过敌人的关卡,才能想办法送您出城,由我们的同志接您去延安。希望您能理解我们。"

"我都听你们的。"赵长根回答。

"走,那边有一个我们的联络站。我们先过去,一来等刘雅诗,二来等待机会过关卡。"刘嫂见大家的意见一致了,心里便有了底。

李茜茜怎么也没想到,好好的计划付诸东流。不但死了好几人,还伤了好几个,而且任务也失败了。看着狼狈不堪的特工,李茜茜欲哭无泪,自己手里明明还有八九式掷弹筒,竟然连码头都没有靠近,就让一伙不明身份的人把赵长根接走了,任务如此失败,该怎么向谷海山复命?

在安顿好那些特工后,李茜茜一个人去了谷海山那里。在路上,李茜茜悲从心来,鼻子一酸,几滴眼泪就掉在地上,将灰尘砸出繁星点点。这不是去复命,这是去送命。李茜茜在谷海山那里打下包票,就是立下了军令状。那么重要的人物被不明身份的人员接走了,这不但是对李茜茜的侮辱,也是对军统的侮辱。但令李茜茜欣慰的是,赵长根至少没有落入七十六号和特高课人的手里;从这一点来看,接走赵长根的人无疑就是共产党了。

来到谷海山的房间里,李茜茜从他的脸上看出他得到了消息,便小心翼翼地说:"站长,我……"

"不用说了,我已经知道结果了。"谷海山脸色很冷,并伴随着怒气,但说话还是心平气和的,"你也不用解释。赵教授没有落入日本人和七十六号手里,已经是最好的结果。只是,我不清楚,这事共产党怎么会抢先一步,而且计划那么周详。"

"站长,我们浴血奋战,可共产党却使阴招……"李茜茜实在想不通,共产党从哪里得到这个消息,而且他们的计划竟然是那样的周详,让她手足无措。

"这事也不能全怪你。我知道你的能力，你也尽了最大努力。有些事是防不胜防啊。"谷海山何曾不想责怪李茜茜，可事情已经出了，又能怎样？再说，赵长根落在共产党手里，总比落在日本人手里强。只是又要麻烦一次了。毕竟从共产党手里抢人总比在日本人手里好抢得多。共产党在上海潜伏的人就那么多，只要仔细查，总能查出来的。如果赵长根落入日本人手里就不一样了，要想从七十六号或者特高课的监狱里把人救出来，那是难于上青天，或许还没等救他，他不是已经叛变，就是已经被折磨得不成人样，或者已经死亡。

"站长，我已经尽力了，但这都不是我推脱责任的理由。我犯了这么大的错，应该受到惩罚，我也愿意接受任何惩罚，请站长执行吧。"在来的路上，李茜茜就已经想好了，依照军统的内部管理条例，她即便不死也会脱成皮。就算谷海山饶了她，她也不愿意破坏了这个规矩。

"惩罚是要惩罚的，但不是现在。我给你一个将功补过的机会，你马上召集人手，去查清楚共产党把赵教授藏在什么地方，他们会如何把赵教授送出上海。只要赵教授还没到延安，我们就还有机会。"谷海山叹了一口气，如果轻易地惩罚李茜茜，还有谁能担此重任？李茜茜可是他深埋在上海的一颗重要棋子。在上海的很多情报，除了潜伏在七十六号的人员外，都要靠李茜茜通过各种手段得来，李茜茜在上海得到的情报足以免除她这次失利的责任。

"我听站长的。"一听到暂时免除惩罚，李茜茜悬着的心放了下来。如果谷海山真要按照军统的条例来处罚她，她也毫无怨言。军中无戏言，李茜茜也不是随随便便地打包票，只是她的计划中还有很多漏洞，她现在按照谷海山的要求来弥补这个漏洞，为时不晚。李茜茜一直没想通，她与军统特工隐藏得那么好，怎么就被共产党轻而易举地利用了呢？前些日子接触过的人，除了宋书平外就是钮佳悦。想到钮佳悦，李茜茜觉得自己该向谷海山汇报了。因此，李茜茜小心翼翼地问道："站长，我想问一下关于钮卫国的事情。"

"钮卫国？他不是早就死了吗，你问他干吗？"听到钮卫国，谷海山心里很不是滋味。如果不是钮卫国，朱佩玉又怎能为情所困，为情而死？

"他是不是有一个妹妹，叫钮佳悦？"李茜茜问这话时，眼睛不时看谷海山的反应。

"他是有一个妹妹，但名字我却不清楚。当年我见到她时她还很小，只是后来她到了重庆，一直没见过。接着她与沈妍冰去了延安，再后来，便没有消息了。"谷海山很不愿意提起那段往事，可那段往事总像风一样飘荡在眼前，让他欲罢不能。

"原来是这样啊。"谷海山提供不了更多的资料，李茜茜有些失望。

"怎么，你见过她？"谷海山看到李茜茜的表情，心里"咯噔"了一下，如果钮佳悦也来上海了，那么说明钮佳悦就是共产党，只要顺着她这条线，说不定能找出她背后的人来。于是，谷海山说："如果她来上海，你就要好好查查她了，你会有意想不到的收获。"

"我知道了。"李茜茜不敢在谷海山面前承认见过钮佳悦一事。况且李茜茜见到的钮佳悦只说她住在上海边上，没说她是湖州人。李茜茜知道钮佳悦说的是假话，但现在没有证据来证明钮佳悦的真实身份，所以她暂时对谷海山隐瞒了见过钮佳悦的事实。李茜茜认为谷海山的话没有错，应该好好查查钮佳悦了，说不定真如谷海山所说，会有意想不到的收获。

"在这之前，你先去找一个人。"谷海山说完，拿出一张照片丢给李茜茜。

"他不是小混混强哥吗？"看到照片，李茜茜有些哭不得。强哥是上海滩的小混混不错，可他那次在小弄堂里强迫自己跳舞，如果不是怕暴露身份，自己当场就要了他的小命。

"我们潜伏在七十六号的人传来消息，此人不但帮七十六号的许一晗做事，还在为特高课的花野洋子做事。你对许一晗和花野洋子都不陌生；这两人都找他去办事，可见此人不简单。他是上海滩的小混混，让他去查一件事情，也许比我们还方便、更快。"谷海山这些天也没有闲着，一直在查探沈妍冰在上海的下落，虽然目前没查到，但意外地得到了强哥为七十六号和特高课做事的消息。虽然此人不可能为军统所用，但能为李茜茜所用。

"我明白。"李茜茜的心情一下子好了起来，心里盘算着如何把强哥拉过来为她办事。虽然以前有过这个想法，但她怕谷海山不答应，现在谷海山让自己去接近他，那么只要找对时机，就能把强哥拉过来。只是，自己又有几成把握把他争取过来呢？

许一晗没想到在追赶赵长根的过程中，差点全军覆没，如果不是她躲得快，小命就可能结束在那片小树林里了。想到这里，许一晗气得咬牙切齿。这么多年来，都是她带人把别人灭了，今天竟然被刘雅诗和那群蒙面人打了个措手不及。只是那个蒙面人的身影怎会那么熟悉，尽管他变了声调说话，但还是能感觉出他在极力隐藏自己的一切。这个人会是谁呢？许一晗实在想不出来，每想一次，头就痛一次，但值得欣慰的是，总算看到截走赵长根的人是刘雅诗和她的同党。作为上海公济医院的医生，刘雅诗隐藏得够深的。许一晗曾多次带人去公济医院抓过共产党，刘雅诗都非常积极地配合她的抓捕行动，却没想到她就是隐藏在医院里的共产党。

许一晗后悔啊，当初为什么没有多留个心眼，发现刘雅诗的一些蛛丝马迹呢？但是，这些都不是主要的，主要的是如何在花野洋子面前把事情掩盖过去，因为强哥已经把消息传过来了，说花野洋子正在找一个替罪羊，而这个替罪羊就是许一晗。许一晗知道花野洋子肯定记着十六铺码头的事，只是那一战，自己中了刘雅诗的计，打乱了花野洋子的计划。

许一晗正想着如何把这事推托过去，桌上的电话响了。许一晗拿起电话，那边传来了花野洋子冷冷的声音：“你马上来我这里一趟。”

没等许一晗回话，花野洋子就挂了电话。该来的总会来，想躲都躲不掉，许一晗索性什么也不想，便去了花野洋子的办公室。她知道自己想得再多，都不如现场直接反驳。俗话说得好：“兵来将挡，水来土掩。”自己怎么说也是七十六号行动处的副处长，这些年来没有功劳也有苦劳，还怕一个慰安妇特工不成？但许一晗还是心有不悦，自己堂堂一个副处长，竟然要低着头去见一个没有官职的日本特工。

没用多长时间，许一晗便来到花野洋子的办公室，花野洋子正冷着脸看一份文件。说是文件，其实是中国的古代诗集。对于一个没有多少文化的花野洋子来说,竟然能看懂中国古诗,这也不能不说是一个奇迹。如果她没有这个特长,或许现在仍在中国东北当慰安妇。

许一晗进来了好一会儿,看到花野洋子连头都没有抬,不由更加生气,最终还是没忍住,冷冷地说:"我来了。"

"你给我说说,中国的这首诗代表了什么?"花野洋子说着把那本诗选递给了许一晗,指着她刚刚正看的那首诗问道。

许一晗接过诗集一看,花野洋子看的那首诗是戴表元的《湖州》:"山从天目成群来,水傍太湖分港流。湖上清溪溪上山,人映清波波映楼。交流四水抱城斜,散作千溪遍万家。行遍江南清丽地,人生只合住湖州。"许一晗不由一惊,中国的古诗很多,花野洋子为什么会选中这一首问自己? 她想起蒙面人与刘雅诗的接头暗号就是这首诗歌中最后两句:"行遍江南清丽地,人生只合住湖州。"难道花野洋子也知道这件事? 不可能,如果不是自己躲在那里看到他们接头,打死也不会知道这件事;可花野洋子又是如何知道的?

"你在想什么? 是不懂,还是不愿意说?"花野洋子催促道。

"这是诗人戴表元在游历湖州后兴致勃勃写下的诗句,说湖州是一个宜居的地方,并没有什么特别的意思。"许一晗想敷衍花野洋子,没有把听到刘雅诗与蒙面人用暗号接头一事说出来。

"是吗? 湖州,是个好名字,我的姐姐是不是在湖州待过?"花野洋子听到湖州,想起了姐姐花野真衣为了潜伏,曾经在湖州生活过,她学的江南话,就以湖州话为主,但她最后也死在湖州人手里。现在又看到湖州,花野洋子有些茫然起来,难道说冥冥之中,她也要与湖州沾上关系? 对了,沈妍冰也是湖州人,她就是从延安来上海的红灯笼。看来,自己真与湖州"有缘"了。

"你姐姐……她的确在湖州待过,她与湖州人有着过不去的坎……"许一晗见花野洋子不是向她问罪的,觉得应该把话题扯到湖州去,然后让花野洋子忘记她的目的,但许一晗这个小算盘打错了。

"我记得你是地道的上海人吧,怎么对湖州了解得那么清楚?"花野洋子突然笑了起来,"今天劫走那个生化专家的也是湖州人吧?"

"你为啥有这个想法?"许一晗竟不知道花野洋子葫芦里装的是什么药。

"我的线人给我报告,今天劫走那个生化专家的就是湖州人。你既然那么了解湖州,你就说说吧,他们是怎么从我们眼皮底下把人劫走的?我想这一切都是你安排好的吧?"花野洋子的脸孔一变,对着许一晗吼道,"如果不是你,那个生化专家今天能从我们眼皮底下被人劫走吗?你说说,你对大日本帝国安的是什么心?"

"你冤枉我了。我是接到密报,说从延安来的红灯笼出现在十六铺码头,我才安排人员设伏,这个情况我在十六铺码头就解释过了。"许一晗当然不买花野洋子的账,"谁知,我刚设下埋伏,就有人朝我的人开枪,我才不得不还击。再说,你今天要抓什么人,也没有给我们七十六号说。我们根本不知道是怎么一回事。如果我们知道了,又怎会派人去那里蹲守?你不要没有抓住人,就把责任全部怪在我们七十六号头上。如果这事你早告诉我们,事情的结果也不至于会这样。再说,就算那人能逃走一次,还会逃走第二次?外面的关卡那么严,他肯定还困在上海城里,只要我们一直追查,我就不相信,他还能上天入地?"

"还轮不到你来教训我。"花野洋子很想掏出手枪,给许一晗一枪,但她不能这样做,上面怪罪下来,她还可以拿许一晗做挡箭牌。

"我只是陈述事实而已。"许一晗见花野洋子气急败坏的样子,暗暗地长舒了一口气,看来,这个日本娘儿们还是嫩了点,想跟自己斗,还欠火候呢。许一晗本想再接再厉,抓住花野洋子的把柄不放,可一想到以后还要共事,决定先放她一马。

"你不要得寸进尺。"花野洋子有火不敢发,她这才发现许一晗比她想象中要狡猾得多,这个女人根本不买她的账,不知该如何是好。

"如果没有事,我就回去了。处里还有很多事等着我去做呢。"许一晗知道今天得罪了花野洋子,现在不走,更待何时?

"你滚,给我滚远点!"花野洋子只能骂一句,她知道不能把许一晗逼得太急,毕竟她是七十六号的人,很多事要靠他们去完成,如果不是大案要案,特高课是不会插手的。可那个被劫走的中国生化专家是特高课要重点抓捕的人,对日本占领中国有着巨大的威胁。特高课把这么一个重要的任务交给自己,自己竟然办砸了。花野洋子本想找许一晗来顶锅,许一晗竟然不上当,那该如何是好?

第八章

深不可测的危城

　　谷海山行走在夜上海的小巷里,黄浦江的微风吹过来,把这座看似繁华的城市吹得摇摇欲坠。在一些弄堂里,偶尔能看到一两个急匆匆的行人,但在一瞬间又消失得无影无踪。前面不远处就是百乐门舞厅,但在谷海山眼里,这个纸醉金迷的东方巴黎舞厅,在那光影迷离的摇曳下,在一片得意扬扬的笑声里,在那不协调的音乐声中,把上海这座不夜城的魅力风韵缓缓铺张开来;而那些身着旗袍,妩媚的舞女,挽着她们的舞伴在舞厅里旋转,暂时忘记了她们为生活所迫的困窘,把灵魂融进这梦幻的舞池里。

　　舞池里的热闹与大街上的平静,让谷海山感觉到这深不可测的上海城,处处充满危机,稍不留意,便会陷进黑暗的漩涡里不能自拔。

　　谷海山在离百乐门舞厅不远处停了下来,此时,舞厅里响起了《夜来香》,很多人又随着歌声在舞厅里旋转起来。

　　到了与李茜茜约定见面的时间,却不见她的身影,谷海山特别着急。他着急的不是李茜茜没按约定的时间向他汇报,而是归国人士赵长根被共产党劫走后,至今杳无音信。谷海山曾让李茜茜与强哥联系,好些时日了,李茜茜一直没向他汇报,这说明李茜茜的计划没有成功。她连这么一点小事都没办妥，这让谷海山十分恼火。谷海山思虑再三，觉得应当亲自来找她问清楚情况。可百乐门舞厅里人多眼杂，谷海山不敢冒着暴露身份的危险去舞厅里找李茜茜，唯一的办法只能在这里等她出来。

在寂静的深夜里，站在大街上等待一个人是件非常难熬的事，谷海山几次把烟斗拿出，装满烟丝后，又把烟斗放回口袋里。作为军统的一名老特工，谷海山深知自己一个人出来是非常危险的，更不能留下任何蛛丝马迹，一旦露出破绽，就是致命的打击。无论是七十六号，还是特高课，抑或梅机关的人，他们会顺着这些蛛丝马迹找到他。

赵长根被共产党的人救走了，谷海山算是没有完成上级布置的任务，弄不好，会上军事法庭。谷海山不甘心。这么重要的任务怎么能交给李茜茜呢？他应该亲自出马，即使任务失败，也至少能知道原因；现在，只知道任务失败，连原因都找不出。现在唯一的补救办法就是趁共产党还没有把赵长根送出上海，查出他们的下落，然后出其不意地把赵长根抢夺过来。

作为一名资深特工，谷海山在等待李茜茜的过程中，竟然没有发现离他不远处有一个蒙着面的黑衣人一直盯着他。黑衣人似乎很有耐心，也十分精神。

直到凌晨四点钟，舞厅里开始有人出来。接着，谷海山终于在人群中看到李茜茜。李茜茜显得特别憔悴，连路都走不稳。

谷海山学了三长两短的猫叫声，李茜茜警觉地朝四周看了一眼，然后像换了一个人似的，快速走向小巷里。

"走，到前面的联络站里说话。"谷海山像是自言自语地说，然后快步走开了。李茜茜又警觉地向四周看了看，不紧不慢地跟在谷海山身后，也没有发现一直暗中盯着谷海山的蒙面黑衣人悄悄地跟在她身后。

穿过几条小巷，谷海山在一间低矮的房子前停了下来，敲了几下门，门打开了，谷海山做了个手势，立即闪了进去。几分钟后，李茜茜也来到这间房子前，推门进去，几个人立即将门关了起来。李茜茜仍没有发现蒙面黑衣人的跟踪。蒙面黑衣人看到李茜茜进去后，稍停了一会儿，便转身消失在黑暗中。

待李茜茜一进屋，谷海山掏出烟斗朝桌上狠狠地砸去，厉声问道："李茜茜，你到底在捣什么鬼？我让你办的事情，不管有没有结果，你也该向我汇报。你说说，为什么不向我汇报？"

"站长，还没有……"李茜茜的声音小得像蚊子的叫声。她本想解释，又不知该如何解释。迎接赵长根的任务失败后，李茜茜一直在自责，虽然谷海山没有追究她的责任，但她在谷海山那里的地位肯定会一落千丈。李茜茜到现在也没想清楚，自己人手里有八九式掷弹筒，居然还被七十六号特务追着打，要不是跑得快，差点全军覆没。

"我早就给你说过，共产党狡猾得很，他们在上海的人手虽然少，但活动比我们还频繁，他们的智商不比七十六号和特高课逊色；要不然，上次的任务，我也不会给你配备那么多人。他们都是站里最得力的特工，还给了你最好的武器，任务居然失败了。任务失败不可怕，可怕的是我给了你补救的办法，你居然还没有行动，让我说你什么好？"谷海山还在气头上，又说，"强哥是个关键人物，他应当为我们所用，让他马上查到赵教授的下落。一旦赵教授被共产党送出上海，就算路上都有我们的人，可以把他抢过来，但比在上海要麻烦得多；况且要是他们也没把赵教授抢过来，你说怎么办？"

提到强哥，李茜茜总觉得有那么一丝的恐惧。那一次，强哥居然强迫她在小巷里跳舞。要不是那天自己在执行任务，她早就将强哥送上西天。当时，她为什么要听从强哥的话，与他跳舞呢？现在想来，李茜茜后悔不已。如果当初她办了他，他又怎么会给七十六号和特高课做事呢？但如果她现在去找强哥，不知他又会做出什么样的事来，毕竟这次是她去求他，他肯定会得寸进尺。所以，李茜茜到现在都没去找过强哥，但她不得不在谷海山面前撒谎，即便她不想撒谎，可又没有别的办法，因此，李茜茜对谷海山说："强哥一直没来舞厅，我去找过几次，也没有找到他。"

"那你马上行动，无论如何在明天天黑前，我要得到确切的消息。"谷海山缓了缓，又说，"留给我们的时间不多了。根据我的判断，共产党在这两天就会把赵教授送出上海。再说，即使赵教授没有被送走，七十六号和特高课也会抢在我们前面找到他，到时候，我们面对的就不只是共产党一方了。"

谷海山现在不能不急，上级交代的任务，如果完成了，是他露脸的机会；可任务失败了，他哪里还有脸回重庆？他当初来上海，可是许下了诺言，不完成任务绝不回重庆。有时候，谷海山也有些后悔，待在重庆那个大后方，随便找份工作也比来上海强得多。谷海山至今都无法解开心中那个结：他要亲手抓住红灯笼沈妍冰，替朱佩玉报仇。但他来上海时间不短了，居然连沈妍冰的影子都没见到。作为军统的资深特工，他又如何对得起党国的栽培？

"是，站长。我现在就去办这件事。"被谷海山逼得没办法，李茜茜不答应马上去办，又能怎样？她也在心里给自己打气，自己一个堂堂的军统特工，难道怕一个上海滩的小混混吗？

忽然一阵狂风吹来，在室内的谷海山感到背心凉飕飕的，头上的冷汗也冒了出来，他顾不得擦拭汗水，说："这事务必马上办好。我们得到的消息，强哥是被迫给特高课做事的，他的父母被花野洋子关押了起来，这说明他的良心还没有全坏。他在上海滩混，图的是钱，无论他要多少钱，都要答应给他，前提是他必须给我们准确的情报。"

"是。"李茜茜不得不答应。

"去吧。"谷海山挥了挥手，让李茜茜赶紧去办这件事。

任务的成败就看明天了，谷海山却轻松不起来。

虽然在花野洋子那里占了一点点便宜，但许一晗却高兴不起来。这个日本娘儿们不是个善茬儿，自己迟早会栽在她手里。如何战胜花野洋子，在七十六号立足，是许一晗目前最想做的事，可是先前做的几件事都无疾而终。先是共产党的红灯笼在黄浦江边出现一次就没了音信，再是跟在花野洋子后面去抓捕赵长根，本想捡一个便宜，结果被人开枪射击，最终不得不反击，导致自己的人马暴露，在追捕过程中，若不是自己躲得快，已死无葬身之地。这次，许一晗的跟头栽得太大了，还被花野洋子抓住了把柄，要不是她事先得到消息，被花野洋子玩死了还不知道是怎么回事。

"真他妈的，人走霉运时，喝口水都塞牙。"许一晗骂道。这些消息又不能让七十六号的其他人知道，万一传到处长耳里，到时候就不是她许一晗的立足之事了，很有可能还会被处长送到梅机关那儿去。

梅机关的刑具不比七十六号的差,许一晗想想都害怕。同样的刑具,许一晗对很多人使用过,有的人就算挺过来了,也成了终身残疾,有的人根本挺不过来,有的人更是刑具还没有用到一半就咽了气。

要想渡过难关,只有找别人帮助自己,或者让他们为自己所用。强哥本来是一个不错的人选,但他的父母在花野洋子手里,就算强哥有这个心也没有这个胆。要让他明目张胆地为自己做事,基本是不可能的;不过,强哥为花野洋子做事,就算是自己安排在花野洋子身边的一颗棋子吧。当然,许一晗心中最合适的人选是宋书平,尽管她已经向宋书平抛出橄榄枝,但对方从没有买过账。宋书平看上去一身正气,但只要抓住他的弱点,肯定就能降服他。许一晗也曾对自己的长相和身材很自信,就算在上海滩不能数一数二,至少也能迷倒许多男人,如果没有这一点,她也不可能顺利地坐上七十六号行动处副处长的位置;只是这些年在七十六号明争暗斗,她的心机都用在如何立功,如何表现自己上面了,不然,怎么会没有男人往她身上粘呢?有时候,许一晗也在想,她的身体本就是一种资源,可惜这几年白白地浪费了。

色相不行,就用金钱。只要是人,都会有弱点,何况宋书平还是一个男人。作为七十六号的行动处副处长,许一晗相信她的判断和能力,她知道要想降服一个人,就得动点脑筋。事不宜迟,许一晗决定马上去找宋书平,一定要把他拉到自己身边来。

许一晗找到宋书平的时候,看到他正在大街上执勤。她不由仔细打量起宋书平来,这个身材魁梧的男人,穿上警察制服,还有一股威风劲,他表情严肃,工作的劲头十足,给人一种不怒自威的感觉。她看了看时间,现在也该是宋书平执勤下班的时间了,于是便走了过去,说:"宋书平,你也该下班了吧? 我请你喝咖啡。"

宋书平见到许一晗主动邀请他喝咖啡,心里一怔,不由提高了警惕,问道:"许处,今天怎么有闲心请我喝咖啡,不去抓共产党了?"

"共产党抓得完吗? 还不如该开心就开心,该玩就玩。走,姐今天做东,请你到天一咖啡馆喝咖啡,我听说那里刚进了一批好咖啡。但一个人喝没意思,还不如请你一起喝。"许一晗没有马上表露她的想法,但又不能丢了在七十六号的那种高傲。

"许处,我还在执勤,有事说事吧。如果被局长知道我在执勤时去喝咖啡,不但要扣发工资,还会处分我。"宋书平知道许一晗无事不登三宝殿,她是七十六号的人,不会无缘无故地请他喝咖啡。

"大街是谈事情的地方吗?"许一晗发现自己这一招不灵,不由心生怒气,但很快又忍了下去,便说,"你去还是不去? 再说你们局长扣不扣你的工资,处不处分你,还不是我一句话? 就算他真的扣了你的工资,姐给你补上,绝对只多不少。"

"既然许处话都说到这个份上,如果我还不去,就是看不起许处了;再说,我还从没有在天一咖啡馆喝过咖啡呢。"宋书平被许一晗逼得无路可退了,只得答应下来。

两人边走边聊了些家常,像一对情侣一样走进了天一咖啡馆。咖啡馆里人不多,许一晗选择了一间靠窗的单间,要了两杯上等的咖啡。咖啡香气扑鼻,顿时引人口水欲流,宋书平像是第一次来这里,端着咖啡不知所措。这一切,许一晗都看在眼里,心里不由疑惑起来,这是他装出来的,还是他真的没有喝过咖啡? 宋书平长得帅气,如果没穿这身制服,看起来还有一丝文静,很像一个知识分子;他有时候显得很聪明,有时候又很笨,与普通老百姓没有两样,许一晗不禁怀疑起自己的眼光来,为什么要选宋书平这样的人来为她做事,而且他以前还拒绝过她。是她魅力不够,还是宋书平太傻? 这年头,谁都想给自己找一个靠山,留一条后路,宋书平居然对自己这座靠山无动于衷。

宋书平看了看不停搅拌咖啡的许一晗,问道:"许处,你不会只是请我喝咖啡这么简单吧? 如果有其他事,请明说。"

"宋书平,没看出来啊,你还是一个聪明人。"许一晗停下搅拌咖啡,用深情的眼光看着宋书平,柔声地说道,"宋书平,你说说,姐平时对你怎么样?"

"许处,你别用这样的眼光看着我,我有些害怕。"宋书平突然站起来,说,"许处,你有任务就直接分派给我吧。我……我……"

"坐下。"许一晗急忙伸手拉了拉宋书平,"这里又没有外人,什么许处不许处的,显得我们很生分的样子。叫我姐就行了。记住没,以后叫我姐就行了。"

"那么，姐，你找我到底有啥事？你越不说实话越是让我难安。"宋书平被许一晗的话弄得哭笑不得。

"作为一名警察，你该清楚现在的局势，日本人不仅与中国作战，连美国都敢打。在亚洲，日本人已经控制了新加坡、菲律宾、缅甸、马来西亚等地区。你说说，中国以后是谁的天下？当然是日本人的天下。谁知道日本人以后得了天下，会对我们中国人怎么样。"许一晗头头是道地分析起目前形势，又说，"如果我们没有一点功绩，以后怎么在日本人手里混下去？特别是你老弟，现在只是一名警察，你得为你的前途考虑考虑了。姐替你着急啊。"

"姐，你说该怎么办？"宋书平一听，有些慌了。

"只要你肯听姐的，姐就有办法。"许一晗见宋书平被吓着的样子，心里好笑，但没有表现出来，心里却说，宋书平啊宋书平，你也有害怕的时候。

"什么办法？"

"你跟着姐干。当然，不是让你辞掉警察的工作，你仍然做你的警察，在暗中为姐做事。当然，好处少不了你的。只要咱们姐弟俩好好合作，做出一些成绩来，日本人肯定会高看我们一眼，到时候自然只有好处，没有坏处。"

"姐，你的这个主意不错，以后我就跟着姐混了。"宋书平端起咖啡一口干了，又说，"姐，你有事，尽管吩咐我。"

"这就对了，姐还真有事要你去办呢！"许一晗见宋书平上钩了，心里别提有多高兴，简直爽到了极点。今天真没有白来一趟，终于找到了宋书平的弱点。是人都会有弱点，只要抓住这个人的弱点，什么事都能办成。

"是什么事？"

"坐过来，姐给你说。"许一晗不由分说，把宋书平拉到她身边坐下，凑到耳边嘀咕了好一阵子。

刘雅诗能安全地回到联络点，让钮佳悦和刘嫂都喜出望外，但她们随即又被另一个难题难住了。虽然把赵长根安全地接了回来，但钮佳悦认为这不是一个长久之计，特高课和七十六号的人迟早会找到这里,况且军统的人也不是吃素的,特别是刘雅诗和刘嫂知道李茜茜是军统隐藏在百乐门舞厅的特工后,不但意外,而且很吃惊。刘雅诗和刘嫂虽然与李茜茜没有过多的交集,但都知道李茜茜的情况,一直以为她是一个不得意的女子,进入百乐门舞厅是没有办法的办法,谁曾想她竟然是军统的特工。能在鱼龙混杂的地方潜伏那么长的时间,一直没有暴露,说她是一个高级特工并不为过。

现在最大的困难就是如何把赵长根送出上海城,然后由外面的同志护送到延安。尽管钮佳悦与刘雅诗、刘嫂想了很多种办法,但都以失败告终。十六铺码头那一战,几乎轰动了整个上海城,无论是特高课还是梅机关,包括七十六号的人都在寻找赵长根,军统吃了大亏,当然也不会放过此次机会。

外面是什么样的情况,钮佳悦和刘雅诗都不清楚。钮佳悦突然想起刘雅诗回来说过,那天她独自返回树林阻挡来敌之时,几乎在绝望之际,突然出现一个黑衣蒙面人带领一群人消灭了许一晗带来的特工,只是到战斗结束,他们始终没有找到许一晗的尸体,刘雅诗知道许一晗那么狡猾,肯定趁机逃走了。但刘雅诗知道自己已经彻底暴露了。

"姐,你说那个为首的黑衣蒙面人会是谁?他怎么会在那么关键的时刻出现?"钮佳悦在来上海之前,上级党组织只说让她到上海来找刘雅诗,根本没说其他人。难道说那个人也是上级党组织派来的?

"我也不知道他是谁。虽然他说话时故意变了声调,但他的身影我特别熟悉。我想他肯定是个熟人,又实在想不出他是谁。"刘雅诗清楚地记得那个人用暗号接头时,语气显得不是很自然,但当时的那种情况,刘雅诗也没细想。

"他不是你们平时联络的人吗?"钮佳悦也想不出到底是谁救了刘雅诗,但可以肯定这个人在上海潜伏得很深,与刘雅诗都不愿意以真面目相见,可见他的特殊性,如果不是到了关键时刻,他肯定不会露面。

"我联络的人,除了与上级是单线联系外,其他联系人都归我管。我联络的人,他们不可能不以真面目见我。我总感觉这个人很熟悉,好像时时刻刻都在我身边一样。他这样做,或许有他的顾虑。"刘雅诗在上海潜伏好些年了，手下也有好些人，这些人到了约定的时间才会见面，或者有任务时，她才去通知他们。

"那就奇怪了。"

"你们不用多想了，先吃饭。"刘嫂端了两碗面进来，说，"阿胖来了，正在外面吃面。"

"阿胖？有好些日子没有见到他了。"钮佳悦听到阿胖来了，眼睛一亮，顿时心里有了主意，说，"雅诗姐，刘嫂，我们正愁不知道外面的情况，阿胖就是一个现成的人。"

"你的意思让阿胖去打听？万一……"刘雅诗有些担心地说，"他毕竟不是我们的人。"

"我相信阿胖，他不是一个坏人。如果我们好好争取他，或许他能为我们做很多事。"虽然第一次见面时阿胖抢了她的小包包，但通过几次接触，钮佳悦觉得阿胖本质不坏，他是被逼走上扒手这条道的，如果好好引导他，他将来绝对是一个搞情报的好手。

"阿胖这孩子，我是看着他长大的。如果不是他父母去世得早，他肯定不会走那条邪路。这孩子也是个有恩必报之人。当年，他没饭吃，是我给他吃的，整整一年；后来也不知是什么原因，他去当了扒手。"刘嫂想起第一次见到阿胖时，他已经饿了几天，偷了包子就跑，刘嫂见他可怜，把他拉了回来，让他吃了一顿饱饭。阿胖也勤快，常常帮着刘嫂收碗收盘子，只是后来阿胖就无声无息地走了，再后来，他竟然走上了当扒手这条路。在上海滩，有很多与阿胖一样吃不饱的孩子，刘嫂也很想救助他们，可能力有限，她开饭馆是为了掩人耳目，收集情报。

"你们都这么相信他？"其实刘雅诗也觉得阿胖是打听外面消息最合适的人选，只是她还是有想法，毕竟赵长根的安全第一，如果稍有不慎，特高课或七十六号的人得知了消息，她们就前功尽弃了。

"我们可以做多方面的打算。"钮佳悦虽然放心阿胖去打探消息，但也得考虑事情最坏的一面。

"我看这样可以。"刘嫂也赞同钮佳悦的意见。

"那，佳悦，你去会一下阿胖，但不要把事情说得太明了。"刘雅诗叮嘱钮佳悦，又说，"无论如何，我们都要保证赵教授的安全。"

"姐,你放心吧。"钮佳悦说,"刘嫂,麻烦你把阿胖带到后面的柴房里。"

一会儿,阿胖被刘嫂带到钮佳悦面前。

阿胖见到钮佳悦,显得特别激动,说:"姐,阿拉终于找到侬了!阿拉有很重要的事情对侬讲。"

钮佳悦没想到好些天没见到阿胖,他有些消瘦,还晒黑了,听到他有事情要对自己说,便迫不及待地问了起来:"有啥事情? 你快说。"

"是这个样子的。阿拉早上碰到阿拉表哥了,他对阿拉讲,他有重要的情报……"阿胖说着打了一个饱嗝,把他见到强哥的事情全部说了出来。

阿胖说前几天十六铺码头上出现了激烈的枪战,他以为是国军打回来了,后来才知道一个重要的人物被人抢走了。日本人天天在大街上搜捕,见到可疑的人员不由分说就抓起来,因而,阿胖也不敢去大街上,正想如何吃一顿饱饭时,遇到了表哥强哥。阿胖本想躲开,被强哥堵住了去路。强哥告诉他,如果不想被饿死就跟着他干,阿胖便问强哥干什么事。起初,强哥不愿意说,最后被阿胖逼得急了,就说日本人花野洋子现在正在寻找一个中国人,谁最先找到这个人,她就赏这个人很多大洋,还说如果在两天内找不到这个人,他们就在上海滩挨家挨户地搜查。

"挨家挨户地搜查?"钮佳悦突然察觉出事情的严重性。如果花野洋子真的那么做,赵长根在上海就待不住了,必须想办法马上把他送出城。怎样把赵长根安全地送出上海,这可是一个难上加难的事情,必须先弄清楚日本人在城门的部署情况,然后才能制订相应的对策,而这个任务只能让阿胖去完成。

"对了,阿胖,姐想让你替姐办一件事,你可答应?"钮佳悦说。

"小姐姐,只要侬交代阿拉的事,阿拉一定办到。"阿胖信誓旦旦地说。

"好,你过来,姐让你办的事情是这样……"钮佳悦对着阿胖耳边说了一阵子,又说,"你尽快替姐办好。"

"晓得了,小姐姐,侬的事情是大事情,阿拉一定办好。"阿胖说着便走出了柴屋。

李茜茜见到强哥时,他正耷拉着脑袋,斜靠在门口的那棵快死亡的苹果树上抽烟。这棵苹果树是强哥很小的时候,父母教他栽下的。父母告诉他,苹果树长大了会结很多很甜的苹果,只要强哥好好地守护它,以后秋天就会有吃不完的苹果。父母还告诉强哥,他们之所以栽种这棵苹果树,是因为他们不求大富大贵,只求一家人平平安安地过日子。后来,这棵苹果树年年都会结很多很多的苹果,果实也很甜,父母每每摘下苹果后都要等强哥回家,选出那些又大又红的苹果来让强哥最先品尝。但今年,这棵苹果树却只开花没结果,到现在,这棵苹果树快要枯死了。强哥不知道是什么原因,也不想知道是什么原因。

一棵树在人们不知不觉中走完了它的一生,它的命运他无法做主,强哥想,他自己的命运也不能完全由自己做主。

李茜茜见强哥不理睬她,好像有她不多、没她不少的样子,与前些日子在那条巷子里拦住她,非要与她跳舞的强哥判若两人。于是,李茜茜换了一副笑脸,向强哥喊道:"强哥,你猜猜我是来干什么的。"

"鬼晓得你来干什么。"强哥斜看了李茜茜一眼后,又把头扭到了一边。

"看你满脸不高兴的样子,哪个惹你了?"李茜茜没想到碰了一鼻子灰,但不甘心。谷海山让她找强哥,因为强哥不但为特高课做事,也在为七十六号做事,只要把强哥争取过来,无论是特高课还是七十六号,只要他们一有行动,谷海山就可以得到他想要的情报。强哥一脸苦大仇深、不近人情的样子,让李茜茜不知该如何处理这件事。如果这么一点小事都办不好,她在谷海山面前怎么抬得起头来?再说在十六铺码头迎接赵长根的任务失败前,李茜茜在谷海山面前打包票,尽管谷海山没追责,但李茜茜已经觉得没什么脸面了。怎么说她也是军统里的高级特工,潜伏在上海又不是一天两天,也办了不少上得了台面的大事情,成绩更是有目共睹的。为什么近来的任务接连失败?先是查从延安来的共产党红灯笼沈妍冰,不但连沈妍冰的人影都没看到,还差点被警察宋书平抓了去;再说去十六铺码头迎接赵长根一事,如果不是跑得快,她带领的特工恐怕要全军覆没。是运气差,还是共产党太狡猾?李茜茜不敢再想下去,目前要尽快把强哥争取过来,才能不辜负谷海山对她的期望。

强哥仍然是一副爱理不理的样子,靠着那棵苹果树,又点燃了一支香烟,好像烟能解愁似的,李茜茜几次想开口说话,都被强哥那无情的目光挡了回来。她感觉无计可施,这强哥明明以前见了自己就像猫见了老鼠一样,恨不得一口把她吞下去。今天无论如何也得想办法让强哥开口,不然等共产党把赵长根送出了上海,那可就麻烦了。

"强哥,发财了,还是被人打了?"李茜茜见软的不行,只得用计,只要强哥一开口,她就有办法让强哥顺着她的话说。

"你这个女人,今天为啥来找我?你不怕我搂着你跳舞?"强哥终于忍不住,但还是很不屑地看着李茜茜,又说,"趁老子的心情还算好,赶紧给老子滚;再不滚,想滚都滚不了了。"

"强哥,说话别这么冲,好不好?姐今天又不是来找你跳舞的,是跟你谈一笔生意。"李茜茜心里十分恼火,这强哥只不过是一个小混混,居然这么傲慢无礼,若是放在平时,消失了都不会有人知道。

"谈生意?你一个舞女,有什么生意好谈?不是想让我帮你找几个舞伴吧?"强哥虽然在码头上混,但一直看不上百乐门的舞女。在他的眼里那些舞女除了出卖她们的灵魂以外,就是看中别人口袋里的钱。这么多年以来,强哥曾多次找李茜茜跳舞,但都以失败告终,如果不是上次他在小巷里强行与李茜茜跳舞,他还真以为搂着像李茜茜这么漂亮的女人跳舞会是一种享受,但从那次跳舞后,他的心结也解开了,只要是一个不难看的女人,只要舞跳得好,其实都一样。

"既然你这样不配合,我也没有必要与你绕圈子了。"李茜茜说完,突然掏出手枪对准了强哥的头,"如果你喜欢用这种方式与我说话,我也可以成全你。"

"你……"强哥被李茜茜的举动吓了一大跳,但他毕竟是在上海滩混社会的,马上冷静下来,说,"如果我没有猜错的话,你是军统的人。"

"你说得不错。"李茜茜不得不佩服强哥的眼力和判断力。

"看来我的判断没有错。"

花野洋子是特高课的人,许一晗是七十六号的人。这两个女人心狠、毒辣,让他不得不在她们面前低头,特别是他这样的小混混,稍不注意,就会被她们随便捏造个罪名抓起来。但李茜茜不一样,她既然以舞女的身份生活在百乐门,除了军统的人,不会再有别的身份。以前,强哥一直以为李茜茜只是一个舞女,还真没有把李茜茜与军统的特工联系起来;现在,她既然能掏出手枪指着他的头与他谈生意,不是军统的人又会是谁?

"既然你已经知道了我的身份,给你两个选择,一是与我们合作,二是马上去死。"李茜茜不想与强哥废话。

"合作? 怎么合作?"强哥不傻,现在各方面的人都找自己为他们做事,这就有了讨价还价的机会,又说,"与你们合作,你能给我什么好处?"

"当然,少不了你的好处。"李茜茜知道强哥心里想的是什么,又说,"你来百乐门舞厅,我可以陪你跳舞,当然,还有钱。你现在需要钱。"

"你以为我只需要钱吗?"强哥很想说,让李茜茜把他的父母从花野洋子手里救出来,可话到嘴边又咽了回去。

"还有你的父母,被特高课的花野洋子抓了,我可以想办法把他们救出来。"李茜茜来之前就已经打听清楚了,强哥虽然是一个混混,但还是一个孝子。强哥的父母被花野洋子抓走了,只要向他保证,把他的父母救出来,他一定会答应的。

"好吧。"强哥现在只想把父母救出来,无论对方是谁,只要他们做到这一点,他就帮他们做事。因此,他一听李茜茜愿意救他的父母,便答应下来。许一晗虽然也说过此类的话,但至今没有音信;既然李茜茜已经提出了这个要求,总比没有好。虽然这是一个望梅止渴的要求,但强哥还是相信她。

"既然你答应了,我也绝不食言。只要你帮我们查清那天在十六铺码头上,被共产党救走的人现在在哪里,剩下的事我们自己办。"李茜茜收起了手枪,又说,"今天的事,如果你泄露出去,我想你应当知道会有什么样的后果。"

"我当然知道。"强哥又何尝不知道军统做事的作风呢？又说，"如果你们真想知道那个人的下落，我想有一个人知道。"

"谁？"

"我表弟，阿胖。"强哥突然想起阿胖。这几天，阿胖总是神出鬼没的，很是令人怀疑。如果他不是在替共产党办事，为什么来找自己打听特高课和七十六号的事？如果阿胖真的知道那天十六铺码头发生的事，自己可以向李茜茜交差，说不定李茜茜一高兴，会帮他把父母救出来。

"他现在在哪里？"

"我也不知道。不过，他常去一家饭馆吃饭。你去那里打听，肯定能打听到他的下落。"

"哪一家饭馆？"

"石门窟附近的刘嫂饭馆。"

"刘嫂饭馆？"李茜茜突然想起了什么，撒腿跑开了。

钮佳悦与刘雅诗正商量着如何把赵长根送出上海时，没走多久的阿胖又满头大汗地跑了回来，一进门就急不可耐地说："不得了，不得了，有个女人来了。"

钮佳悦见阿胖十分着急的样子，心里不由"咯噔"一下，急忙问道，"阿胖，你慢慢说。哪个女人来了？"

"是那个舞女，李茜茜。"阿胖歇一口气，说，"她从阿拉表哥那里来这里，说是要找阿拉，还要问刘嫂……"

原来，阿胖奉钮佳悦的命去打听关卡之事，觉得表哥强哥与守关卡的人熟，找他去打听，肯定比自己去打听好得多。阿胖刚到强哥门前的小弄堂里，看到强哥正与李茜茜说话，便躲在一边听，谁知强哥让李茜茜到刘嫂饭馆来找他。

"你先去外面，我与雅诗姐商量一点事情。"钮佳悦马上支开阿胖，她要与刘雅诗和刘嫂商量一些事情。

李茜茜是军统的人，她现在来刘嫂饭店，事先肯定知道了一些事情，现在又听了强哥的话，就是想瞒她也瞒不住了。钮佳悦有些着急，没有把赵长根送出上海，他随时都有危险，再加上刘雅诗上次为了掩护他们撤退，已经暴露了，不但不能去医院上班，而且只要她一出现，无论是特高课还是七十六号肯定会不问青红皂白，把她抓起来。再说，刘雅诗几天没请假，又没去医院上班，医院那边肯定也会怀疑她，再加上许一晗肯定会去医院调查，这样一来，刘雅诗在上海也待不下去了。

"佳悦，你在想什么？"刘雅诗见钮佳悦没说话，不由问了起来，"你是不是担心我的安危？你放心，我有办法对付他们。"

刘雅诗突然发现钮佳悦比她想象中要坚强得多，也非常地聪明，只是钮佳悦还年轻，工作经验不成熟。如果好好地培养她，让她在上海长期潜伏下来，能力肯定比自己强，会更好地完成党组织的任务，只是，她的任务完成了，可能就要与赵长根一起到延安。想到此，刘雅诗觉得心里空落落的。

"雅诗姐，我在想，你应该与赵教授一起撤离上海。"钮佳悦把自己的想法说了出来，又说，"其实，我也很想护送赵教授回延安，可是，我来上海还有其他工作任务。如今还没有展开，所以现在不能回延安。"

"怎么？你不回延安？你的任务不是完成了吗？"刘雅诗以为钮佳悦来上海的任务是把赵长根接往延安。

"把赵教授安全地迎接到，只是我其中的一个任务，我还有其他任务没完成。"钮佳悦没有告诉刘雅诗她来上海的真正目的，这是一个绝密的任务。临走时，李科长特别交代过，让钮佳悦对谁都不能说出来。当然，钮佳悦知道自己还没有站稳脚跟，这个绝密任务暂时不能告诉刘雅诗和刘嫂。当然，钮佳悦也知道一旦执行这个任务，就注定要在黑暗中生活。如果钮佳悦完不成这个任务，李科长或许会另外派人来上海，直到任务完成为止。尽管接赵长根只是任务中的一部分，但钮佳悦要尽最大努力去完成，只有完成了安全护送赵长根离开上海的任务，她才能接着去执行下一个任务。

"你还有其他任务？我怎么没有接到通知？"钮佳悦还有其他任务，这让刘雅诗吃惊不小，她接到的通知是要保证钮佳悦的绝对安全，并配合钮佳悦把赵长根从轮船上接下来。这个任务虽然完成了，可自己也暴露了，以后怎么来保障她的安全？

"是的。"钮佳悦说,"李茜茜既然知道这个联络点,说明这里已经不安全了。我们要马上转移,你带着赵教授离开上海。"

"怎么转移?我们在上海的许多联络站都遭到破坏,已经没有可以去的地方了。"刘雅诗说的是实话,上次那个联络站遭到破坏后,一直没有找到新的联络点,而刘嫂这个饭馆是到了万不得已才启用的地方,又将暴露,该怎么办?

"去阿胖家里。"钮佳悦十分肯定地说,"前几天,阿胖已经带我去过他家,他那里是上海最贫困的地方,最适合隐藏。而且,今晚我们必须把赵教授送出上海。"

赵长根在上海多等一分钟,就多一分危险。好不容易接到的赵长根,不能落入日本人手里。其实,钮佳悦一到上海,就对接到赵长根后如何送他出上海,想了很多个计划。按照现在的情况,她不知道自己的计划是否可行,但她已经和线人联系过了,线人说今晚在城外有人来接赵长根。

无论如何今晚都要把赵长根送出上海。钮佳悦打定主意,便着手安排一切。

对刘嫂饭馆,李茜茜再熟不过了。刘嫂饭馆在石库门一个不起眼的巷子里,生意虽然不是十分好,但菜食的味道不错,正宗的浙菜。李茜茜曾多次来刘嫂饭馆吃饭,每次吃饭时都会想起江南水乡的家乡。只是这样一家不起眼的小饭馆,竟然是共产党的一个联络站,让李茜茜感到特别意外。意外之后,李茜茜又不由感叹起来,共产党真是无孔不入,往往那些看着不起眼的地方,就是他们活动的地方,如果自己早知道刘嫂饭馆是共产党的联络点,怎么也要抓几个共产党员。她后悔不已,亏自己还是军统的高级特工,竟然把这个地方忽略了,真是不应该啊。

李茜茜边想边跑,但当她来到刘嫂饭馆时,饭馆已经关门了。

"还是来晚了一步。"李茜茜叹道,"他们怎么这么快就得到消息了?还在这么短的时间内就撤走了?"

李茜茜在刘嫂饭馆面前,看着"刘嫂饭馆"的招牌好一会儿,才醒悟过来,饭馆有后门,应当从后门进去,搜查一下,说不定会找到一些有用的线索。于是，李茜茜绕了一大圈，发现一条小弄堂。她顺着小弄堂，发现刘嫂饭馆后面一个不起眼的地方，居然有一扇小门，轻轻一推，门竟然没有上锁。李茜茜猫着身子向窗口走去，然后侧着身子，蹲在窗边，向屋里瞄了一眼，见屋里没有人，就快步走到门边，急忙推开门，见屋里果真没有人，心里长长地出了一口气，开始在屋里翻找东西。但无论李茜茜怎么找，都没有找到有用的东西。

"这群共产党也太狡猾了，连一点线索都没有留下。"李茜茜垂头丧气，走到桌子旁，倒了一杯水独自喝起来。

"这该怎么办？好不容易才得到的线索，难道就这样中断了？"李茜茜有些不甘心，可不甘心又能怎样？

还是寻找其他线索吧。李茜茜打定主意，正准备转身离开时，前门传来了开锁的声音。有人进来了。李茜茜想跑已经来不及了，急忙躲进柜台下面，眼睛却朝门口看去，进来的人是一个胖男孩，觉得很面熟，一时想不起在哪里见过。

进来的人正是阿胖，在把钮佳悦和赵长根，以及刘嫂、刘雅诗带到他家后，钮佳悦让他去城门口关卡打探。阿胖来到关卡后，发现一切与往常没有两样，不知不觉肚子有些饿了，猛然想起刘嫂在饭馆里给他留了饭，便折身来到刘嫂饭馆里吃饭。

阿胖进门后急忙关上门，没有发现柜台后面的李茜茜，径直去了旁边的厨房。不一会儿，就端出一大碗饭来，坐在桌前大口大口地吃起来。

李茜茜仔细打量起阿胖，突然想起来，眼前这个胖子不就是抢过她包的那个扒手吗？他怎么会出现在这里？他进屋后能径直走向厨房端饭出来，很显然，他对这里特别熟悉。强哥说过他有一个表弟比较胖，经常到刘嫂饭馆吃饭，这个胖子肯定就是强哥的表弟阿胖了。原来，刘嫂就是借开饭馆做掩护，替共产党办事；这次赵长根被共产党的人抢走，那么刘嫂也肯定是共产党。现在饭馆里没有其他人，说明共产党已经把赵长根转移了，现在唯一的线索就是这个胖子。这真是"踏破铁鞋无觅处，得来全不费工夫"。李茜茜突然以掩耳不及盗铃之势走到阿胖身边，一手抢过阿胖的饭碗，另一手拉住他的衣领，厉声问道："胖子，刘嫂他们去哪里了？"

"侬是啥人？阿拉不认识侬。"阿胖没想到屋里还藏着人，吓得不轻，等他看清眼前的人是李茜茜时，心里紧张得不行，都怪自己太贪嘴，回来得真不是时候，想了想，突然笑了起来，说："侬不是舞厅里的跳舞王后吗？"

"你既然认识我，就应该知道我的厉害。"李茜茜见阿胖没有一点害怕的样子，心里也紧张得不行，万一刘嫂等人没有转移，或者是外出了，现在突然回来，自己一个人怎么对付得了？

"侬当然厉害，跳舞特别厉害。阿拉听表哥说过，他说上海滩每个男人最大的愿望就是找侬跳舞；可惜阿拉不会跳舞，不然也会去百乐门舞厅找侬跳舞。"阿胖说这话时，紧张得不行。他听钮佳悦说过，李茜茜是军统的人。他不知道军统是干什么的，但知道眼前的这个女人是个坏人，至少不是像钮佳悦小姐姐那样的好人。只要是个坏人，就不好对付。阿胖至今还清楚地记得，那天在百乐门舞厅前的小弄堂里，他抢李茜茜的小包包时，李茜茜用非常快的速度把他打倒在地上，还踢了他几脚。想到此，阿胖隐约感觉腰间的肋骨还在痛。

"小瘪三，少给我东拉西扯。我问你，这里的人到哪里去了？他们是不是带走了一个戴着眼镜，穿着西装的中年男子？"李茜茜十分着急，怕阿胖故意拖延时间，就直截了当地问。

"阿拉不晓得。阿拉是来这里吃饭的。"阿胖知道不能说实话，一旦说了实话，小姐姐钮佳悦、刘雅诗和刘嫂，还有那个戴眼镜的叔叔都会被李茜茜找到，那他们就会有危险。钮佳悦对自己那么好，怎么能出卖他们呢？

"不说实话是吧？"李茜茜见阿胖不配合自己，心里越来越着急。抬手在阿胖的脸上就是一巴掌，又问道，"说不说？再不说，不要怪我不客气了。"

"侬就是打死阿拉，阿拉也不晓得他们在哪里。"阿胖一口咬定他不知道。

"你真是不见棺材不流泪。"李茜茜其实也不忍心对阿胖下狠手，可谷海山给她下了死命令，无论如何都要把赵长根找到。这可关系到战局的走向，也是国民政府能否赢得这场战争的关键。于是，李茜茜掏出手枪对准阿胖的脑袋，又说："你知道这是什么吗？这是手枪，只要我轻轻扣动扳机，你的脑袋上马上就会出现一个血淋淋的窟窿，你就永远地活不过来了。但是，只要你告诉我他们去了哪里，我会给你很多的钱，让你过上舒服的日子，你也不用去偷东西了，也用不着吃了上顿没下顿，更不用像现在，一个人偷偷地跑来找东西吃。"

"阿拉……"李茜茜的话说到阿胖的痛处，阿胖不知该如何回答，以前饿肚子是经常的事，如果不是刘嫂经常救济他，他岂能活到现在？阿胖一想到刘嫂是他的救命恩人，而钮佳悦也是一个好人，就算李茜茜给他很多钱，他也不能说出钮佳悦他们的行踪。

见阿胖不说话，李茜茜是又急又气，又说："你别以为我不知道，你与他们是一伙的。因为我派人跟踪过你，你的一切行动，我都了如指掌。"

这个女人还真不简单，阿胖知道今天不给李茜茜一个交代，恐怕也难以脱身，于是，叹了一口气，说："告诉侬，不是不可以，但侬先拿钱。"

"钱，不是问题。"李茜茜见自己的恐吓见效，但又害怕阿胖耍她，又说，"我身上有的是钱，但你得先告诉我他们去哪里了。只要你说出来，我就马上给你钱。"

"他们去了城南。那个地方只有阿拉才能找到。"阿胖觉得无论如何也不能出卖钮佳悦他们，现在只有把这个女人骗出去，然后在路上趁机甩脱她。

"那好，你现在就带路，我就把钱给你。"李茜茜有些急不可耐了，拎起阿胖的衣领，就让他带路。

"好吧。"阿胖被李茜茜拎着衣领，很是不舒服，又说，"侬得先放开阿拉。阿拉又跑不掉的。"

李茜茜这才松开阿胖，作为一名特工，她有信心，无论阿胖跑到哪里，她都跟得上。但她和阿胖走到城南的闹市区时，却发现这根本就是一个误区，那里到处都是日本宪兵和七十六号的特工，他们正在挨家挨户地搜查，作为共产党员的刘嫂绝对不会把赵长根隐藏到这里，要想从这里离开上海城，也是绝对不可能的。那么，只有一个答案，就是阿胖欺骗了她，或者说他根本就不知道刘嫂他们的下落。正在李茜茜发愣时，阿胖挣脱了她的手，朝一群正在搜查的日本宪兵那里跑去,李茜茜哪里还敢追过去?

花野洋子总感觉自己一直在走背运,先是红灯笼出现在黄浦江边时,自己扑了个空;接着是抓捕中国的归国生化专家赵长根,不但损失了不少帝国的精英,还处处让人牵着鼻子走。她明明布好了局,半路上居然杀出了许一晗那个蠢货。花野洋子有时候也在想,七十六号怎么会用许一晗这样的蠢货,如果不是许一晗,她又怎能空手而归?

直到现在,花野洋子才理清头绪,将事情的过程反复思考,终于弄清楚了那天最先开枪的人是共产党。共产党之所以向七十六号的人开枪,是要把他们引向埋伏在不远处的军统,让双方打起来,结果自己在码头上不知道情况,也跟着开了枪,然后三方混战起来,他们在那个时候就趁机上了轮船,把人接走。这真是一箭三雕啊!可是几天过去了,自己派去查共产党下落的人,一点消息也没有。宪兵队和七十六号的人挨家挨户地搜查,也没有搜出个结果来。难道他们在上海就这样消失了?但花野洋子预感到,今晚是一个关键的时刻,他们有可能潜出上海城。自己要去出城的关卡守着,千万不能让他们跑了,这事不能让七十六号的人插手,特别是那个成事不足、败事有余的许一晗。

傍晚时分,阿胖才气喘吁吁地回到家里,钮佳悦、刘雅诗和刘嫂长长地松了一口气。尽管刘雅诗和刘嫂在上海潜伏了许多年,对于上海的大街小巷都非常清楚,但毕竟不像阿胖天天穿梭在上海城里,能掌握上海大街小巷实时的变化。所以,她们让阿胖去城门口的关卡打听事情,阿胖竟然一去不返,她们担心阿胖被特高课或者七十六号的人抓去。现在,阿胖回来了,钮佳悦就迫不及待地问道:"阿胖,你怎么去了这么久才回来?情况怎么样?"

"情况与往常一样。"阿胖说,"阿拉回来晚了,因为遇到百乐门的那个舞女了。"

"舞女?李茜茜?你在哪里遇到她的?"刘雅诗大吃一惊。

"她去了饭馆。"阿胖说着便把他去饭馆的事说了。

"看来,我们还算走得及时,不然,肯定被她堵个正着。"钮佳悦不由长出了一口气。

"阿胖,你真聪明,把她带到城南去了。"刘雅诗为阿胖的正确做法感到高兴,又说,"佳悦,你确定我们的人会在城外接赵教授? 如果我们今晚不成功,赵教授肯定会有危险,日本特高课和七十六号的特工不是吃干饭的,而且军统也已经发现我们的行踪了。"

"雅诗姐,你放心,这个我可以肯定。我现在是在想该如何出关卡,阿胖虽然去关卡看了,与往常一样,但这么长时间了,不知道情况有没有变化。"钮佳悦也急着把赵长根送出城去,他在上海多留一分钟,就多一分危险。刘雅诗已经暴露了身份,如果她不及时撤离,也随时会有危险。

"你们都不用在这里着急,着急也没有用。"刘嫂站山来说,"这样吧,我们马上去城门口关卡,看看那里的情况,如果没有意外,就马上出城。"

"只是……只是,刘嫂,现在军统也知道你的身份了,你应该与他们一起撤离。"钮佳悦不放心刘嫂留在上海。既然李茜茜已经知道刘嫂饭馆是上海地下党的一个秘密联络点,他们肯定会想方设法找到刘嫂,那么刘嫂的处境便十分危险。

"我肯定不会走的。要走,也是雅诗陪赵教授走。"刘嫂斩钉截铁地说,"我走了,佳悦你怎么办? 你才来上海不久,对上海很多情况都还不熟悉,需要人照顾。再说,我只是一个开饭馆的,现在是国共合作时期,军统又能拿我怎么样?"

"国共合作,话是这么说,可是军统却不会管这么多。这些年来,他们还少抓了我们的同志吗?"刘雅诗觉得刘嫂不离开,有些危险,"姐,还是我留下,你送赵教授去延安。"

"不行,你被七十六号的人盯上了,如果你不撤离,后果不堪设想。再说,上级党组织已经下了让你撤退的命令;我比你好得多,只有军统的人知道我的身份。在上海,我还可以与他们周旋,也可以保护佳悦的安全。"刘嫂深情地望了望刘雅诗,说,"雅诗,以前都是姐听你的,这次,你必须听姐的话。"

刘雅诗与刘嫂是亲姐妹,如果两人都走了,钮佳悦一个人的确不好开展工作,可两人无论是谁留下来,都随时有生命危险。现在两人都争着留下来,她们留下来不只是因为工作,还因为有信仰。钮佳悦心里特别感动,又有些悲壮,这两姐妹都是久经沙场的老地下党了,她们从不计较个人得失,不顾个人安危,不论前面有多危险,始终把党的信仰放在第一位,哪怕前面是刀山火海,她们都会奋不顾身地走下去。钮佳悦也知道,无论她劝谁走,她们都不会愿意,但是她们两人中必须走一个,不然,谁在路上保护赵教授?

"姐,我……"刘雅诗已经收到上级党组织让她撤退的命令,不走就违抗命令,如果撤走,留下已经暴露的姐姐,她也不愿意。如果两人都撤离,留下钮佳悦一个人执行任务,她们又担心钮佳悦的人身安全。在钮佳悦来上海之前,上级党组织特别要求,无论如何都要保证钮佳悦的安全,这该如何是好?

"雅诗,你的撤离是上级党组织决定的。你应该走,而且你走也是有任务的,就是保护赵教授的安全,你要把赵教授安全地送到延安,你的担子不轻啊。"刘嫂说着眼睛有些湿润了,她们姐妹这一别,不知道还有没有见面的机会。

钮佳悦看到刘嫂红红的眼圈,想说点什么,又不知该说什么好。她知道两人的感情是别人无法理解的,这一分别有可能就是永别;钮佳悦也清楚地记得在重庆的那一段岁月,哥哥与她的分别,也成了永别。可是,为了革命,为了赶走日本鬼子,很多人舍弃了生命,舍弃了一家团聚和欢乐的生活。特别是在敌后工作的同志,他们永远把工作放在第一位,他们的精神令人崇敬,令人鼓舞,是她学习的楷模。

"不要再说啥了。雅诗,你必须带着赵教授走。这是命令。"刘嫂看了看怀表,说,"佳悦说晚上八点钟,我们的同志在关卡外接赵教授。时间不早了,我们现在就出发吧,再不出发就来不及了。"

"那就走吧。"刘雅诗不再推辞,她知道姐姐的脾气,如果她不走,姐姐是更加不会走的,因此,她又说,"佳悦的安全就拜托你了。"

"不要再说啥了。我去喊赵教授。佳悦,你去叫阿胖前面带路。"刘嫂吩咐完,便进了里屋,把赵长根带了出来。

几个人趁着黑夜,走在小巷里,谁也没有说话。只是上海的黑夜总是那么漫长,却又让人充满了希望,因为黑夜过去,光明就会到来。

很快,几个人就来到城门的关卡,钮佳悦发现,除了几个日军外,只有三四个警察。为首的那个警察,钮佳悦和刘雅诗都认得,他就是宋书平。

"怎么会是他?"钮佳悦心里一紧,但宋书平好像没有认出钮佳悦,看了看证件,把赵长根和刘雅诗放了出去。

这一切显得很自然,又是那么顺利,这令钮佳悦和刘嫂都有点不相信自己的眼睛,但刘雅诗和赵长根的的确确安全地通过了关卡,就在前面不远处,一辆马车停了下来。接着,赵长根和刘雅诗上了马车,然后消失在黑暗中。

在刘雅诗和赵长根乘坐的马车刚走不久,花野洋子就带着几十个人出现在关卡前,上前询问宋书平,但几句话后,花野洋了又带着人往其他地方去了。

"好险啊!再晚几分钟,赵教授就出不了上海城了。"钮佳悦背上冷汗直冒。

第九章

情有独钟的爱恋

　　晨风中的十六铺码头，因为来来往往的货船、客船、忙碌的搬运工、来往的过客，呈现出难得一见的繁华。此时，刚下船的王菊花，站在十六铺码头一角，有些不知所措。虽然从湖州到上海只有一百多公里路，但王菊花却坐了三天三夜的船，好像从地球最北端走到了最南端，肚子早就饿得不行了。

　　王菊花是来上海找表姐刘雅芝的。已经揭不开锅的王菊花听从上海回湖州的同乡说，他在上海看到了王菊花的表姐刘雅芝，从刘雅芝的穿着来看，应当混得不错。在丈夫于1937年的大轰炸中死去后，王菊花像一个男人一样撑起了整个家，但她毕竟只是一个女人，巨大的压力已经将她折磨得不成人形，三十岁还不到的她几乎与一个四十岁的女人无异。前些日子，王菊花公公婆婆因无钱就医，撒手人间。她总觉得愧对公公婆婆，也没能完成丈夫的遗愿，好好的一个家现在只剩她一个人，没有了牵挂。在听说表姐在大上海时，王菊花突然觉得生活有了盼头，便托同乡给表姐带信，将在半月后去上海投奔她。

　　从未出过门的王菊花，只知道从湖州东门外坐船可以去上海。

但来到船上，王菊花才知道身上所带的钱，根本不够去上海的船费。船家认识王菊花，就对她说，钱不够没关系，在船上帮他干活，可以抵扣船费。王菊花本来就是一个勤劳的妇女，在船上不但帮着船家做饭，闲时还帮着撑船，一个妇女干了该男人们干的活。只是，在抵达上海后，王菊花没想到上海这么大，除了洋房外，到处还有跑得飞快的汽车；在城里，到处都是日本宪兵，还有穿着清一色、戴着大圆帽的警察。王菊花像是走进了外星一样，有些恍惚起来，难道这就是大上海？可是，偌大的上海城，人海茫茫，又该去哪里找表姐刘雅芝？

就在王菊花茫然不知所措时，被人狠狠地踢了一脚，她抬起头怯生生地看了对方一眼，对方是一个穿着讲究的中年男人，手里还拿着一支点燃的雪茄烟，拇指上还戴着一枚大戒指。中年男子见王菊花看他，不由破口大骂起来："哪里来的乡巴佬，走路不长眼睛。"

王菊花没想到刚进上海城就被人连踢两脚，难道这就是自己向往的大上海吗？王菊花强忍着身上的疼痛，不敢作声，含着快要流出来的眼泪，转身就要走，没想到，中年男子又一脚踢了过来，骂道："十三点，挡了老子的路，就想这样走了？"

王菊花这才想起自己只是一个乡下人，来到大上海，根本不懂这里的规矩，急忙向中年男子赔礼道歉："对不住，对不住了。我不该挡您的路，请您大人不记小人过，饶过我吧。"

"饶过你？可以啊，从我裆下钻过去，我就饶过你。"中年男子得理不饶人，然后狠狠地抽了一口雪茄，将烟雾喷在王菊花的脸上，又说，"不钻，也好办，老子把你扔进黄浦江里喂鱼。"

中年男子无礼的要求，吸引了一大群人围过来看热闹。围观的人面无表情，好像长时间没有看到这样的热闹了。人越多，王菊花越窘，是钻他的裆还是不钻？王菊花思考了一会儿，觉得自己初来上海，人生地不熟，人在屋檐下，不得不低头。王菊花正准备从中年男人的裆下钻过去时，突然一个女子走了过来，不由分说拉开了她，没有征兆地抽了中年男子几个耳刮子，然后发出命令的话语："你给她道歉。"

女子说话的声音很冷，让人不敢大口喘气。中年男子没想到这个女子竟然敢在光天化日之下扇他的耳刮子，丢掉手中的雪茄，骂道："十三点，敢打老子，活得不耐烦了……"

中年男子的话还没说完，伸进口袋里的手还没来得及掏出来，女子手里不知什么时候多出一把手枪，而且枪口已经顶在了他的脑门上。

围观看热闹的人见女子掏出手枪，一哄而散，都怕惹上不该惹的麻烦。

"你从她的胯下钻过去。"女子的声音仍然冰冷，不容置疑。

"算了，算了，是我挡了他的路，是我对不住他。"王菊花吓得不轻。她一个乡下妇女，怎能让一个男人从自己的胯下钻过去？顿时脸羞得绯红。

"哦。你不喜欢他钻你的胯，那么你就踢他几脚。"女子对王菊花说，声音仍然很冷，仍然让人不容反驳，又说，"他是怎么踢你的，你就怎么踢他。"

中年男子没想到眼前这个女子竟然比他还狠毒，但仍不甘心，弱弱地说道："我是张……"

"你不就是上海的小瘪三吗？"女子掏出她的证件在中年男子眼前晃了晃，中年男子顿时蔫了。他清楚地看到证件上的名字：花野洋子。中年男子当然知道花野洋子是谁，也听说过她干的事情，更知道她是一个心狠手辣的日本女人，只得自认倒霉，惹谁不好？ 偏偏惹上了特高课的人，还是女魔头花野洋子。要知道，死在花野洋子枪口下的中国人没有几百，也有几十个，中年男子"扑通"给王菊花跪下了，说道："姑奶奶，你求求她，饶了我吧。我让你随便打。"

中年男子一改刚才的凶狠和无赖面孔，让王菊花不知所措。此时，王菊花不知道中年男子为什么怕眼前这个女子，只觉得脑袋乱极了。她不想节外生枝，更不想在没有找到表姐刘雅芝前惹上事，而且她本来就不惹事，今天祸事纯属意外。

"恩人，你就放了他吧。"最终，王菊花觉得自己再不求眼前的这个女子，中年男子走不掉，她也走不掉。只有把这件事解决了，她才能继续行走在大上海，寻找她的表姐。

"放过他？ 不是不可以，但你必须答应我一个条件。"花野洋子对王菊花说。

"我答应，一定答应。"王菊花只想快点离开这个是非之地。

"那好，这话可是你说的，我没有逼迫你。"

"恩人，你有什么条件，尽管说。"

"你跟着我走。"花野洋子的条件不特殊。

"这个？我还要去寻找我的表姐。"王菊花不知道眼前的女子为什么对自己这么好，但她知道，天上不会无缘无故地掉馅饼。今天她得到了这样的一个馅饼，会不会是一个圈套？王菊花不知道，只知道眼前的这个女子冰冷的外表下，却有一腔热情。因为大街上来往的人很多，在她受到中年男子欺负时，没有一个人站出来帮她说话，而这个女子不一样。只是她的手中为什么会有枪？

"你刚来上海的吧？肯定没地方住，跟着我，你不但有地方住，还有饭吃，更不会受别人欺负。像这个小瘪三一样的人在上海很多，他们专门欺负来上海的乡下人。"花野洋子耐心地向王菊花解释。

"原来是这样，好吧。在没有找到我表姐之前，我就跟着你。"王菊花还真怕再次遇到像中年男子这样的坏人。虽然不知道眼前的这个女子为什么要帮自己，可她毕竟救了自己，自己没有能力报答她，以后只要有机会，一定要好好地报答这个恩人。

花野洋子见王菊花答应下来，狠狠地踹了中年男子一脚，骂道："滚，别让我再见到你。"

中年男子站起来像一条夹着尾巴的狗，疯了一样跑开了，很快就消失在大上海的巷道里。而花野洋子看着憨厚朴实的王菊花，嘴角露出了久违的笑容。

哪个少年不多情，哪个少女不怀春？只要是一个正常的年轻女子，心里或多或少都想有一个男人作为依靠。有了一个能依靠的男人，与他生活在一起，然后结婚生子，享受着天伦之乐，人生也就完美了。

李茜茜坐在镜子前，望着镜子里的自己直发呆，论长相，李茜茜属于典型江南特色的甜美型女子，只是曾经恬静的她，经过这些年，显得有些沧桑。长期在舞厅里陪别人跳舞，不但要笑脸相迎，还要伺机取得情报，这种高压的生活使李茜茜有些厌倦起来。她不知道这样的生活还要持续多久，更不知道这种日子什么时候才能到头。自从生化专家赵长根被共产党秘密送往延安后，谷海山的脸色就没有好过，虽然他没有责罚李茜茜，但其他任务再也不让她参与。李茜茜明白谷海山在冷落她，谁让她在那么好的条件下，让共产党轻而易举地把赵长根接走了。

时间过去了很久，连钮佳悦的影子也没看到，刘嫂饭馆也已经人去楼空，还有那个带她去找赵长根的阿胖，也好像从人间蒸发了一样。

每每想到这些，李茜茜就像泄了气的皮球。从看到钮佳悦的第一眼起，李茜茜就觉得她不是一般人，后来从谷海山那里得知钮卫国有个亲妹妹叫钮佳悦时，就不淡定了。她清楚地记得钮卫国潜伏在军统的那些时间里，向共产党提供了许多情报，又把谷海山引以为豪的特工朱佩玉弄得神魂颠倒。难道爱情的力量真的那么大？李茜茜没有谈过恋爱，也没有意中人。自从加入军统的那一天，她就注定不能像朱佩玉那样为了爱情而放弃一切。李茜茜做不到，也不愿意去做。作为典型的江南女子，她本来可以不卷入战争的纷争之中，以她的姿色完全可以找一个如意郎君，过上幸福的生活；但是，战争来了，而且来得不是时候，把她的一切计划都打乱了。

如果没有战争，李茜茜在想，即使现在没有结婚，也会在某个国家留学，如果真要结婚，也会选择一个如意郎君。可惜事与愿违。尽管在战争年代，上战场是男人们的事，但有着新潮思想的李茜茜，一直认为女子不输男子。所以，在国难当头的日子，李茜茜选择了她以前从没想过的路。

引领李茜茜走上这条路的人就是谷海山。李茜茜清楚地记得那天她从学校里走出来，一个穿着黑衣服的人拦住了她的去路，让李茜茜跟他去一家咖啡馆喝咖啡。进了咖啡馆后，李茜茜发现里面有好几个与她年纪差不多的女子，从她们的穿着打扮来看，有的与她一样是学生，也有几个是乡下女子。无论怎么说，这些女子都十分聪明，其中有好几个人还会几个国家的语言。在这些女子中，李茜茜看到了一个忧郁的身影，就是后来与她一起工作过的朱佩玉。

谷海山自我介绍说，他是力行社上海站负责人，他让这些女子聚到一起的目的就是让他们加入力行社。李茜茜仍能清楚地记得谷海山当时说的话，就像是学校里的那些教授在演讲，不但声情并茂，感染力也特别强。谷海山说大家都是在校的大学生，毕业后都会为自己的国家贡献一份力量，但国家危在旦夕，每个人都应当把所有的一切，包括生命交给国家，只有这样，才能挽救这个即将被敌人占领的国家。现在该是她们报效国家的时候了……

李茜茜没想到她阴差阳错地第一个站起来，鼓掌赞成，并高呼起来。正因为如此，她得到了谷海山的另眼相看，与她一样得到谷海山另眼相看的还有朱佩玉。在培训班里，李茜茜与朱佩玉不仅同桌，还住在同一间寝室。朱佩玉的话不多，可学习成绩一直名列前茅。李茜茜也不甘落后，成绩紧追朱佩玉。因为两人的成绩好，培训结束后，被谷海山委以重任。李茜茜的性格开朗，培训结束后就被安排在上海的百乐门舞厅潜伏，直到前两年，谷海山才起用她；而朱佩玉却被谷海山安排执行各种特殊任务，但她却没逃脱因爱而毁掉整个人生的厄运。

李茜茜一个人静下来也在想，爱情到底是个什么东西，会令人欲死欲活，但她想的最多的还是在这个国难当头的时候，如何把侵略者赶出国门。所以，她在陪舞时的那种忧国忧民的样子，惹来了很多麻烦，更多的是惹来谷海山的批评。李茜茜认为她做的没错，却不知这只是她一厢情愿罢了。

就在李茜茜胡思乱想时，一个舞厅的姐妹走过来敲门说，有人找她。有好些日子没人来找自己了，李茜茜一时猜不出是谁来找她，难道是谷海山派人来了？如果是谷海山派人来找她，说明又有任务了。李茜茜对着镜子补了补妆，然后才站起来去开门，站在外面的人却是宋书平。这令李茜茜感到十分意外。

"怎么，就不请我进去坐坐？"宋书平今天穿的是一套便衣，脸上也没有往日的那种威严，乍一看也帅气十足。

"你来干什么？你以前不是要抓我吗，今天敢跑到这里找我？"李茜茜没有给宋书平好脸色。凡是来这里找李茜茜的人，不是约她出去吃饭，就是看中她的姿色，想方设法地占她的便宜，但每次，李茜茜都有理由拒绝掉那些有非分之想的男人。

"是这样的,过几天我的一个朋友过生日,想举办一个生日宴会,想请李小姐来跳支舞,当然报酬我一分都不会少。"宋书平的声音不像穿着警服时那样咄咄逼人,却有着男人特有的磁性,让人无法拒绝。

"过几天?我的要价很高,你给不起的。"

"只要李小姐开口报价,我都能如数奉上。"

"我不一定有空。"李茜茜没有直接拒绝宋书平,在心里想,宋书平看似是一个警察,可这个人的背景十分可疑。上次,谷海山派人查了很久,都没有查出来。李茜茜不甘心,也亲自去查过,他的身份除了是警察外,其他的都是一片空白。今天,他放下架子主动来找自己去跳舞,说不定有着什么不可告人的目的,自己何不趁这个机会把他的底探出来。

"我想李小姐肯定会挤出时间来的。因为有一个你特别想见的人也会来。"宋书平丢下这句话就退出了李茜茜的房间。

"你……"李茜茜想说点什么,话到嘴边又咽了回去。看到宋书平帅气的背影,心里突然有了一种莫名的冲动。在二十多年的岁月里,李茜茜从没对任何一个男人动过心,可宋书平的背影竟然是那么吸引人,让李茜茜的心"扑通扑通"地跳个不停。难道这就是爱情的魅力?

"呸。"李茜茜很快醒悟过来,拍了拍脸,自言自语地说,"李茜茜啊李茜茜,你怎么又胡思乱想了,难道你也要走朱佩玉的老路吗?"

看到表妹王菊花跟着花野洋子走了,刘嫂特别着急。刘嫂收到同乡捎来王菊花要来上海的信后又急又怕,怎么就不小心暴露了自己的行踪呢?原来,自从得知刘雅诗与赵长根安全到达延安后,刘嫂的心就彻底敞亮了。但刘雅诗去了延安,她要承担起刘雅诗留下的工作,还要保证钮佳悦的绝对安全,这样,钮佳悦才能为党多贡献一份力量;可她万万没想到自己的行踪居然被同乡知道了,还将自己在上海的事告诉表妹王菊花。现在,王菊花又被花野洋子带走了,这无疑将带来巨大的麻烦。

但这事不能怪王菊花,只能怪自己。王菊花是一个苦命人,如果她不是走投无路,是绝不会来上海找自己的。刘嫂只能怪自己太大意了,忘记了王菊花来上海的时间,直到中午时分她才想起王菊花今天早上该到十六铺码头的事。这不,千赶万赶,待刘嫂赶到十六铺码头时,王菊花已经下船离开了。

上海城这么大,要找到刚从乡下来上海的一个人,是何其难?但偏偏又让刘嫂找到了。刘嫂找到王菊花时,正是王菊花被花野洋子带走的时候。

"这该如何是好?她就是一个苦命人。"刘嫂回到阿胖家里,在钮佳悦面前自责起来。

"刘嫂,你不要着急,我觉得这事非常蹊跷。"钮佳悦觉得王菊花被花野洋子带走不是一件平常事。

"佳悦,你想到了什么,快说说这事怎么蹊跷了?"刘嫂一着急,只想着王菊花被花野洋子带走的事,没顾及其他。

"刘嫂,你想想,王菊花为什么偏偏在这个时候被花野洋子带走了,而且我听你说王菊花是在受欺负时被花野洋子出手相救。花野洋子是什么人?她是一个杀人不眨眼的日本鬼子,她为什么要救王菊花?她是良心发现,还是锄强扶弱?我想,这些都不是。原因只有一个,就是与我们这次的行动有关。"钮佳悦结合这次的行动分析起来,又说,"我在想,我们这次的行动是不是暴露了。"

"听你这么一说,还真有这种可能性。可是藤原来上海是绝密的,我们好不容易才得到的消息,再说我们的计划还没有形成,花野洋子又怎么知道我们会对藤原动手?"刘嫂听了钮佳悦的分析,也不由紧张起来。

"藤原是日本鬼子的高级参谋,在我们国家犯下累累罪行,他这次来上海,特高课不得不小心应对。只是我也没想清楚花野洋子为什么利用王菊花,还是说他们要对付我们?"钮佳悦也特别担心。

前几天,钮佳悦监听到一个重要的消息,说日本高级参谋藤原将来上海,她赶紧把这一消息上报了上级党组织。很快,钮佳悦得到了上级党组织的回复,说这个日本的高级参谋罪大恶极,一定要把他到上海的准确时间和路线弄清楚,及时上报,党组织将安排人员除去这个可恶的日本鬼子。在收到上级党组织的命令后,钮佳悦才知道藤原毕业于日本陆军大学校,先后担任过联队中队长、陆军骑兵学校教官、师团参谋、陆大教官、北部军参谋、师团参谋长和高级参谋。

"可是,我们的计划是绝密的啊,特高课怎么会针对我们呢?"刘嫂有些想不通。钮佳悦在监听到这个消息后,她们除了对上级党组织汇报,对谁也没有提起过这件事,难道特高课的反监听部门监听到她们上报的内容了?

"我也在想这事属于绝密。既然特高课知道了,我们不妨做两手准备。我们把消息传递出去,让军统的人也知道这件事;如果消息传递不出去,我们就亲自动手,除掉这个恶贯满盈的日本鬼子,绝不能让他再危害我们的国家。"自从来上海的那一天,钮佳悦已经做好随时牺牲的准备。为了祖国,牺牲自己的生命在所不惜。哥哥钮卫国、姐姐李思瑶,他们都是为了国人不再受欺负,选择牺牲自己的生命的。

"佳悦,你说得对。我们随时做好第二手准备,不能让敌人的阴谋得逞。"刘嫂没想到钮佳悦小小年纪,已经做好了随时牺牲的准备,心里不由感动起来。如果每个人都像钮佳悦这样,只要祖国需要,便毫不犹豫地献出自己的生命,那么日本鬼子还能在中国站得住脚跟?

"但是,刘嫂,我觉得还是先打听一下花野洋子把王菊花安排在什么地方和她救走王菊花的目的。只有这样,我们才能做出正确的判断。不然,我们的付出,可能是无谓的牺牲。"王菊花来上海,刘嫂是刚刚得到的消息,花野洋子怎会那么巧就知道她来上海?救王菊花的时间也刚刚好。从刘嫂看到的情景来分析,那个中年男子为什么偏偏要欺负王菊花?就算王菊花刚从乡下来上海,也不应该啊。每天像王菊花这样从乡下来上海的女子不少,那个中年男子为什么偏偏就选中了王菊花呢?他会不会是花野洋子故意安排的,然后,花野洋子再来一个"英雄救人",让王菊花感谢她,以后可以帮着自己办事。钮佳悦把她的想法对刘嫂说了。

"佳悦,你的分析不是没有道理。"刘嫂也如梦方醒,又说,"这样吧,我先去查查那个中年男子是什么人。只要找到了他,我想,就可以解决你担心的事。"

"是的,我们双管齐下。无论是中年男子,还是王菊花,我们都要想设方设法找到他们，只要找到他们，我们就真相大白了。"通过这些日子的工作，钮佳悦越发觉得在上海做事要处处小心，特别是遇到麻烦的事，只要冷静下来，把事情的始末拆开，一点一点地分析，总能找出事情的源头，不然，就会十分被动。特别是像她和刘嫂这样的潜伏人员，不到万不得已，不能牺牲自己的生命，因为还有比失去生命更重要的事等着她们去做。

"佳悦，你说得对。这样吧，我们分开找他们。王菊花是我表妹，我去找她，你去找那个中年男子。"刘嫂突然想起来，钮佳悦没见过那个中年男子，又说，"你没见过那个中年男子，该怎么找？"

"没事，这不是有阿胖吗？我可以和阿胖一起找他。"钮佳悦已经想好了，在上海滩，只要把中年男子的相貌说出来，以阿胖对上海的熟悉程度，还怕找不到他？

"咳，你看我把阿胖忘了。对了，这些日子我们让阿胖去监视李茜茜的事，怎么样了？阿胖有她的最新消息吗？"刘嫂恍然大悟。

"他带回来了李茜茜的消息，大多没有用。不过，我让他去打听七十六号的许一晗的动向了。"钮佳悦说完，又有些担心地说，"李茜茜和许一晗很久没有新的动向，我是怕她们在酝酿什么大动作。"

"佳悦，你有这个想法是对的，我们以后做事要更加小心了。"刘嫂也发现这两个女人好一阵子没有动作了，难道真如钮佳悦所说，她们在酝酿什么大动作？想到此，刘嫂的后背有些发麻。

"刘嫂，你放心。我会认真考虑每一件事，做出正确的判断。"

"对了，阿胖说，有一个日本大官将在三天后来上海。他所说的日本大官，是不是藤原？"刘嫂猛然想起，前一天，阿胖回来说了这件事，当时钮佳悦正在忙，忘记告诉她了。

"三天后？"钮佳悦没想到时间竟然这么紧，怎么报告上级党组织呢？

"这个藤原不能留，我们一定要干掉他。"刘嫂在心里想，要刺杀藤原是一件危险的事，不能让钮佳悦知道，不然，她会去冒这个险。

左等右等，李茜茜也没等到宋书平来接她。眼看约定的时间就要到了，李茜茜着急起来。今天是宋书平约请李茜茜去跳舞的日子，他说一个朋友想见她。是什么人要见自己？宋书平不说，李茜茜也没有问出来，这引起了她的好奇。其实，李茜茜一直想打探宋书平是一个什么人，或者说他在为谁做事。别看宋书平表面上是一个警察，可他却是一个不简单的人，李茜茜多次试探过，都没有试探出宋书平的底细来。

李茜茜出了百乐门舞厅，叫了一辆黄包车前往宋书平约定的地点。宋书平早已在那等候了，从他的表情看，好像出了什么事。

"怎么啦？哭丧着一副脸，你不来接我，我不也来了吗？"李茜茜看到宋书平的样子，有些愤怒。这个宋书平也太自大了，只不过是一个小小的警察，说好派车来接自己，居然失了约，害得自己坐黄包车来。

"不好意思，今天出了点状况。"宋书平很无奈地说，"舞会取消了。"

"你这是耍老娘？"李茜茜没想到白来一趟，心中很不是滋味，自己一个军统高级特工，竟然被一个小小的警察给耍了，这要是传出去，她的脸面往哪放？

"你听我解释。对方今天去南京了，可能再也不能回来了。"宋书平一脸无辜的样子，"不过，给你的钱，一分都不会少。"

"我需要钱吗？"李茜茜哭笑不得，她给宋书平说过，要她陪舞，价钱很高，宋书平答应了；现在，虽然没陪成舞，但人家还是要给钱。如果再说下去，就显得自己不占理了。

"我说话算数，你既然已经来了，就已经履行了你的合约，当然我也要履行我的合约，给你钱是天经地义的事。"宋书平说着拿出一大沓钱来，又说，"如果不够，你说个数，我再加。"

"既然我来了，你不请我进去坐坐？"李茜茜有些不甘心，不能白来一趟。她想，进屋里或许能看出一些端倪来。

"这个……"宋书平有些为难。

宋书平越是不让李茜茜进屋，李茜茜越是觉得有问题。因而，李茜茜无论如何都要进屋里看看，便说："难道是我不配到里面坐？"

"那请吧。"宋书平无奈地请她进了屋，又说，"没有茶水了，我去烧些水。"

　　宋书平说完便进了厨房。李茜茜这才仔细打量起房间来。其实这是一个普通人家的住房,房间里除了一些书外,并没有特别之处。李茜茜有些失望,然后走到书架边拿起一本书准备看,但书里夹着的一张字条引起了李茜茜的注意。拿起字条一看,是一组莫尔斯电码。李茜茜精通莫尔斯电码,很快就知道了上面的内容:原来是日本的高级参谋藤原要来上海。这是一个重大的情报,必须向谷海山汇报,让潜伏在七十六号的军统特工弄清这个情报的真假。因此,她还没等宋书平把茶水烧好,就对宋书平说,舞厅里还有事,她要先走一步。

　　"你等一会儿,茶水马上就好。"宋书平见李茜茜急着要走,急忙从厨房里跑出来,问道,"你就急着走? 钱够不够?"

　　"够了。就冲你宋书平的人品,这钱我本不该收,但我不收,又让你难堪,所以,我还是决定收下来。"李茜茜现在哪里还有心思想钱的事。

　　"我送送你?"宋书平有些不好意思地说。

　　"不用了,你忙你的。"李茜茜说完,像风一样跑出了大门。

　　抓捕赵长根失败,寻找的红灯笼沈妍冰没了踪影,又被花野洋子威胁,这让许一晗心里很不是滋味。作为一个女人,许一晗其实不愿意卷进这个漩涡,但作为一名七十六号的特工,她不能置身事外。许一晗知道,只要进了七十六号,就身不由己。偶尔,许一晗在静下来的时候,就会有很多想法,如果日本占领了全中国,那之后她该何去何从,如果日本人战败了,她又该怎么办? 尽管前些日子,许一晗在发动宋书平时说得头头是道,但她心里七上八下的。如果对目前的处境想得太乐观,那就太理想化,如果对局势没有一个正确的判断,后果又不堪设想。到底该怎么办,许一晗觉得头都大了。

　　自从与父母断绝关系后,许一晗就从没有回过家,现在想来,父母当初反对她加入七十六号,不是没有道理。七十六号表面看上去很风光,其实就是日本人的看门狗,处处受特高课和梅机关的压制。许一晗曾想凭自己的努力,肯定能在七十六号站稳脚跟,但事与愿违。

　　许一晗原以为自己立下了那么多的汗马功劳,在七十六号也算是劳苦功高,会受到处长的另眼相待,但她处处受到处长的打压,总是抬不起头来。不过,许一晗在七十六号最恨的人不是处长,而是她自己。明明有很多次机会可以亲自抓住沈妍冰,让自己正大光明地扬眉吐气一次,谁也不能小看她许一晗,可每次都事与愿违。

"人不为己,天诛地灭。"许一晗觉得处长看不起她,花野洋子威胁她,都是因为她没有干出有轰动效应的事情来。如果干上一件惊天动地的事情,谁还敢小看她? 如果日本人以后完全占领中国,这也是她许一晗可以炫耀的唯一资本;如果日本战败了,这也是她炫耀的资本,她可以跟着日本人到日本去,那样,也不会受到日本人的白眼或者说是虐待。

如果不想受日本人白眼或者虐待,现在必须好好地利用两个人,那就是强哥和宋书平。强哥可以把花野洋子的去向告诉她。宋书平就不一样,他是一个警察,他手中也有权力,只要他真心与自己合作,自己那伟大的目标就会实现。前不久,许一晗邀请宋书平喝咖啡时,就向宋书平讲了她的计划,让他大力合作。只是这么长的时间了,宋书平既没约她,也没有向她汇报。

"这个男人心眼特别多,而且还很神秘。"许一晗想,还得自己亲自去找他。她回到办公室精心打扮后,拎着小包出了七十六号的大门,叫了一辆黄包车去宋书平的住处。说起宋书平的住处,许一晗可是费了好大的心思才打听到的。按理说,警察局里应当有宋书平的家庭住址,可许一晗按照上面的住址找去,那里居住的人竟然不是宋书平。许一晗非常奇怪,后来一打听,宋书平是从北平来的,他根本没有自己的房子,在警察局登记的是他以前租住的地址。后来,他搬了地方,还没有在警察局备案。宋书平的这个解释非常合理,竟让许一晗找不出破绽来。

黄包车很快就到宋书平住处,许一晗在门口徘徊了一会儿,才轻轻地敲门。好一会儿门才被打开,开门的人正是宋书平。宋书平胡乱地穿着衣服,裤子也没有穿正,还打着哈欠,显然才从床上起来,与在大街上穿着警服的宋书平判若两人。许一晗皱了皱眉头,有些生气地问道:"为什么这么迟才开门?"

宋书平没有直接回答许一晗的话,而是死死地盯住她,许久才反问道:"你怎么知道我住在这里?"

"想要找到你的住处,还不容易吗?难道你不知道我是做什么的吗?"许一晗有些不满,很想冲宋书平发火。交给他办的事情,一件都没办成,也不汇报,见了面还反问怎么找到他的住处。假如换一个人敢这么问,她的手枪已经顶在那个人的脑门上了。许一晗知道,她不能这样对待宋书平,凡事急不来,可不急又不行。

"哎呀,我差点忘了。"宋书平恍然大悟,但一直堵在门口,没有让许一晗进屋的意思。

"怎么?我这么辛苦找到你的住处,就不请我进去坐一下?"许一晗实在弄不明白,宋书平这样的男人为什么对自己不动心。许一晗对自己的容貌还是比较自信的,可以说,只要是一个正常的男人,见到她没有不动歪心思的。但这个宋书平就是个例外。

"我看还是算了吧?我住的房子这么小……"宋书平果断地拒绝了许一晗的请求。

"你什么意思?"许一晗有些恼怒,如果是别的男人遇到这样的好事,正是求之不得,可这个宋书平真是个榆木脑袋,连屋都不让进。

"我……"宋书平欲言又止,脸色十分难看。

"书平,是谁啊,把她轰走吧。"屋里传来了一个娇滴滴的女子的声音。

"原来你金屋藏娇啊。"许一晗的脸上这才有了喜色,在心里想,你宋书平也是一个男人,哪有男人不喜欢女人的?现在露馅了吧。

"那,进去坐坐?"宋书平有些尴尬地说,"你不要见怪。"

"我看还是算了吧,你们好好地温存吧。"许一晗从警察局掌握到宋书平的消息,他没结婚,也没谈对象,要不然,自己怎么会死皮赖脸地倒追他?那么,宋书平屋里的女人又会是谁?许一晗从声音判断,只有在大街上拉客的女子才会发出这样的声音。因此,宋书平屋里的女人要么是舞女,要么是妓女。这时,一个问号在许一晗脑海产生了,宋书平情愿与妓女或舞女混下去,也不愿意找一个女人做老婆?他这样做,到底是为什么?

"你别误会。"

宋书平的脸红了,想解释,好像又不知该怎么解释一样,这时屋里那个娇滴滴的声音又传出来："阿平啊,我想了,快来。"

"真是一对狗男女。"许一晗在心里骂开了,自己怎么这么倒霉,早不来晚不来,偏偏在宋书平与那个女子办事的时候来。她黑着脸对宋书平说:"看来,我来得不是时候,打扰你们的美事了。这样吧,晚上,在天一咖啡馆见面。"

许一晗兴高采烈而来,垂头丧气而去。走到小巷的拐弯处时,许一晗只觉得喉咙一痒,"哇"地一声,一口鲜血喷了出来。

许一晗走后,一个穿戴整齐的女子从宋书平的房间里走了出来,朝四处张望了一下,便消失在小巷的尽头。

第十章

不可一世的阴谋

深秋的上海并没有因为天气的凉爽而展现它应有的繁华来,反而让人觉得十分萧条。大街上除了日本鬼子的宪兵队在来回巡逻外,还有几个警察正在追撵路边的小商贩,除此之外,很难再见到其他行人。

李茜茜正在百乐门舞厅的房间里来回踱步,满脸焦急,桌上的烟灰缸里堆满了烟头,还有几支未抽完的香烟正冒着烟。

李茜茜双手合十,在心里默默念叨:"今天的任务一定要成功。"

就在前一天,李茜茜被谷海山叫去。谷海山说李茜茜从宋书平那里得到日本高级参谋藤原将来上海的消息是真的,在七十六号潜伏的人员已经核实了这个消息,还详细说明了藤原来上海的路线、时间。谷海山还说藤原是一个非常危险的人物,他已经把这个情报上报重庆方面了,重庆方面指示谷海山无论如何都要除掉藤原,便宜行事,他也不愿意让藤原活着离开上海。这是一个艰巨的任务,去执行任务的人基本上是有去无回。谷海山问李茜茜有什么好的办法,但李茜茜听到有这个任务时,就请求谷海山把这个任务交给她。李茜茜能够在百乐门潜伏这么多年,在舞厅接触到不少的日本高官,弄来的情报也不少。但如果让她去执行这次刺杀任务，万一回不来，岂不是军统的一大损失？

"站长，我是得到这个情报的第一人，请你把这个任务交给我。也请你相信我，我一定会完成这个任务。"李茜茜不是不理解谷海山的苦心，但近段时间以来，她每执行一次任务，都以失败告终，她太需要一次胜利来鼓舞自己，也需要一次胜利来展现自己，让在上海的军统特工知道，她李茜茜不只是舞跳得好，执行起任务来也一样在行。

"你去执行这个刺杀任务不是不行，但你不能亲自参加，只能派其他人去。"谷海山被李茜茜缠得没有办法，只得答应下来。李茜茜在百乐门舞厅潜伏了这么多年，是一件非常不容易的事，她又是一名元老级的特工，谷海山怎能让她有去无回？

"我不亲自参加，又怎么执行任务？"李茜茜当然想冲到最前面，但谷海山的话就是命令，她只能服从。

"我给你派最好的特工，让他们去执行任务，你只给他们安排好任务就可以了。无论成功与否，都算是你执行的。"谷海山轻轻地叹了一口气，又说，"你去挑选人吧。挑选出来的人都要重赏，并准备好抚恤金，再带他们去吃一顿好的。"

"好的。"李茜茜应声后，发现谷海山眼睛里有泪水。李茜茜知道谷海山在心疼那些特工，她又何尝不心疼呢？ 那些都是活生生的人，因为战争，为了保卫国家，他们早就放弃了一切，他们只能死在冲锋的路上，绝不会奔跑在后退的路上。

李茜茜选好特工后，与他们每个人重重地握手，将钱发给他们，又领他们去吃了一顿好的，然后才安排了任务。

只是这次任务，李茜茜不能亲自在场，别提心里有多难过。有好几次，李茜茜都想冲出百乐门舞厅去现场看看，可一想到谷海山的命令，她只能待在房间里，等待外面的枪声响起。

百乐门舞厅对面的永和茶楼里，刘嫂站在窗口，把窗子掀开了一条缝，朝楼下的街道看了看，心想："街上空荡荡的。看来她与钮佳悦的判断是准确的，阿胖得来的情报也是准确的。"

在刘雅诗与赵长根安全到达延安后，钮佳悦终于说出了她来上海的真正目的：监听日本人的电台。前些日子，她监听到日本高级参谋藤原将来上海，只是时间一直没有确定；她与刘嫂又不能到大街上去打听消息，只能让阿胖去打听。阿胖是个扒手，打听小道消息是他的强项。虽然钮佳悦没有告诉阿胖实话，但阿胖聪明，知道钮佳悦要的答案，所以四处打听消息。钮佳悦和刘嫂把阿胖打听来的消息进行仔细分析，终于判断出藤原今天来上海。刘嫂决定自己亲自动手刺杀藤原，但被钮佳悦制止了，说仅凭她们两个人在上海刺杀藤原，根本无法完成这个任务。刘嫂也想过联系军统的锄奸队，但这样一来，无疑暴露了钮佳悦的身份，这与党组织安排钮佳悦来上海的目的背道而驰。如果这样放过了藤原，刘嫂心有不甘，所以偷偷地来到百乐门舞厅对面的永和茶楼里，永和茶馆老板老李也是中共地下党，开茶楼是为了掩护身份。

就在刘嫂准备动手时，钮佳悦却出现在她的面前，阻止了她的行动："刘嫂，你看看，好像不对劲。"

刘嫂虽然悄悄地出来单独行动，却给钮佳悦留了张字条。看到字条后，钮佳悦急匆匆地赶了过来，正好阻止了刘嫂的冒险行动。

刘嫂也从窗缝里看到大街静悄悄的，问道："什么不对劲？"

"按理说，藤原是日军的一个高级参谋，肯定会有许多宪兵把守各条街道，或者全城戒严。"钮佳悦分析道，"可大街上静悄悄的，静得让人害怕，说不定有埋伏。"

"或许他们认为越简单越好，或者说他们认为藤原来上海是绝密的，没有人知道，因此没有派宪兵值守大街。"刘嫂分析起来。

"刘嫂，敌人没有我们想象的那么简单，他们肯定知道我们在监听他们的电台。就算上海滩没有我们，也有军统的人监听他们的电台，特高课怎么会不小心呢？我在想，这是不是他们给我们设下的一个圈套。"钮佳悦分析起来。

钮佳悦的分析让刘嫂马上清醒过来，自己差点上当，也明白了钮佳悦阻止她的行动是正确的。钮佳悦现在遇事能够冷静思考，还能够判断出事情的真伪，这说明她正慢慢地变得成熟起来。刘嫂又有些自责，自己作为一名老地下党，做事竟这么冲动。于是，她问钮佳悦："佳悦，你再想想，日本鬼子为什么要这样做？"

"平时,他们有宪兵在大街上巡逻,今天怎么没见到一个宪兵呢?我在想,这是不是特高课布下的一个圈套,或者说是他们设下的一个阴谋。"钮佳悦努力让思想集中起来,想得远一些,"只是我不确定,如果说这是特高课布下的圈套,他们的目的是什么?从我们最近得到的情报来看,都没有什么价值。"

"难道是他们的清乡行动?"刘嫂突然想起,前两天得到江南的新四军的消息,说日本鬼子开始了清乡行动,遇到新四军的顽强抵抗后,他们就开始施放毒气弹,新四军战士吸入毒气纷纷丧失了反抗能力,主力部队虽然突围成功,但丢失了根据地。

"有这样的事?看来这次戒严还真是个圈套啊。"钮佳悦突然明白了。藤原作为日本军队的高级参谋,不会无缘无故地来到上海,巧的是在江南的新四军正遭到日军的毒气弹攻击。这两者之间肯定有着必然联系。

"佳悦,你就不要卖关子了,你说说他们到底设下啥圈套。"刘嫂被钮佳悦说得云里雾里的。

"这么说吧。藤原是什么人?他是日本的高级参谋,参谋是什么?说得简单点,就是给军队出主意的。你刚刚说过,我们在江南的新四军遭受了日军的毒气弹,这会不会是藤原的'杰作'呢?这就不难解释藤原来上海的目的了。"

"你是说对江南新四军用毒气弹是藤原的主意?"刘嫂这才发现钮佳悦不但成熟了,还非常聪明,作为一名老地下党,应该向她好好学习,遇事三思而后行,肯定会做出正确的判断。

"我想应该是的。藤原来上海,肯定还有其他目的……"钮佳悦还没说完,街上响起了汽车声,接着就一阵枪声。

"怎么?佳悦,你安排了其他同志来刺杀藤原?"刘嫂听到枪声后,也大吃一惊,又赶紧从窗缝往大街上看。

"没有。"听到枪声,钮佳悦也百思不得其解,顺着刘嫂拉开的窗缝往外一看,只见几个人蒙着面,手持短枪朝开过来的汽车连续开枪。但汽车加装了防弹装置,蒙面人的子弹打在车上,火星四溅。就在这时,永和茶楼对面楼上的窗户全部打开了,一队宪兵和没有穿着制服的人,手持各式枪支朝几个蒙面人开枪。一瞬间,几个蒙面人被打成了筛子,接着从对面的房间里跑出来了许多日本宪兵,还有特高课、七十六号的特工,围住了整条街道。

这时,花野洋子突然出现在枪战现场,这让钮佳悦吃惊不小。花野洋子看了看倒在地上的蒙面人,对手下的特工喊道:"给我仔细地搜查,看还有没有他们的同党。"

"花野洋子怎么出现在这里?"刘嫂大吃一惊,心里想,好在钮佳悦及时阻止了自己,要不然,今天被打成筛子的人不是蒙面人,而是自己了。

"这下,我终于明白是怎么回事了。"钮佳悦恍然大悟。

"佳悦,你想到了什么?"

"这还真是一个局,花野洋子设下的局。"钮佳悦说着,又分析起来,"原来是花野洋子想引蛇出洞。日本军队派这么大的一个参谋来上海,肯定会走漏消息,于是,花野洋子就来了一个将计就计,把在上海的我党和军统的人引出来,然后围而歼之。如果我分析得没错,那些蒙面人应当是军统特工。这下,可有李茜茜的苦吃了。唉,她怎么也那么冲动呢?"

"你说那些人是军统特工?"刘嫂有些惋惜道,"可惜了。虽然藤原该死,可他还没有死,又有那么多人被他害死了。"

"我想这全都是花野洋子的主意,以前,我们还真小看她了。"钮佳悦知道作为一名特工,不在于一次两次的胜利。前几次,钮佳悦虽然与刘雅诗用计救出了赵长根,并安全地将他送往了延安,打击了花野洋子的嚣张气焰,但她肯定会吃一堑长一智。刚刚发生的情况足可以说明花野洋子是一个不容小觑的人。在以后的工作中,与这样的对手打交道,得多长一个心眼了。

"我们走,不然就来不及了。"钮佳悦看到日本宪兵和特工,还有许多警察正朝这边走来。

茶馆老板走了过来,急切地说:"刘嫂,茶馆后面的柴房里有地窖,你们先进地窖里躲躲。"

刘嫂马上关上窗户,拉着钮佳悦下楼,朝后面的柴房走去。茶馆伙计已打开柴房门,一个地窖口出现在钮佳悦的视野里。

"不要多想,老李是我们的联络员,这里是我们最新的一个联络点。"刘嫂说着,与钮佳悦入了地窖,伙计将地窖口盖好,又将柴火堆在上面。

刘嫂刺杀藤原,原来也是有备而来。钮佳悦正想着,就听到一阵急促的脚步声冲进了院子。不用想,钮佳悦知道是宪兵和特高课的人冲了进来。接着就听到打砸声和日本宪兵的对话声。在这些对话声中,一个声音引起了钮佳悦的注意。

"太君,你看这里这么小的地方,哪里能藏得住人。"说这话的人明显是一个中国人,而且声音特别熟悉。钮佳悦在脑海中急速思考着,很快就想起这个人,他就是宋书平。对于宋书平,钮佳悦与他好像有着说不清道不明的渊源。钮佳悦清楚地记得,她第一次见到宋书平,是在上海火车站,她在火车站前面等人时,宋书平就有意无意地进入她的视野,只是没有引起她的重视,因为在火车站遇到一个巡查的警察,或者说是维护治安的警察,那是非常正常的事。钮佳悦第二次见到宋书平是她被李茜茜从百乐门舞厅带往她都不知道的目的地时,在一条小弄堂里,宋书平堵住她与李茜茜的去路。她居然打掉了宋书平手中的枪,而且顺利逃脱。后来,钮佳悦也想过,那次能从宋书平手下逃生,也太顺利了。第三次见到宋书平,是钮佳悦送刘雅诗与赵长根出上海,在关卡处,宋书平像不认识钮佳悦一样,把刘雅诗和赵长根放出了关卡。

"宋书平也来了?"刘嫂小声地对钮佳悦说,"他怎么会出现在这里?"

"我也不清楚。"钮佳悦说话的声音很小,又做了一个手势,算是回答刘嫂。她与刘嫂有着一样的疑惑,可这个疑惑又令她们越来越不解,不过她很快就想清楚了,这一带地方属于宋书平管辖的范围,他出现在这里也就不足为奇了。宋书平执勤的范围除了石库门,百乐门一带也在他的范围之内。

地面上的日军宪兵几乎是见东西就砸。不一会儿,便没有砸东西的声音了,传来了几个人的对话声。除了宋书平的声音,钮佳悦和刘嫂还听到茶馆老板的辩解声和伙计的求饶声,接着是一个女人的声音,女人虽用的是上海话,但仔细听,还能辨别出她的上海话有些生硬:"宋书平,你就是这样维护这里的治安的? 军统的人都能通过我们层层设伏,来刺杀我们的高级参谋,要不是我早已得知他们行动的消息,也不会有今天这样完美的结局。"

"花野太君,这些都是你安排好的,我们是按照你的计策引他们来到大街上。从刚刚的战斗来看,你的计策非常完美。"说奉承话的人是宋书平。

"原来是她——花野洋子。"钮佳悦和刘嫂都听出说话的女人就是花野洋子。刚刚在茶馆楼上看到花野洋子在街上指挥战斗,没想到她这么快就进入茶馆后面的柴房。虽然这间柴房在茶馆的后院,又不起眼,作为特工,花野洋子肯定一眼就看出了柴房的与众不同,只要她下令仔细搜查柴房,钮佳悦和刘嫂就会一览无余地呈现在她面前。如果就这样被花野洋子抓去,钮佳悦心有不甘。

"我就喜欢你这样会说话的人。"花野洋子突然大笑起来,又突然问道,"宋书平,你说我的计策非常好,为什么只有军统的人来了,共产党的人没有来? 你给我分析分析。"

"这个嘛,共产党历来狡猾无比。他们这次没来,或许没有得到相关的情报,或者是他们害怕,所以没有来。"宋书平讨好地说。

"我看共产党的人肯定来了,只是他们没有军统的人那么蠢,一定是躲在某个地方等待时机。"花野洋子说,"只要把他们找出来,我就砍下他们的双手双脚,让他们求生不得,求死不能。"

"是是是,你的计策非常好。"宋书平又讨好地说,"我们对共产党绝不能手软,只要发现他们的踪迹,我一定抓住他们,然后交给你处置。只是这里就一家茶馆,共产党即使来了这里,他们也逃不远,我建议换个地方去搜查。"

"这里还没搜查完呢。"花野洋子指着柴房说,"这柴房好像有问题,宋书平,你仔细搜查一下,其他人我还不放心。"

花野洋子的话就是命令,宋书平马上亲自搜查柴房。搜查的声音越来越近,也越来越清晰。钮佳悦有些着急起来,刘嫂做了个手势,小声说:"佳悦,千万沉住气,不到万不得已,我们不能与他们硬拼。"

其实刘嫂也紧张不已,万一宋书平搜查地窖口,她与钮佳悦就彻底暴露了。但刘嫂已经在心里打好了主意,如果被发现,她就第一个冲出去。当然,刘嫂也明白,即使她冲出去,也保护不了钮佳悦的安全,地窖只有这么大,刚够藏两个人,只要有一个人冲出来,剩下的另一个人也一定会被发现。此时,刘嫂真有些后悔了,当初为什么不听钮佳悦的话,非要独自来刺杀藤原呢?现在连累了钮佳悦。

"刘嫂,你放心,没有把握的仗,我绝不会做无辜的牺牲。"钮佳悦虽然心里十分紧张,但她知道什么时候该拼命,什么时候该保存实力。

两人正说着话,有脚踩在地窖门上。他们来了,难道他们真的发现了?钮佳悦和刘嫂的心提到嗓子眼上。就在这时听到宋书平在说话:"花野太君,这里真没有什么,我都用刺刀到处刺过了,如果真有人躲在柴火里,肯定会被刺中;有人被刺中,就算不吭声,也应当有血流出来。你看,这里什么都没有。"

"没有就好,如果真有人躲在里面,就放一把火把这家茶馆烧了。我花了这么大劲,费了那么多力气,只杀死几个军统的蠢货。共产党真是狡猾,硬是不上当。"花野洋子有些洋洋得意,尔后又放出凶狠的话:"千万别让我碰到共产党,如果碰到他们,就算他们倒霉。我绝不会放走一个人。"

"花野太君,我们是不是该到其他地方去搜查了?"宋书平小心地问道。

"走,去隔壁那家。宋书平,还是你带人去隔壁搜查吧。"花野洋子顿了一会儿,又说,"我去百乐门舞厅看看情况。"

接着脚步声越走越远。钮佳悦和刘嫂这才长长地出了一口气,虽然是深秋了,但她们身上的衣服已经全部汗湿。

又过了一段时间,地窖门才被茶馆伙计打开,钮佳悦和刘嫂急忙爬出来,坐在地上大口大口地呼吸新鲜空气。

"我们赶紧离开这里。如果花野洋子再杀一个回马枪,我们想走也走不了,还会连累老李和伙计们。"刘嫂站起来,又指着茶馆老板介绍说,"老李是有着多年党龄的老党员了。这个茶馆也是我们刚成立的联络点,没有特殊情况,我们是不用的。今天情况紧急,我没有与你商量,就动用了这个联络点,如果不是你及时赶来,我就上了花野洋子的当了。我太小看花野洋子了,她不仅心狠手辣,还诡计多端,她的存在对我们以后开展工作,会带来更大的麻烦。"

"刘嫂,我们先走吧,其他事回去再商量。"钮佳悦还是有些惊魂未定。今天的行动太危险了。虽然上级党组织要求刺杀藤原,但有一个前提,是在保证行动人员安全的情况下,可刘嫂的这次行动太冒失了。明眼人都能看出,这是花野洋子的圈套,可刘嫂竟然上当了,回去有必要与她好好谈谈了。

钮佳悦很是心疼那几个军统特工,他们慷慨赴死的点点滴滴还留在她的脑海里。只是他们领头的人为什么不顾他们的性命,就贸然让他们去刺杀藤原呢?难道特工的命就不是命了?钮佳悦本不愿想那么多,可那些人冒着枪林弹雨往前冲,没有一个人后退,震撼了钮佳悦的心。她想,如果自己遇到这样的情况,是冲上去还是不冲上去?答案不言而喻。

大街上的枪声和花野洋子的嘶喊声,李茜茜听得一清二楚。她知道这次任务又失败了,所有的特工都死在了大街上。让她没想到的是,这次任务竟然是花野洋子设下的一个圈套,布下的一个陷阱。

李茜茜欲哭无泪,她现在才明白谷海山为什么不让她亲自参加这次任务了。虽说执行这次任务的人九死一生,但李茜茜突然觉得自己很弱小,很胆怯。作为一名特工,随时都可能献出自己的生命,可这次,她却因为谷海山的命令畏怯了。

任务失败了,李茜茜还得去谷海山那里复命。一路上,李茜茜想了很多,要不要把这个惨败的消息如实地告诉谷海山,或许谷海山受不了这个打击,这也是她执行的任务又一次以失败告终。说实话,李茜茜现在不只是胆怯,还有一种失落,为什么近段时间,屡战屡败。这让她有时怀疑自己是不是做一个特工的料。

李茜茜走进谷海山的房间,不敢抬起头来,她还是有些害怕谷海山的那双眼睛,更怕他拿出烟斗抽烟,或者使劲地在桌上磕烟斗。只要磕烟斗,就说明他特别生气。但这次谷海山没拿出烟斗来抽烟,只是轻轻地说了一句:"你坐下吧。"

谷海山的话就是命令,李茜茜坐下后还是不敢抬起头来。

"你不要拘谨,也不用汇报了。今天的事情我都知道了。"谷海山端了一杯咖啡放到李茜茜面前,叹了一口气说,"其实我早就预料到事情的结果是这样。只是我们都小看了特高课的人,特别是那个叫花野洋子的女人。"

"站长,我……"李茜茜的话还未说完,眼泪就流了出来,她不是为没有完成任务而流泪,而是那几个最好的特工,连藤原的面都没见着就被敌人的子弹打成了筛子,他们惨死的情景,现在仍印在她的脑海里。这可是几条鲜活的生命,抱着为这个国家尽一份力量的决心,扑向了敌人,虽然他们没有杀死敌人,但没有一个人后退,更没有一个人投降。他们在死亡面前仍然勇往直前,凭这一点,就值得李茜茜尊敬;而且这一次,李茜茜本该成为他们中的一员,因为谷海山的一道命令,她只能看着他们慷慨赴死,而她却苟活在这个世上,这对他们非常不公。

"茜茜,你的心情我很理解,我又何尝不是这样呢?"谷海山又重重地叹了一口气,"尽管我知道事情的结果会是这样,但又不得不派人去执行这个不可能完成的任务。这是为什么? 就是说哪怕只有千分之一的希望,我们都要全力以赴。这是我们的行规。"

"可是,他们看到情况不对,完全可以全身而退的,可他们依然前进,没有一个人后退。"李茜茜一想到那几个特工慷慨地向敌人冲过去,她的心就在滴血。当时李茜茜发现事情不对,便向那几个特工发出撤退信号,可他们依然向前冲,这说明他们早就视死如归了。

"茜茜,你不要太自责了。他们虽然是特工,但也是军人,只是分工不同而已。是军人,就得服从命令,他们向前冲没有错,或许是他们没有听到你的撤退命令而已。他们是为这个国家而死的,所以,他们的死重于泰山。你也要相信,他们不会白死,至少我们弄清了一件事情,就是花野洋子太狡猾,以后我们在执行任务时,要处处小心。"谷海山其实也希望这次任务能一次性成功,但他在接到命令的那一刻,就发现这个任务不简单,作为站长,他不能把自己的疑惑说出来,或者反对上级的命令,他只有执行。所以,他才不让李茜茜亲自参加,只能指挥。

"你回去吧。尽管这次任务失败,但我们仍然要继续,直到干掉藤原。回去后,你还是好好地刺探情报吧,这样凶险的任务,你不太合适。"谷海山安慰李茜茜，"你不要有思想包袱，以后只要有合适的任务，我会安排你的。"

谷海山自然有他的想法。李茜茜与朱佩玉不同，朱佩玉虽是个猛将，且足智多谋，但她为情所困，一直走不出那个"情"字。李茜茜在上海潜伏的时间长，她最合适做刺探情报的工作，不合适去执行枪林弹雨的任务，这些日子以来，她执行的每一次任务都以失败告终，这足可说明李茜茜不适合去外面执行任务。

花野洋子一出马，就消灭了好几个军统特工，这事在七十六号里传得沸沸扬扬。许一晗却像是斗败了的公鸡，坐在办公室里一声不吭，刚刚被处长狠狠地骂了一顿，连祖宗十八代都被问候了一遍。处长骂完，又说许一晗啊许一晗，同样是女人，为啥日本女人就那么聪明？你许一晗在处里也是响当当的人物，为啥总是落后花野洋子一步？七十六号以后在特高课面前如何抬得起头？

处长的骂声让许一晗很是不服气。不服气归不服气，她自己也明白，这些日子以来，真是倒霉透顶。本来想悄悄地抓到从延安来的红灯笼沈妍冰，可以在处里抬起头来，结果连沈妍冰的影子都没有见到；然后是抓捕赵长根，结果连小命都差点不保。许一晗思来想去，总觉得自己哪里不对劲，为什么总是落后花野洋子等人一步呢？是自己的智商低呢，还是她们的智商太高？

许一晗突然想起强哥，好些日子没见到他了，按理说，花野洋子逼迫强哥为她办事，今天的事强哥该知道，他为什么没有向自己汇报？

为了让自己在七十六号扬眉吐气一番，许一晗可没少花钱，请几个手下吃夜宵，还发工钱，可那几个手下在追赶赵长根那一次都死了，现在处里的其他特工都不怎么听她的指挥，听到有价值的情报也不向她汇报。这些人平时在她面前点头哈腰，背地里却干对不起她的勾当。许一晗静下来的时候也在想，那些人不愿意跟她共事是有原因的，这也恰恰说明她许一晗在他们心中的分量太轻，如果她真正地扬眉吐气一回，七十六号里的所有人都会对她刮目相看，马首是瞻。

许一晗想,除了把强哥发展成自己的人外,还要把宋书平也发展成自己的人。据说这次花野洋子枪杀几个军统的特工时,宋书平也在场,而且是带着他的警察队冲在前面,得到了花野洋子的表扬。这个宋书平嘴上答应与自己合作,可在花野洋子面前却像一条狗,帮着她跑腿,难道说自己真没有花野洋子那般的魅力?

"先去找强哥,把情况了解清楚,再去找宋书平算账。"盘算好后,许一晗气冲冲地出了七十六号的大门,径直奔向强哥的住处。

许一晗来到强哥的住处时,看到强哥正在独自喝闷酒,完全没有往日的风采。胡子长得老长老长的,蓬松着头发,看上去就像一个乞丐似的。

"阿强,你这是在干啥?"许一晗怒气冲冲地问道,"上海滩发生了那么大的事情,你为什么不向我报告?"

"天塌下来,有高个子顶着呢。"强哥见是许一晗,拿着酒瓶摇摇晃晃地站起来,满嘴的酒气,冲得许一晗直想吐。

"我在问你话呢。"她强忍着怒气,又问道,"你为什么要喝闷酒?"

"你还有脸问我?"强哥突然对着许一晗吼了起来,"你答应过我的事呢? 都这么长的时间了,为什么没有办好?"

"啥事情? 我答应过帮你啥事情?"许一晗见强哥质问她,有些懵了。

"啥事情? 你真是贵人多忘事。"强哥把酒瓶往地上一摔,又一次吼道,"你们女人,没有一个好东西。你答应帮我把我的父母救出来,现在呢,连个影子都没见到。你说说,你说话算数吗?"

"这个啊,最近处里事情特别多,给耽搁了。过几天,就过几天,我就去救他们。"救强哥父母的事,许一晗还真忘了。就算她真知道强哥的父母被花野洋子关在哪里,就凭她的那几个人,也不可能把他们救出来,要救出被特高课抓去的人,简直比登天还难。为了拉拢强哥,许一晗只能故意许下承诺;现在强哥向她要这个承诺,可她偏偏在这个时候给忘记了。

"我的事你没有办到,我又凭什么帮你呢?"强哥捡起地上的酒瓶又砸在地上,"你给我滚,我再也不想见到你。"

"阿强,你不要敬酒不吃吃罚酒,老娘今天好心好意地找你,你居然这样对待老娘。再说,老娘也没说不救你的父母,你总得给我一些时间吧?"许一晗也火了,可她明白现在对于一个醉鬼说再多的道理都是白搭,又说,"要在特高课里救两个人出来,你以为上街买白菜啊?真要那么简单,你自己就能把他们救出来了,又何必找我去救他们?"

"你……你……你这个女人,简直不可理喻。"强哥酒精上头,一头歪倒在地上,随即就呕吐起来,许一晗皱了皱眉头,想马上离开,可强哥醉成这样,一点有用的情报都没得到,又有些不甘心;如果等强哥酒醒,又不知会等到什么时候。

许一晗左右为难。其实,许一晗也曾换位思考过,如果是她换成强哥的处境,精神或许早就垮掉了,可强哥居然能支撑到现在。究竟是什么东西让他支撑下来的?

呕吐了一会儿的强哥,竟然有些清醒了,看到面前站着的人是许一晗,突然笑了起来,问道:"许处,你啥时候来我这里的?"

"你醒了,还是装醉?"许一晗竟然弄不清强哥是啥意思,眼前这个男人看似很坚强,其实也很脆弱,还有些怪异。

"你在说啥呢?你没看到我喝了多少酒,这可是好酒,是我从警察局那里拿来的。"强哥说这话时,脸上的笑容显得非常勉强。

"他们抓你进去了?"许一晗问道,"为什么没有报我的名字?"

"报了。但他们说不买你的人情。"强哥认真地说。

"为什么?"

"他们说你自身难保。"

"混蛋。"许一晗气急败坏地吼道,"你说是谁,我现在就去找他。"

"宋书平。"

"他为啥要抓你?"

"他让我离你远些,但我没有听他的话。"

"混蛋!我这就去找他。"许一晗本来要去找宋书平,被强哥的话气急了,也没辨别真假,转身出了强哥的房间,快步去找宋书平了。

看到许一晗远去的身影,强哥突然精神抖擞,恨恨地说道:"都是日本人的狗,我看你们谁咬得过谁。"

第十一章

捉摸不透的警察

　　钮佳悦监听到藤原来上海，马上上报了上级党组织，没想到是花野洋子设下的一个圈套。要不是她及时识破了，后果不堪设想，不但她和刘嫂会搭进去，或许也会把上海地下党的其他同志搭进去。

　　"好险啊。"现在想起那天在地窖的事，钮佳悦的背心还直冒冷汗。令她非常纳闷的是，宋书平明明已经找到地窖口了，为什么又向花野洋子汇报说什么都没有？ 宋书平是帮日本人做事的警察，找到地窖口就等于抓住了自己和刘嫂，完全可以在花野洋子面前邀功请赏。

　　"佳悦，你在想什么？"刘嫂不知什么时候来到钮佳悦身边，见她正想着心事，不由问了起来。

　　"我在想宋书平到底是一个什么样的人。每次我遇到危险时，只要他出现，我都能化险为夷。"钮佳悦把这些日子以来遇到宋书平的事都想了一个遍，发现宋书平绝对不是一个普通的警察，他好像肩负着什么使命。钮佳悦每次见到宋书平，总感到一种亲切感，但现实中，他又总板着一副脸，让人捉摸不透。

　　"佳悦，经你这么一说，我也想起来了，以前你曾向我和雅诗提起过他。我们上次送赵教授和雅诗出关卡时,守关卡的人正是他。如果不是他,我想赵教授和雅诗很难走出上海城。"刘嫂也回忆起来宋书平的点点滴滴,以前只觉得宋书平是一个比较正直的警察,只要没有日本人在场,他对于犯错的中国人,都是睁一只眼闭一只眼,实在看不下去,就上前去教训几句。如果有日本人在场,他会马上换成另一副面孔。尽管这样,宋书平在很多上海人的眼里,他当警察,只是为了养家糊口而已。

"我看这个宋书平很不简单。以前,我也曾想过,他是不是我们的人,雅诗姐说她那条线里根本没有这个人,而且她也派人去打听过,宋书平是从北平来上海避难的,当上警察纯属偶然。他当警察不像其他人一样死心塌地为日本人办事,而且他每一次出现在我们的视野中,都好像是精心安排过的一样。"钮佳悦第一次见到宋书平,是在上海火车站,这个看似不经意从她面前路过的警察,好像在向她提醒着什么;第二次是与李茜茜在百乐门前的那条小巷里,作为一个男人,他手里有枪,居然让两个女人跑了,换成其他的男警察,这绝对是不可能的。之后,钮佳悦就开始留意他,也让阿胖去打探过,阿胖每次回来都说宋书平是个好警察,具体哪里好,阿胖又说不出来。

"佳悦,你说得对。我也觉得宋书平与其他警察不一样。我在想他是军统的人,还是我们的人,一时弄不清楚。我让人去查了,也查不出结果来。他的身世好像是一片空白。"刘嫂突然发现她在上海待了这么长的时间,居然对一个警察的身份都没弄清楚,有些惆怅。如果说宋书平真是自己人,那么他为什么不与她取得联系呢?难道他还担负着其他重要的任务?

"刘嫂,无论宋书平是什么人,但他好像从没有坏过我们的事。如果他能为我们所用,或许是我们在上海工作的一大帮手。只是这个人很难接触,动不动就一副拒人千里之外的样子。"钮佳悦征求刘嫂的意见。

"佳悦,你的想法没错。但我们的身份绝对不能暴露。假如宋书平不愿意与我们合作,不为我们办事,我们的身份就完全暴露了,将来也无法在上海开展工作了。特别是我在上海好些年了,上级党组织为了让我潜伏下来,可是做了很多铺垫工作的。几年来,我为党做的事情不多，现在正是我发挥作用的时候。"刘嫂是让钮佳悦三思，她能在上海潜伏这么多年已经很不容易了，一旦暴露，是她的工作失职，也是党的一大损失。

"刘嫂，我考虑不周，该自我批评。但我们可以通过其他方法来试一下。如果宋书平真能与我们合作，未尝不是一件好事。"钮佳悦也有她的打算。在没有弄清楚宋书平到底是什么人前，她也不能轻易地找宋书平。她从阿胖打探来的消息里知道宋书平不但与李茜茜走得很近，还与许一晗有着不同寻常的关系，他还与许一晗去天一咖啡馆喝咖啡。在上海喝得起咖啡的人，至少是有身份的人，年轻男女一起去喝咖啡，只能说明他们的关系非同一般。李茜茜是军统的人，许一晗是七十六号的人，宋书平与他们都有非同寻常的关系；更重要的是，宋书平最近又被花野洋子看上了。上海城里的警察不少，她们为什么单单选中宋书平呢？

"佳悦，不是你考虑不周，而是宋书平太可疑了。正如你所说，他既然能在军统、七十六号和特高课之间周旋，说明这个人的本事不小，如果我们再凑上去，不知他对我们会怎样。你的做法虽然有危险性，可值得一试，但得找到一个合适的机会，在不暴露我们身份的情况下去找他。所以，我建议，我们先把宋书平的情况了解清楚，再做打算。当然，即使把宋书平的情况打听清楚了，我们也要与上级党组织取得联系，由上级党组织给出意见。"刘嫂担心宋书平的表面形象，会影响钮佳悦的判断力。在上海滩，像宋书平这样的人很多，他们游走在日本人和国人之间，这并不代表他们就是好人，或者说是坏人。有的人为生活所迫，有的人是被逼无奈，但更多的人根本没有选择。

"那我们就找一个合适的机会，会会他。再说，他又不是十恶不赦之人，怕他干什么。"钮佳悦见刘嫂同意了的她的观点，觉得这事得马上行动。无论宋书平是哪一方的人，如果不接触他，永远都不知道他的内心想法。

"佳悦，我还是觉得你的想法有些冒险。这样，让我想想办法，看看能不能通过其他渠道，再了解了解他。"刘嫂虽然觉得钮佳悦的想法冒险，但在上海滩做地下工作，哪一天又不是在冒险？如果宋书平是一个正直的人，能与他合作，完全可以得到特高课和七十六号的情报。

"那就这样定了,我们一起想办法。"钮佳悦有些迫不及待了。她真的很想深入了解宋书平这个人,如果真能把宋书平争取过来,这比得到一个重要情报还高兴。

好不容易才制订出一个消灭共产党和军统的完美计划,居然失败了,而且只消灭了几个军统特工,一个共产党都没有抓住。这令花野洋子十分纳闷,是走漏了消息,还是哪一个环节有漏洞?

尽管没有抓住共产党,但这是花野洋子近段时间来取得的最大成绩,也是一个值得恭喜和祝贺的日子。花野洋子照例倒了一杯红酒,轻轻地抿了一口。只要能消灭中国人,就是一个好的开端。同样的红酒,花野洋子今天觉得特别有味。端起酒杯,花野洋子也下意识地抬起手腕,手臂上的那一道道伤疤,虽然还隐隐作痛,但她却有了一种快感。

"原来比伤残自己更刺激的事,就是把中国人一个个地杀死。"花野洋子干掉杯中的红酒,喃喃地说:"现在该去找从延安来的那个红灯笼沈妍冰了。"

花野洋子好些日子没有红灯笼沈妍冰的消息了,沈妍冰好像从上海滩消失了一样,也好像她从没有来过上海滩一样。延安派了一个叫红灯笼的特工来上海的消息又千真万确。为什么几个月过去了,都没有她的消息呢?

"不管你叫红灯笼,还是叫沈妍冰,只要你在上海滩,我就一定能找到你。"花野洋子咬牙切齿地说道,然后向特高课总部走去。

因为消灭了军统上海站的几个特工,宋书平也受到了花野洋子的特别待遇,她给警察局一个电话,让他们给宋书平放几天假,让宋书平好好地享受成功带来的快乐。因为花野洋子说过,她还有更重要的任务交给宋书平,现在让他去休息,是让他好好保重身体。

难得有这样的待遇,难得的自由,宋书平可以静下心来享受一下休闲时光。此刻的宋书平穿了一身便服穿梭在上海滩的大街小巷里,一片苍凉的景象映入他的眼帘。尽管战斗已经远去,但空中仍弥漫着硝烟味，让他喘不过气来。

大街上，很难看到行人，偶尔几个路人走过，都是急匆匆的样子，宋书平不由感叹起来："一座城一片萧条，一群人如此颓废。"

城里没有了生机，城外或许是另外一番风景。宋书平便朝城南的黄浦江走去。虽是初冬，黄浦江边的风已经有些刮脸了，江水随风把浪一波又一波地推向岸边。宋书平望着江水，不由发起呆来。

此时，一艘小船正慢慢地向宋书平靠近，小船上立着一老一少两个女子。乍一看，与小船上的渔民有些不协调。

随着小船慢慢靠近，立在船头的年少女子开口说话了："一寸河山一寸金，寸金难买寸光阴。"

年少女子的话吸引了宋书平，他把目光从远处收了回来，仔细打量起小船上的女子，不由一惊。这两个女子他太熟悉了。一个是以前在石库门附近开饭馆的刘嫂，宋书平曾多次去刘嫂饭馆里吃过饭，当然认识；另一个女子不用说，她正是钮佳悦，刚才说话的人正是她。

刘嫂与钮佳悦下了小船，给了船家一些钱，让他马上离开这里。钮佳悦走到宋书平面前说："这么巧啊，宋警官。"

"你们这是……"宋书平也没想到，会在黄浦江边上遇到刘嫂和钮佳悦。虽然他身穿便服，但仍给人一种威严的感觉。

"想不到，宋警官也有这么好的雅兴，居然会来黄浦江边看风景，只是风景依然是以前的风景，而人已经不是当初的人了。"钮佳悦说这话自然有她的用意，她是在试探宋书平。钮佳悦一直想争取宋书平，在得到刘嫂的同意后，又上报上级党组织，昨天上级党组织回复并同意了她们的请求。于是，钮佳悦让阿胖去打听宋书平的消息。今天一早，阿胖就把关于宋书平的消息带来了。阿胖说，因为宋书平在上次的行动中立了功，警察局给他放了假，让他休息保养身体。得知这个消息后，钮佳悦与刘嫂商量，她们会会宋书平的时机到了。之后，钮佳悦又让阿胖去盯着宋书平，不久，阿胖又回来，汇报说，宋书平一个人去了黄浦江，钮佳悦与刘嫂便租了一条小船循着黄浦江岸边寻找宋书平。这不，还真被钮佳悦和刘嫂遇到了。

"你们不是也有雅兴吗？外面炮火连天，你们两个女子居然有心情乘船沿黄浦江岸近距离看风景。"宋书平说完，微笑起来，不小心露出他洁白的牙齿来。他又说："你们不觉得你们的行动有些可疑吗？我可是警察，有权力抓可疑人物。"

"你不会抓我们。如果你要抓我们，也不至于等到现在。"钮佳悦也笑着说，"这可是在黄浦江边，又不是在上海城里。目前，这里只有我们三个人，我们是两个人，你只有一个人，谁抓住谁，还不一定呢。"

"你就那么肯定？"宋书平突然收住了笑声，脸上又出现一副威严的神态，慢条斯理地说，"不过，我今天休假，不是警察，对于你们的出现，我就当作没看到，你们走吧。"

"宋书平，你也算是一个中国人，怎么说话呢？"刘嫂看不过去了，脸上不快起来，说，"这是中国的地盘，我想走就走，不想走，谁也不能让我走。"

"嘿嘿，你很有骨气。"宋书平没想到其貌不扬的刘嫂竟然会说出这样的话来，急忙说，"你误会我的意思了，大家都是中国人，你也不必这么强调。我是说这里常有日本宪兵在巡逻，黄浦江里也有他们的巡逻船，万一他们发现了你们，再把你们抓去，我就算穿着警服，在他们面前也无可奈何。"

"这就是你的立场？"刘嫂见宋书平的话软了下来，有些不屑地说，"作为一个中国男人，你愿意看到你的姐妹被日本人抓去而无动于衷吗？"

"我……"宋书平更没想到刘嫂的话处处针对他，有些哭笑不得，说，"我刚才是为你们好，你们怎么又扯到我身上来了？我只是一个警察而已，再说，中国又不止我一个男人。我当警察，也算是为百姓服务，让他们少受些日本人的伤害……"

"刘嫂……"钮佳悦见刘嫂的话处处针对宋书平，自己又插不上话，因此，她还没等宋书平把话说完，就抢过了话头，没想到，又被刘嫂打断了。

"宋书平，你好大的志向。"刘嫂还想继续说下去时，被钮佳悦拉开了。

"宋警官，我嫂子说话直，请你别介意。"钮佳悦明白自己再不把刘嫂的话止住，她还会更加激动，会把她们来"巧会"宋书平的正事给耽误了。

"我知道她的出发点是好的。她也说得对，无论怎么说我也是一个中国人，只是没法做像她说的那样的人。"宋书平没有刚才的那种威严，刘嫂的话好像说到他心里，或者说刘嫂的话刺到了他。宋书平转身就要走，又回过头来说："你们也回去吧。万一被日本宪兵巡逻发现了，会对你们不利。"

"你就这样走了？不与我们说点其他的事？"钮佳悦还想进一步探下宋书平的底，又说，"我想听听，有一次，你在一条巷子里堵住我与李茜茜的去路，之后我打掉你的手枪，当时你是故意放我走，还是有其他目的？"

"我每天都要巡逻，你说的事我记不起来了。"宋书平直接推说不记得了。

"不会吧？那么大的一件事，你居然忘记了？"钮佳悦追问道。

"我得走了。"宋书平不容钮佳悦再说什么，转身以最快的速度离开这里，因为他已经发现不远处的草丛里埋伏着好些人，如果没有猜错的话，这些人应该是刘嫂与钮佳悦安排的。

待宋书平走远后，刘嫂有些无奈，又有些失落地问钮佳悦："我们就这么放他走了？"

"不让走又能怎么样？他隐藏得够深，无论我怎么追问，他都不透露丝毫消息，至于他是什么人，我们仍然一无所获。"钮佳悦有些失望地说，"他比我们想象中还要聪明和厉害。"

"佳悦，你不要急，这事情，一次不行，还有下次。"刘嫂说，"我现在担心的是，他肯定怀疑我们的身份了，我怕到时候我们再次遇到他，怕有不少麻烦。"

"不会的。据我今天对他的观察，他估计也不愿意提起今天的事。"钮佳悦觉得宋书平让人捉摸不透。

"那我去给隐藏的同志发信号，让他们各自撤走。"刘嫂说着掏出手帕在空中摇了三下，隐藏在草丛的人，猫着腰各自散开了。

许一晗去找了宋书平几次，都没见着人，心里特别生气。宋书平只不过是一个小小的警察，居然连见个面都那么难。许一晗决定去宋书平的住所等他，今天一定要等着他，把事情弄清楚。

　　直到深夜时分,宋书平才摇晃着身子朝他租的房子走来,手里还拿着半瓶酒,看样子,喝了不少的酒。许一晗皱了皱眉头,真想上前给宋书平几个耳刮子,可她最终还是忍住了。就在宋书平开门的那一瞬间,许一晗揪住机会,一把把宋书平推进屋里,又顺势将宋书平按倒在地上,正想给他几个巴掌时,才发现他手里不知什么时候多了一支枪,正顶住她的胸口。许一晗大吃一惊,没想到自己用这么快的动作去对付一个醉汉,居然还被对方用枪顶住自己。许一晗虽然吃惊,但马上反应过来,顺手在宋书平脸上就是一巴掌,骂道,"宋书平,你真是吃了熊心豹子胆了,敢用枪顶住老娘胸口?"

　　"原来是许处啊,我以为遇到共产党了呢。"宋书平在离家门口还有十几米远时,就发现了躲在暗处的许一晗,心里一惊。这么晚了,许一晗肯定是来找自己,这个女人简直是阴魂不散。自己走到哪里,她就跟到哪里,躲都躲不掉。今天好不容易才放个假,出去散散心,遇到钮佳悦与刘嫂,这两人劝自己以中国人为重,居然还埋伏了枪手,随时可向自己开枪。那时候,宋书平连死的心都有了,为什么这么多的人都针对他呢? 回到城里时,就听警察局的同事说,许一晗今天已经来找过他三次了。宋书平不想见许一晗,觉得她虽是个女人,但在七十六号待的时间长了,除了狠毒外,还有些变态。所以,他没有回局里,也没有回出租屋,而是找了一个偏僻的地方去玩,然后吃饭,再装作喝醉酒的样子回出租屋。这样,对谁都是一个交代。可没想到,许一晗居然不死心,深夜了还在出租屋门口等他。或许是出于一个警察的本能,在许一晗扑上来的时候,他已经把手枪掏了出来,并以最快的速度将子弹上膛,然后对准了许一晗。如果宋书平身上带的是一把刀,此时的许一晗已经是一个死人了。当然他知道,在自己的出租屋杀死一个七十六号的人,等于给自己添麻烦,也许还会把自己送上一条不归路。

　　"起来,说,为什么一直躲着我。"许一晗松开了宋书平,脸色不快。尽管刚才给了宋书平一巴掌,但许一晗觉得并没有消除心中对他的恨意。这个男人哪里都好,就是有一点,不解风情。自己低三下四请他喝咖啡,差点把心掏出来给他了,可他居然装作什么都不在乎,这对于任何一个女人来说,都是一种侮辱。许一晗也曾给宋书平许下过诺言,只要宋书平跟着她干,她就有能力把他从警察局调到七十六号,那样,他俩在七十六号里联手共事,看还有谁敢欺负他们,特别是处长,许一晗完全可以不再怕他,也不再受他制约,更不可能受窝囊气和挨骂了。可眼前的这个男人,好像什么都不在乎,再说,一个小小的警察有什么前途?说白了,现在还不是日本人的一条狗?但七十六号的人在日本人眼里还是有分量的,而且以后的形势如何,谁都说不清楚,特别是日本在太平洋战争的失利,他们在中国的战争能否胜利,还是一个未知数。假如日本在中国战败了,回到日本去,宋书平一个小小的警察有什么资格跟着去?而七十六号的人就不一样了,他们完全有资格跟着日本人去日本;如果日本人在中国战场战胜了,那整个中国将来就是日本人的天下,宋书平一个小小的警察,没有功绩,又能混到什么层次?如果他进入七十六号,稍微立点功,就完全不一样了。许一晗把这个道理对宋书平说了,可他怎么不长记性呢?

"我哪里躲着你了?今天不是局长给我放假嘛,让我好好休息。我都快一年没有休息过了,所以就出去玩了。"宋书平知道解释是多余的,但他又不得不解释。如果许一晗能听他的解释,就不会这么晚到出租屋来等他了;可是,如果现在不把她打发走,他一个晚上都不会安宁,如何把这个疯了一样的女人打发走,是要有点技术性的。所以,宋书平从地上起来就开始盘算如何把许一晗打发走,但他的主意还没有想出来,许一晗已经躺在了床上。本来就是一间小小的出租屋,除了一张床,就是一张桌子和四把椅子,床头上还摆了几本书。

"你要是说不出一个让我信服的理由来,今晚我就睡在这里了。"许一晗果然如宋书平想的那样,跟他来了一个死缠烂打,让宋书平哭笑不得。

"你为什么要这样逼我呢?大晚上的,孤男寡女共处一室,让别人知道了,怎么说你?我是一个男人,名声对我来说倒是无所谓,你呢?一个还没有结婚的女子,不要名声了吗?"宋书平知道他的话不会让许一晗知难而退,但他还是想试试。

"宋书平,你就这样对待我?为了你,我可以把我的一切都给你。"许一晗说着眼睛就红了,从床上坐了起来,说,"是,我是一个女人,但我也需要男人的呵护,你是一个男人,也需要女人。上次,你不就从外面带了一个妓女回来了吗? 你一直拒我于千里之外,难道我还不如一个妓女? 我不在乎你的过去,我也不在乎你到底是什么人,只希望你爱我,为我做事,我们一起打天下。"

"你在胡说些啥?"宋书平心里一惊,这许一晗话里有话,难道她真的知道些什么了? 可转念一想,如果许一晗真的知道自己的过去,她不会是这般态度。以她狠毒和不择手段的个性,早就把自己交到特高课手里了。

"宋书平,我现在问你一句,你真的不喜欢我,不在乎我吗?"许一晗站起来,走到宋书平跟前,等待宋书平给她一个答案。

这是一个很难回答的问题,宋书平知道许一晗这是在逼迫他。说喜欢她,那就得一切听她的;说不喜欢她,这就表明两人完全站在对立面了。以许一晗的手段,宋书平真的很难在上海滩立足。

"我知道你在想什么。别以为你现在攀上了花野洋子,你就飞黄腾达了,做梦去吧。花野洋子是一个日本女人,她以前不过是一个慰安妇,这是七十六号及特高课的人都知道的事。她能翻起多大的浪来? 她来当特工是仗着与特高课的人有一腿。"这才是许一晗今晚来宋书平这里的真正目的。前些日子,她与宋书平可以说是达成了协议,无论他有特高课,还是共产党,或军统的消息,都立马通知她。前些日子,花野洋子一出马,就消灭了几个军统特工,而且宋书平就在现场,还跟着花野洋子去搜查过。这说明宋书平也提前得到了消息,为什么没有告诉她? 如果她事先得到这个消息,立功的人就不是花野洋子了。

"唉,你说这话,很让我伤心。你知道吗,那天早上,花野洋子带人来到警察局,说要抓捕一伙人,让局里配合。局长就点了我的名,让我带一队警察配合花野洋子。在现场,花野洋子用枪指着我和兄弟们,让我们往前冲,去搜查,你说,我能不往前冲吗?"宋书平见许一晗说出了找他的真正目的,长长地舒了一口气。这事,随便编一编,就能糊弄过去。如果许一晗敢去质问花野洋子是怎么回事,就不会深更半夜来出租屋等他了。

"你说的是真的? 让我怎么相信你?"听了宋书平的解释,许一晗心里舒服多了,这说明宋书平并没有真心投靠花野洋子,她与宋书平之间的合作还是有可能的。

"我骗你做啥?如果你真不相信,可以去问我那些兄弟,他们到现在还在骂花野洋子呢。"宋书平见许一晗相信自己了,心里的那块石头终于落了下来,又说,"局长说有人查到了从延安来的红灯笼的下落,估计最近就会有可靠的消息,到时候我得到这个消息,马上告诉你,如何?"

"有红灯笼沈妍冰的消息了?"许一晗来找宋书平原本是来出气,现在意外地得到关于红灯笼沈妍冰的消息,她心里别提有多高兴了。许一晗突然在宋书平的脸上亲了一口,说:"宋书平,我今晚就睡这里了。"

"那我还是去外面找个地方睡吧。"宋书平没想到许一晗竟是这样难缠,推开她,快步跑出了屋,心里想,好险啊。

看到宋书平跑出了屋子,许一晗也离开了这间她没看上眼的出租屋,走到门口还骂了一句:"宋书平,你这个瘪三,老娘送上门了,都没胆量碰老娘一下。"

阿胖天天都在忙碌中度过,但他觉得这才是他想要的生活。这种生活不但让他充满了激情,更让他看到希望的曙光。阿胖自己都不知道为什么会有这种感觉。而他的这种感觉来自钮佳悦和刘嫂,虽然她们没有告诉他自己是干什么的,但阿胖觉得她们在干大事,而且是一件惊天动地的大事,钮佳悦和刘嫂不说,他也不问。她们让他干任何事他都愿意干,哪怕是掉了脑袋,他觉得也是应该的。阿胖觉得这两人做的事都非常有意义,更觉得他的生活越来越有滋味了,以前只是忙忙碌碌地混日子,能偷到钱,就可以饱餐一顿,偷不到钱,就得挨饿。当然,阿胖也觉得他做扒手不但是最笨的一个,还是被人看不起的那个。以前,他从没有想过过了今天,明天该怎么过;但现在,他好像明白了,过好今天的生活是为了明天过更好的生活,而且不只是他一个人明天会过上更好的生活,而是所有上海滩的人,更是全中国的四万万同胞过上更好的生活。

阿胖走在上海滩的大街小巷里,心情愉悦了许多。他现在是替钮佳悦打探消息的,但他刚到百乐门舞厅前的小巷里,就被强哥堵住了去路。

强哥这些日子一直过得特别郁闷。先是花野洋子绑架了父母,许一晗答应帮他救出父母,可至今杳无音信,接着李茜茜来找他。强哥总觉得这三个女人,无论哪一个都是他命中的克星,只要遇到她们任何一个,准没好事。

前些日子为了救父母,强哥可谓伤透了脑筋,但至今仍无结果。直到前两天,强哥的心情才好些,突然想念起阿胖这个表弟来,有好些日子没有见阿胖了,不知他过得怎样。虽然强哥是阿胖的表哥,但自从阿胖的父母去世,他很少去阿胖的家。

强哥一到阿胖家里,才发现他不在家,便偷偷地从窗子翻了进去,发现阿胖家里不对劲,有女人的衣服,而且还有一件衣服特别新。这让强哥吃惊不小,阿胖家里啥时候有女人的衣服了呢?而且这衣服根本不是阿胖母亲留下来的。从衣服的样式上看,这是一件年轻女子穿的衣服。难道阿胖找老婆了?不可能,阿胖才十多岁,而且吃了上顿没下顿,怎么可能娶上老婆呢?如果他没有娶老婆,那么这件年轻女子的衣服又是怎么回事?阿胖虽是一个扒手,也没有本事把年轻女子的衣服扒下来啊?因此,强哥又悄悄地溜出了阿胖的家,然后四处寻找他。这不,在百乐门舞厅前的小巷里找到了,便问道:"阿胖,急匆匆地到哪里去?怎么不来找我?我们有好几个月没见面了吧?"

"是表哥啊,阿拉还有事呢。改天找侬白相。"阿胖没想到会碰到强哥,他心里有些慌,毕竟现在是替钮佳悦打听消息,不能让他来插一脚,转身急着要走。

"站住,你今天哪里都不能去。跟我去你家,把你家里的事情说清楚。"强哥上前拦住了阿胖的去路,摆出一副咄咄逼人的架势,"你要是不跟我回去,我就把你的事告诉警察,让他们抓你去坐牢。"

"表哥,侬……"阿胖知道见到强哥准没好事。这个表哥平时从不来找自己,现在让自己回去把家里的事情说清楚,难道他知道钮佳悦和刘嫂住在自己家里?如果他真把这件事告诉警察,那钮佳悦和刘嫂还不被警察抓了去?

"侬,侬,侬讲个啥。走,跟我回去。"强哥原本想诈一下阿胖,却发现阿胖的脸色变绿了，心里更加确定阿胖有事瞒着他。因此，他决定把阿胖家里那件衣服的事情弄清楚。

"阿拉，阿拉不回去。阿拉还有事情要做。"阿胖心虚，从没见过强哥这么强硬对他，心里也特别委屈，可这种委屈只能咽回肚子里。

"阿胖，老实跟我交代，你家里什么时候有女人了？"阿胖越是不回家，强哥就越是觉得阿胖有事情瞒着他，那件年轻女子的衣服更是引起了强哥的好奇。长这么大，在上海滩也混了很多年，但强哥从没对任何一个女子产生过兴趣。不是强哥不喜欢女人，而是他没时间去想女人。尽管在家时，父母让强哥找一个女子结婚过正经的生活，但强哥觉得还不到找女人过日子的时候，他真正不结婚的原因是他在上海滩混社会时，得罪了不少人，怕一旦结婚生子后，他做事就不能大手大脚了，女人和孩子会成为他的软肋。即使这样，强哥的父母还是被花野洋子抓走了。阿胖是一个扒手，虽然也会得罪人，但是他在偷东西时，被人现场抓住，顶多挨一顿打，或者被送到警察局，还不至于被人以绑架家人来要挟。现在阿胖家里居然还有了年轻女子的衣服，这让强哥嫉妒不已。

"侬都晓得了？"阿胖禁不住强哥的诈术，情不自禁地说漏了嘴，家里确有女人住过。当然这两个女人就是钮佳悦和刘嫂，好在她们今天一早就出门办事了。看样子没有被强哥堵在屋里，要不然，强哥也不会这么问他。

"阿拉当然晓得了。"强哥见诈出了阿胖家里有女人，更加好奇了，他阿胖何德何能，让女人住他家里，而且还是年轻女子。他更想知道阿胖家里住的是啥女子。

"你们两个人在这里做啥？给我过来，到警局里说清楚。"强哥正询问阿胖时，背后突然来一个人朝他们吼了起来。强哥和阿胖回头一看，朝他们吼的人是穿着警服的宋书平。

见到警察，阿胖条件反射，朝另外一小巷里跑开了。强哥很不服气地看了一眼宋书平，在他眼里宋书平就是一个日本人的走狗。但当他看到宋书平手里的手枪时，又显得特别胆怯，于是，转身想跑，却被对方拦住了去路。在经过宋书平很长一段时间的询问后，强哥才得以脱身，然后去追阿胖了。

第十二章

难分伯仲的对手

　　阿胖回到家里时,全身湿透了,见钮佳悦与刘嫂正在做饭,便气喘吁吁地说:"不得了,不得了!"

　　"先歇歇,再慢慢说,啥事情不得了。"钮佳悦有些心疼阿胖,这些日子以来,如果不是在阿胖家落脚,还真不知道该怎么办。而且,这些日子以来,阿胖也没少帮忙打探消息,如果没有阿胖,钮佳悦的工作就不会开展得这么顺利。今天,钮佳悦和刘嫂出去打探藤原的消息,得知藤原还要在上海待几天。藤原在上海一天,中国人民就会多一天的危险,上级已经下达了命令,无论花多大代价都要除掉他,而上海是除掉藤原最好的地方,也有最佳的机会。一旦藤原离开上海,要想除掉他,那可是难上加难,如果藤原去了日军的部队,那么就等于再没有消灭他的机会。再说,武汉会战已经到了相持阶段,日军开始把更多精力放在打击日益壮大的身处敌后的八路军身上。

　　"是啊,阿胖,到底出了什么事,让你慌慌张张的?"刘嫂端了一碗凉开水给阿胖,又让他先坐下慢慢喝水,再说发生了什么事。

　　"阿拉表哥刚刚来屋里头了,他问阿拉屋里有啥人。"阿胖说着,便把他遇到强哥的事全说了,又说如果不是遇到宋书平,强哥还会缠着他，不放他走。

　　"你表哥，就是那个小混混强哥？怪不得，我说屋里的东西怎么有些乱，而且我那件衣服一看就被人翻动过，原来是他。"钮佳悦突然觉得事情严重起来，作为一名地下工作者，时刻都得保持警惕。钮佳悦从外面回来，见衣服被人动过，还以为是刘嫂动过衣服，却没有问过刘嫂，更没有怀疑是外面的人进来过。

　　"佳悦，有什么不对劲的地方？"刘嫂也觉出事情的严重性，这个地方既然被强哥发现了，那就意味着这里已经暴露了，现在还能往哪里搬呢？

　　"强哥翻动了我的衣服，也不知道他发现电台没有。如果发现了我们的电台，事情就麻烦了。我们得马上转移。"钮佳悦说着，便奔进里屋，与跟着进来的刘嫂移开床边的柜子，把墙上的砖头一块一块地取了出来，发现电台还在，又仔细看了看她做下的记号，悬着的心才放了下来，说："他应当没有发现电台。"

　　"那就好。"刘嫂绷紧的神经也松弛下来，却又为转移到什么地方担心起来。原来的饭馆肯定是回不去了，阿胖家里现在也待不下去了，又到哪里去找一个安全的地方呢？

　　"刘嫂，我们的任务没有完成，现在急需找一个安全的地方来完成任务。上级党组织已经说过，不能让藤原活着离开上海。我们还要马上制订出一个让藤原消失在上海的方案。"钮佳悦知道现在的情况危急，但不能乱了阵脚，要一步一步地来，多方思考，才能制订出解决困难的办法。

　　"佳悦，要想找这么一个隐蔽的地方，太难了，我实在是想不出哪里比这里还安全。再说，上级党组织让我保护你的安全，可我……"刘嫂的确很难找到比阿胖家里更安全的地方。永和茶楼的老板老李是上级党组织临时安排在那里的，可是那里已经被花野洋子盯上了，肯定不安全，而且那里人多眼杂，除了可以打探消息外，根本不适合隐藏。上次刺杀藤原时，花野洋子带人到茶馆里搜查，如果不是宋书平没有发现地窖，她与钮佳悦早就被花野洋子抓住了。

　　"我想，我们还是回饭馆吧。"钮佳悦突然做出这个决定。

　　"回饭馆？佳悦，你不是在开玩笑吧？那里已经被军统的人发现了，肯定非常危险。"刘嫂也想过回饭馆，可回去就等于把自己和钮佳悦送进虎口里。

"当然不是开玩笑，我是经过慎重考虑的。"钮佳悦当然不是盲目地做出这个决定的，而是经过了深思熟虑，"最危险的地方往往最安全。你的饭馆已经关门好些日子，已经被人翻过了。他们怎么也不会想到我们会回去。而且，饭馆还有一个后门，我们白天尽量不要出门，晚上才出去，生活用品由阿胖去购买。当然，为了万无一失，我们还要改造那里的房间……"

"那就照你的意思办，只是改造房间需要建材和人力，我们怎么办？"刘嫂发现搬回去可以，但要改造房屋不是一件小事，需要很多建材，会引起别人的注意。

"刘嫂，你忘了 件事。你可以让永和茶楼的老板来办这件事。就说他把这套房子买了下来，需要装修。这样就可以神不知鬼不觉地把房屋改造好。"钮佳悦现在急的不是改造房屋被人发现，而是如何快一点把房屋改造好，她们需要一个隐蔽且安全的地方工作。

"佳悦，你这个主意好。我马上去通知老李，让他准备。"刘嫂没想到年纪轻轻的钮佳悦，想事情总是那么超前，她有些自叹不如。刘嫂做了这么多年的地下工作，每次遇到事都要经过长时间的思考，有时候还得让妹妹刘雅诗来出主意。

"我们马上收拾东西撤。这里不能再待了，万一强哥把这事告诉花野洋子，我们的麻烦可就大了。阿胖不能与我们一起走，让他先走。"钮佳悦知道现在时间比什么都重要。

"佳悦，按你的方法做。"刘嫂也仔细想了想钮佳悦的主意，觉得这是唯一的方法。

两人商量后，就分头行动，刘嫂去找老李，商量改造房屋的事。钮佳悦出来吩咐阿胖，让他近期不要回家，一定要躲着他的表哥，如果两人相遇了，说什么也不能把实情告诉他。阿胖知道钮佳悦叮嘱的事情很重要。在阿胖的眼里，钮佳悦就是他的亲姐姐；再说表哥就是一个混混，每天正事不做，专打听别人的隐私，自己有难时，他不但不帮助，还落井下石。

　　强哥紧追慢追，才赶到阿胖的家里，发现大门紧锁，心里想，这里面肯定有名堂。如果现在进去，弄不好被人发现，等晚上进去，里面的情况又不清楚，倒不如现在请救兵来。请谁呢？是花野洋子，还是许一晗？这两个女人都心狠手辣，杀人不眨眼。她们来了，万一发现屋里的女子不是她们要的人，她们还不把自己吃了？

　　可一个人进去，万一有危险，又该怎么办？强哥思来想去，一时拿不定主意，猛然想起另一个女子来，她就是李茜茜。前些日子李茜茜来找过他，当时自己正为父母的事而发愁，没有理睬人家。如果把这个消息告诉她，说不定她会给他一笔钱或者其他好处。

　　但强哥转念一想，李茜茜是军统的人，当初自己为什么不与她合作呢？自己已经被花野洋子用父母的生命来要挟，他还答应了许一晗替她办事，现在再答应一个李茜茜，又有什么不一样？再说，自己已经知道了李茜茜的真实身份，按照军统的惯例，不加入他们的组织或者不替他们办事，就会遭到灭口的；自己现在活得好好的，说明他们很在意自己。如果自己现在去找李茜茜，答应与她合作，说不定她还真能把自己的父母救出来。

　　可这三个女人又是自己命中的克星，无论遇到哪一个，自己准有事。想到此，强哥又有些犹豫起来，要不要去找李茜茜呢？

　　强哥回到家里正左右为难时，李茜茜不请自来。她其实很抵触与强哥合作，但谷海山的命令又不敢违抗，特别是上次派出去的特工全部死在花野洋子的枪下，李茜茜才明白谷海山让她找强哥的深意。虽然强哥看上去只是一个不起眼的上海滩小混混，可就是这些小混混有时候可以掌管上海滩的一切。他们不同于特高课，也不同于七十六号的特工，他们能用各种手段去探查想要知道的消息。他们有自己的渠道，没有特工们那么麻烦，他们行走在上海滩，对上海滩的角角落落都了如指掌，哪里出了什么事，或者哪里有什么新闻，他们都会在第一时间得知。强哥虽然是个小混混，但是他手下还有一帮人，分布在上海滩的各个角落，只要他一声令下，没有他探查不到的事；但凡事也有例外，强哥至今也没查出他的父母被花野洋子关在什么地方。

　　李茜茜来找强哥，是想了解花野洋子是怎么知道她的行动的，因为她派出去的几个特工还没来得及开枪,就被埋伏在那里的日本宪兵和特工开枪打死了。这对李茜茜来说,是一个天大的耻辱。虽然谷海山在事前已经料到了后果,也原谅了李茜茜的失职,但她自己过不了这道坎。那么多的特工,他们虽然早就把生命交给了军统,但那些都是活生生的生命,他们也有父母妻儿,明知是死,也往前冲,没有一个人后退。在冲锋的那一瞬,就注定他们再也见不到他们的亲人了。每每想到此事,李茜茜心里就在滴血,她曾悄悄地发誓,一定要让花野洋子和日本人付出代价。不过李茜茜明白,如果她盲目地行动,永远都不是花野洋子的对手。强哥既然与花野洋子和许一晗都有关联,那么他就是一个突破口,只要找到了突破口,事情就好办得多了。因此,李茜茜再次放下身架来找强哥。

看到李茜茜不请自到,强哥有些心慌,不知该怎样对她说话,他也明显地感觉到此时的李茜茜与平时在百乐门舞厅搂着男人跳舞的她判若两人,阴冷的脸后隐藏着杀气。强哥想,这才是真正的军统特工。说李茜茜是自己的克星,还真不错;无论是花野洋子,还是许一晗,她们都是自己的克星。从容貌上看,三个女人都可以惊艳上海滩,谁能想到她们都是杀人不眨眼的女魔头。

"强哥,看到我这样的美女,是走不动路了,还是想让我陪你跳一支舞呢?"李茜茜的话里不但充满了火药味,还让强哥不敢还嘴。以前,李茜茜不想暴露自己的身份,被强哥强拉着在小巷里跳舞,那可是她的耻辱;但现在不一样,只要强哥不听她的话,她随时都可以处置强哥。

"原来是李西施小姐啊。请坐,我给你倒茶。"作为上海滩的小混混,强哥自然阅人无数,但看到李茜茜的脸色,知道今天的她不同以往,稍有不慎,对方就先发制人,要保全自己,只能顺着她的意思去做,于是问道:"李小姐有什么地方需要我效力的,请明示。"

"既然大家都是明白人,我也就不转弯抹角了。"李茜茜见强哥非常配合的样子,也就不客气了,她需要强哥提供的情报,于是又说,"我要知道花野洋子和许一晗的一切情报,包括她们的生活习性。"

作为一名特工,只有摸清对方的各种习性,才能谈其他的。因而,李茜茜尽可能地让强哥把花野洋子和许一晗的各种情况告诉她。

"她们两人都不好对付啊。"强哥不傻,他已经看出李茜茜有备而来,李茜茜问到花野洋子和许一晗的事,他本想把发现共产党的事告诉她,但还是忍住了,心里不由担心起来,"那两个女人非常凶狠,但她们各怀鬼胎。特别是许一晗一直在跟踪花野洋子,每次发生事情,她就悄悄地在旁边使力,但每次都不成功。所以,许一晗一直恨花野洋子抢了她风头。"

"她们这是狗咬狗,正好。"李茜茜当然希望花野洋子与许一晗拼个你死我活,但也明白这是不可能的事。这是在七十六号内部人员传递出来的消息,许一晗是七十六号的人,处境困难,一直想通过干一件大事来证明自己。花野洋子一直躲在特高课里面,军统几次安排人员都没有打入特高课内部,要想接近特高课,难于上青天。现在找强哥打听花野洋子的情报,虽然不会很全面,但至少能知道一些。

"许一晗在七十六号不受待见,她经常私下行动。一旦遇到重大情况,她叫她手下的人行动,基本都是花钱的;如果她不给钱,那些人就不行动。花野洋子那边,是因为她绑架了我的父母,让我帮她提供消息。她是一会儿一个主意,到底哪个主意是真的,我真不知道。她与其他日本特工在一起时,说的都是日本话,虽然我能听懂一点,但还是听不明白。"强哥说的是实话,在上海滩混,不懂一些日本话,又怎么混得开呢? 他知道花野洋子想利用他,肯定不会把重要的情报告诉他。

"有许一晗的消息,也不错。"李茜茜没有得到她想要的情报,但至少能知道许一晗的一些情况,总比什么都不知道好。虽然上次的行动许一晗没有参加,但她毕竟是日本人的走狗,不把她清除掉,在上海的军统永远也别想安宁下来;再说,许一晗早就上了锄奸队的黑名单,只是一直没有机会消灭她。如今有强哥这条线,完全可以找到除掉许一晗的机会。

"以前,你答应我的事,能办到吗?"强哥见李茜茜的脸色好转起来,不失时机地问道。

"什么事?"李茜茜被强哥问得有些糊涂。

"你答应帮我把我的父母救出来的事。只要你能救出我的父母,你让我去办任何事,哪怕是掉脑袋,我也会去办的。"强哥一直以为许一晗能救出他的父母,可几个月过去了,才知道许一晗在利用他,根本没有帮他救父母。李茜茜上次来找强哥,说可以救他父母,现在有了这个机会,他岂能错过?

"那要看你的表现。"李茜茜淡淡地说,"如果你的情报有价值,这事我们可以考虑。毕竟你的父母也是中国人。"

有了李茜茜的这句话,强哥的心一下子放宽了,又说:"我还可以告诉你一个好消息,我的表弟家里住着一个女共产党。"

"你表弟家里住着女共产党?"李茜茜问道,"你是怎么知道的?"

"那个女共产党,我以前见过。特别是她穿的那件衣服,还放在我表弟的家里,而且那房间一看就是女人住过的。"强哥回想起在阿胖家里看到那件女士衣服时,一时没想起在哪里见过,追问阿胖时,又被宋书平打断了,回家后一直在回忆,终于想起了在刘嫂饭馆里看到过钮佳悦穿这件衣服。那天强哥去刘嫂饭馆找阿胖,但他阿胖没见到,却看到一个小姑娘,后来才知道那小姑娘就是钮佳悦。

"有这样的事?你不能对任何人说,特别是许一晗和花野洋子。如果她俩知道这件事,你是知道后果的。"李茜茜自有她的道理。

"我肯定不会告诉别人。"

"带路,我们现在去你表弟家里。"李茜茜的话就是命令,强哥没有反驳的余地。

花野洋子斜躺在沙发上,抿着红酒,虽然她今天心情很好,但仍然阴着脸,好像谁借了她的米还了她糠似的。直到半瓶红酒下去,花野洋子的脸上才有了红晕,但这种红晕一会儿就消失得无影无踪。花野洋子又倒了半杯红酒,对着酒杯,自言自语地说:"共产党真是太狡猾了,我们拿藤原为诱饵来抓捕他们,没想到只有几个军统落网。是我们对共产党了解太少,还是共产党比我们更聪明?更气人的是,从延安来的红灯笼沈妍冰,在上海只是昙花一现,如今都几个月过去了,连她的影子还没看到。"

想到红灯笼,花野洋子又想到在十六铺码头抓捕赵长根的事,如果不是许一晗误开枪,赵长根也不会被送到延安,自己也用不着拿藤原来做引子,引共产党现身。没想到共产党竟然那么狡猾,不但不现身,连他们的住址都查不到。

"许一晗,你这个成事不足败事有余的女人,我与你没完。"花野洋子一想到许一晗,就气不打一处来。有好些日子没有许一晗的消息了,也不见她前来特高课汇报情况。于是,花野洋子一个电话打到七十六号许一晗的办公室里,没有人接电话,又把电话打到行动处处长办公室里,才知道许一晗最近很少到七十六号,也不知道她在外面干什么。

许一晗到哪里去了?她干什么去了?这些对花野洋子来说,都是一个问号。她觉得以前太小看了许一晗。如果说别人不懂许一晗,但同为女人,花野洋子知道许一晗的心思,她不甘心在七十六号一直任一个副职。许一晗太想当官了,在支那人眼里,官当得越大,权力就越大,办事就越方便;花野洋子自己也有这个想法,如果她不是遇到特高课的一个高官,说不定至今还在中国的东北当慰安妇。当慰安妇的日子,花野洋子觉得那是她一生的耻辱。她天生就是帝国的勇士,但不是当慰安妇的勇士。所以,花野洋子有时候也很同情许一晗,同为女人,知道女人的难处;可是许一晗也太不把她花野洋子当一回事,如果许一晗好好地与她花野洋子配合,她花野洋子也会在七十六号替许一晗美言几句,许一晗也就有了出头之日。可惜,许一晗做事太绝,不值得同情。

花野洋子放下酒杯,一个手下来报告,说许一晗又一个人去了天一咖啡馆。手下还说,奇怪的是许一晗进去不久,宋书平也跟着进了天一咖啡馆。

"宋书平?"花野洋子突然觉得此事非同小可。宋书平前不久才与她一起消灭了军统的好几个特工,这个支那警察不但长得帅气,还是一个有能力的警察,只不过没人提拔他而已。花野洋子也曾想过把宋书平调到身边,让他与她一起干事,但特高课内部从不用支那人。许一晗在咖啡馆里约见宋书平,他们之间到底是什么关系?要弄清楚他们之间的关系,到天一咖啡馆去看看不就明白了?花野洋子出了门,立即拦了一辆黄包车赶往天一咖啡馆。

街上的人不是很多,黄包车夫也很卖力,没多久,便到了天一咖啡馆前。花野洋子付了车费便走进天一咖啡馆,问清许一晗的包间后，便径直闯了进去。果然，许一晗正与宋书平喝着咖啡。看着两人似乎有些亲密的样子，花野洋子突然有些醋意，宋书平怎么能与许一晗在一起呢？他们俩根本不配在一起。她压住心里的怒火，冷冷地问道："许一晗，你还有心思喝咖啡？"

两人都没想到花野洋子会在此时出现在他们的视野里。今天是许一晗再一次约宋书平来咖啡馆里谈事情。前些日子，宋书平竟然与花野洋子一起消灭了军统的特工，许一晗被处长骂得狗血喷头。被骂后，许一晗也特别生气，那么重要的事情，事前她居然没得到任何消息，强哥与宋书平两人谁都没给她消息。许一晗曾去质问强哥，强哥借醉酒糊弄她。说到底，是她许一晗没有把强哥的父母救出来。许一晗虽然答应强哥，帮他把父母救出来，可强哥的父母被花野洋子关在哪里都不知道，又怎么去救？强哥不愿意帮她也情有可原。宋书平就不一样了，自己一直把他当心腹，甚至可以把自己的身体给他，他居然比强哥还不领情。上一次，她到宋书平家里，把衣服都脱了，他居然挣脱自己的手，跑了。宋书平不单单是个男人那么简单，更是她许一晗以后的依靠；现在不抓住他，等于把他推向了花野洋子的怀抱。如果宋书平真成了花野洋子的人，那她许一晗做人真是太失败了。所以，许一晗给宋书平的上司打了个电话，说她有要事要与宋书平商量，让他马上到天一咖啡馆里等她。这一招果然见效，宋书平接到上司的命令后，马上赶往天一咖啡馆。

两人的话还没有进入正题，花野洋子就闯了进来。如果是别人这样没有礼貌，许一晗的手枪已经顶在那个人的头上了，但是进来的人是花野洋子，就算许一晗对花野洋子不满，但又能把她怎样？还不是得笑脸相迎。许一晗有些讨好地说："我以为是谁呢，不敲门就进来了，原来是花野太君啊。我马上让服务生上咖啡。"

"不用了。你以为我来找你们是喝咖啡的？"花野洋子并不领许一晗的情，在她的眼里，许一晗是他们养的一条狗。

"那花野太君想喝点什么？"许一晗尽量把怒气压下去，她此时不想与花野洋子撕破脸。

"宋书平，你去外面等我，我有事与许一晗谈。"花野洋子不容分说，将宋书平赶到包厢外面，随后，指着许一晗的鼻子骂道，"许一晗，是不是翅膀长硬了？你知不知道宋书平现在是我的人，我的人你也敢挖？"

"这……"许一晗被花野洋子骂得几乎想发疯了。宋书平怎么成了她花野洋子的人了？是自己先发现他，利用他的。宋书平现在竟然成了花野洋子的人，自己帮她作嫁衣，真是有理说不清了。

"不要这个那个的。实话告诉你，赵长根被共产党送到延安了。赵长根被共产党顺利接走，与你有着莫大的关联。所以，我现在命令你去查找从延安来的红灯笼沈妍冰的下落。这么久没有她的消息，肯定躲在上海的某一个角落，而且与接走赵长根的人有关系。你现在的任务就是查清红灯笼的下落，一有消息就马上告诉我。"花野洋子不想废话太多，直接给许一晗下命令，让她哭笑不得。花野洋子只是特高课的一个小卒子而已，居然对七十六号的行动处副处长发号施令，这事要是传出去，她许一晗的脸往哪搁？

"是。"许一晗还想说点什么，但她自己知道在花野洋子面前，永远都抬不起头。当然，许一晗也有她的小九九，就算查到沈妍冰的下落，她又怎么会告诉花野洋子？她还想靠抓住沈妍冰在七十六号出人头地。这件好事只能她独享，绝不会与别人分享。

"我现在就把宋书平带走，你以后少去纠缠他。"花野洋子盛气凌人，不让许一晗有反驳的机会。她眼睁睁地看着花野洋子与宋书平远去，突然有了一种想哭的感觉，捏在手里的枪也滑落在地。

强哥带着李茜茜来到阿胖的家门前，见门已经上了锁，不由一惊，暗道，他们跑得好快。李茜茜也看到紧锁着的门，不由暗道，难道来晚了？

"进去看看，到底是怎么回事？"李茜茜不甘心白来一趟，命令强哥进屋。强哥也想弄个明白，急忙从窗口翻进屋里，屋里的东西已经被人整理过了，他先前看到的那件女士衣服也不在了。肯定是阿胖回来把消息给她们了，她们觉得这里不安全，在最短的时间里搬走了，这也恰恰说明住在阿胖家里的女人肯定不是一般人。强哥想到这里，又从窗口翻了出来。

"怎么样？"李茜茜见强哥一脸无奈的样子，便知道了结果，但她仍不甘心。

"什么都没有了。她们肯定是得到消息，立马搬走了。"强哥无奈地说，"我敢肯定那个女子是我在刘嫂饭馆见过的那个，听阿胖说，她好像叫钮佳悦。阿胖还叫她小姐姐啥的。"

"钮佳悦？这就对了。"李茜茜突然想起第一次见到钮佳悦的情景，她就觉得钮佳悦与众不同，她根本不是从乡下来的女子，而是共产党的人。

"啥对了？"强哥不明白李茜茜话的意思。

"没什么，我突然想起一个熟人来。"李茜茜觉得没有必要把她的疑惑告诉强哥。她突然想起从延安来的红灯笼在黄浦江边出现过一次，便杳无音信了。红灯笼来上海干什么，为什么一直没有这个人的消息？连特高课和七十六号都没有她的消息，可见她隐藏得多么深。如果钮佳悦真是共产党的人，从延安来的那个红灯笼是不是她呢？如果钮佳悦就是共产党的红灯笼，那么她就是一个难得的对手了。自己几年前就来到上海，为了不暴露身份，潜伏了好些年才开展工作，而钮佳悦一来上海，不但隐藏了身份，还开展了工作。上次刺杀藤原时，共产党一个人都没有出现，只有自己手下的几个兄弟冲了上去。这是为什么？这就说明共产党特别狡猾，他们事先得到了准确的消息，只有自己的人还蒙在鼓里，不知真假。但特工们视死如归的精神，至今还影响着自己。

"熟人？不会是钮佳悦吧？"强哥是个聪明人，马上就联想到李茜茜肯定认识钮佳悦。如果李茜茜不认识钮佳悦，她又怎么联想到熟人呢？李茜茜不但是百乐门舞厅的头号人物，在上海滩也是很有名气的人，认识的人怎么会少；而且她又是军统的人，怎么会不认识共产党的人呢？自从钮佳悦来到上海滩，上海滩好像就没有平静过。先是花野洋子让他帮自己找到从延安来的红灯笼，接着是许一晗找到他，现在又是李茜茜，就没有共产党的人来找自己。这还不能说明问题？再说一直连饭都吃不饱的表弟阿胖，现在居然不理睬自己，听同行说他每天都很忙的样子，这说明阿胖不再为吃饭的事情发愁，那么只有一个理由：他在跟着共产党干事。强哥也早就听说过，共产党是穷苦人的主心骨，他们经常救济穷苦人。像阿胖这样的穷人，一旦得到共产党的救济，肯定会死心塌地为他们办事。现在这个理由可以解释最近为什么阿胖总是神出鬼没的。

"不该说的就不要说，难道你不知道这个道理？"李茜茜见强哥说出了她的心里话，很是不爽，又说，"这里不是久留之地，得马上离开。"

"是。"强哥不敢违抗李茜茜的意愿，只好带头离开阿胖的家。

走在路上，李茜茜有些心不在焉，钮佳悦占满了她的心。从现场的分析来看，在阿胖屋里待过的女子十有八九是钮佳悦。当年，钮佳悦的哥哥钮卫国一直潜伏在军统高层内部，如果后来不是为了沈妍冰的事，他也不可能暴露。钮卫国能在军统里潜伏那么长的时间，钮佳悦肯定也受了他的影响，或者说钮佳悦本身就是共产党从延安派来的特工。只是她年纪轻轻就这么厉害，以后肯定会成为党国的心腹之患。想到此，李茜茜感觉后背直发凉。军统的高级特工竟然不如一个刚入道的小女孩，照这样下去，她迟早会成为军统的笑话。

"我们现在去哪里？"走了一段路，强哥看着李茜茜心神不安，不由问起来。

"随便吧。"李茜茜懒懒地回答了一句。她不知道钮佳悦搬到哪里去了，只是觉得钮佳悦太聪明了，她竟然猜不出对方的下一步行动。

强哥见李茜茜对他有些失望，心里也很失落。李茜茜是强哥的一根救命稻草，他不能这样放弃，要让李茜茜对他有好印象。强哥走了几步，突然想起了表弟阿胖，他肯定知道这钮佳悦搬到什么地方去了，于是，他对李茜茜说："李小姐，我们忽略了一个人。"

"谁？"李茜茜见强哥又提到一个人，不由问道。

"我的表弟阿胖。肯定是他跑回家通风报信的，不然，钮佳悦怎么这么快就搬走了？"强哥肯定地说，"只要找到我表弟，就能知道钮佳悦搬到哪里去了。"

"我们去哪里找你表弟？"李茜茜只顾着钮佳悦搬走了，一生气，忘记了钮佳悦是从阿胖家搬走的，正如强哥所说，钮佳悦之所以这么快搬走，肯定是阿胖先一步回家通风报信了。

可是，偌大的上海滩，又到哪里去找阿胖呢？谁知道阿胖会不会也与钮佳悦一起躲了起来。刚刚点燃的希望,在这一瞬间又熄灭了,李茜茜更加气馁,此时,她也知道钮佳悦不单单是她遇到的最强的对手,或许也是花野洋子和许一晗强有力的对手。钮佳悦好像从没有对军统下过手,尽管她不是军统的人,至少她是一个中国人,或者说是共产党的特工。只要有像钮佳悦这样的人在上海,花野洋子和许一晗就甭想顺利地执行她们的任务。

第十三章

苦苦寻觅的女子

十二月底，上海滩下起了入冬以来的第一场雪。雪花从空中飘飘洒洒地落下来，然后在大街小巷上空纷纷扬扬地漫舞，像雾一样轻，又像玉一样润，也像数不清的蝴蝶在飞，更像是柳絮轻轻飘舞，与天地浑然一体。

下雪天，本该是小孩子堆雪人的时候，但大街小巷很难见到小孩子们的身影，街上除了几个急匆匆赶路的人的身影外，连日本宪兵也龟缩在营房里，很少在大街上巡逻。

路上，一个女子包着头巾急匆匆地赶路，走到刘嫂饭馆后门前，左右看了看，在确定没有人跟踪后，就轻轻地敲了三下门，门便打开了，女子身子一闪便进了屋，然后关上门。女子进屋后，解下头巾，露出一张成熟的脸来，正是刘嫂。

开门的人正是钮佳悦，她与刘嫂走进密室。

这间密室是钮佳悦与刘嫂从阿胖家里撤出来后改造的。表面上看起来，这间密室与普通的房间没有两样，一旦遇到有人来搜查刘嫂饭馆，她们就可以躲进这间密室里，不知道情况的人，肯定搜查不到。

待刘嫂喘匀气后，钮佳悦便把早已准备好的一杯热水递给了她。

刘嫂喝下开水后,钮佳悦便迫不及待地问道:"刘嫂,情况怎么样?"

"佳悦,别急,慢慢听我说。"刘嫂放下水杯后,又长长地出了一口气,说道,"我们提供的情报见效了,藤原乘坐的飞机在安徽太湖县境内被击落了。"

"真是天大的喜讯。"钮佳悦抑制不住心中的喜悦,为了消灭这个藤原,军统好些特工死在花野洋子布置的陷阱里。后来,钮佳悦与刘嫂好不容易才得到藤原的下落,设定多套计划除掉他,都以失败告终,还牺牲了好几位同志。

"佳悦,藤原的死,你功不可没。如果不是你监听到藤原要去安徽那边,我们也不可能把这么重要的情报送出去。"刘嫂想起钮佳悦监听到藤原要去安徽那天,激动得热泪盈眶。她清楚地记得,在第一次得知藤原来上海时,自己不顾钮佳悦的反对,非要去永和茶楼刺杀他,如果不是钮佳悦及时赶到,那么与军统特工倒在一起的人还有她。第二次,得知藤原要去百乐门舞厅时,刘嫂与钮佳悦商量了一番,制订了一个万无一失的计策,但藤原还是逃脱了,被杀者竟然是他的替身,刘嫂带去的几个地下党也在百乐门舞厅里壮烈牺牲,如果不是军统方面也得知了消息,也安排了人手刺杀藤原,刘嫂现在不可能坐在这里与钮佳悦说话。这一次,好不容易得知藤原到了南京,将在南京乘坐飞机前往安徽,钮佳悦觉得这是一个好机会,只是她与刘嫂无法参加行动了,于是,两人商议把这个情报上报上级党组织。上级党组织与国民党相关人员取得了联系,并告之了这个情报。国民党相关人员高度重视,又层层上报,终于得到命令,进行全面部署,单等藤原的飞机路过,把飞机击落。果然,当藤原乘坐的飞机出现在安徽太湖县上空时,驻守在那里的国民党官兵使用了各种武器,终于击落了藤原乘坐的飞机,藤原从此从这个世界上消失了。

"功劳算不上。只要为我们的国家出一份力量,这才是我最大的心愿。如果不把那些侵略者赶出我们的国土,我们永远都得不到安宁,过不上幸福的生活。"钮佳悦说的是真心话,她来上海的最大心愿就是要为国家尽一份微薄的力量。只要是一个有良心的中国人,就不能让侵略者在自己的国土上肆意践踏,何况像钮佳悦这样的共产党员。

"佳悦,你的话非常正确。我们不能让侵略者肆意践踏我们的国土。只有把他们赶出我们的国土,我们才能过上幸福的生活。"刘嫂发现钮佳悦的觉悟比她高得多,有些惭愧起来,又说,"佳悦,藤原死了,我们下一步的任务会更艰难。特高课肯定会调查藤原的死因,我们要做好各种应对准备。"

"刘嫂,真正考验我们的时候到了。只要我们顶着这种严峻的考验,侵略者会拿我们没有办法的,我相信我们能顶住这个严峻的考验。"钮佳悦又何尝没想到接下来的任务会更艰难。特别是花野洋子这个日本女人,好些日子没有动静了,不知道她又在酝酿什么阴谋;七十六号的许一晗也好像从这个世界上消失了。更令钮佳悦和刘嫂疑惑的是,刘嫂与上海地下党员在百乐门舞厅刺杀藤原失败后,李茜茜也一直待在百乐门舞厅,很少出来。

"唉,也不知道我表妹王菊花在哪里。自从花野洋子把王菊花带走后,她就一直没有消息。"刘嫂一想起王菊花,眼泪忍不住流了出来。这个苦命的表妹,一到上海就落入了花野洋子手里。尽管刘嫂让阿胖多次去打听王菊花的消息,阿胖硬是没有打听到她的下落。王菊花也好像在这个世界上消失了。

"刘嫂,我也觉得我们现在该去找王菊花了,只是希望她没有被花野洋子带坏。"钮佳悦的担心不是多余的。自从上次刘嫂回来说王菊花被花野洋子带走后,她就觉得事情不妥。花野洋子收留王菊花,肯定不会安好心,她把王菊花掌控在手里,肯定有她的目的。

"佳悦,你担心的正是我担心的。我表妹生性单纯,又从没见过大世面,分不清好人与坏人。像花野洋子这样的日本人,在我表妹眼里或许就成了好人。我是怕她被花野洋子利用啊。"刘嫂觉得欠王菊花太多,明明就在眼前,却没有能力把她救走,结果被花野洋子接走了。

"我们现在就想办法,查到她的下落,然后把她营救出来。再不能让她跟着花野洋子了。"钮佳悦总觉得花野洋子在筹划一个阴谋。至于是什么阴谋,钮佳悦现在想不出来,但总觉得花野洋子的这个阴谋与藤原的死有关。藤原既然已死,特高课和七十六号肯定不会闲着。虽然现在的上海平静得如一潭死水,但谁知道这潭死水下面有多少暗流？一旦狂风来临，即使是死水也会掀起惊涛骇浪。虽然钮佳悦大风大浪见得多了，但绝不能在阴沟里翻了船。

"佳悦，怎么想办法？现在都不知道她在哪里。花野洋子也不傻，不会把我表妹放在明处的。"刘嫂叹了一口气，如果那么好找王菊花，花野洋子收留她干什么？只为给她洗衣烧饭拖地，做一个保姆那么简单吗？不可能。花野洋子肯定有她的打算。

"刘嫂，你也不用急。明天我、你、阿胖兵分三路去打探消息。你也可以让其他同志留意一下，一旦有她的消息，我们就马上制订营救计划。"钮佳悦安慰刘嫂，其实她比刘嫂还要急。她早就该把王菊花营救出来，现在耽误了这么长的时间，也不知道王菊花的情况怎么样。她又想起当年与李思瑶来上海时，在四号牢房里，如果不是李思瑶看清了花野真衣的计谋，单纯的她早就被花野真衣骗了。

钮佳悦想，如今的王菊花就是六年前的她。

飞机被国军打了下来，藤原死了。这个消息传到特高课，土肥原贤二暴跳如雷，责令特高课的特工无论如何都要把走漏消息的人找到。

花野洋子顿时觉得机会来了，这正是一个立功的好机会，一定要超过南造云子，成为大日本帝国第一特工。想起南造云子，花野洋子有些不服气。南造云子只不过师从土肥原贤二。花野洋子知道南造云子在 1929 年以失学青年的身份潜入南京，打入国民党高层内部，窃取军事机密，尽管立了不少的功劳，可最终还是没有逃过军统的暗杀。花野洋子看过南造云子的尸体，身中数枪，枪枪致命。那个惨状，让花野洋子差点当场吐了，但她还是强忍住了。

以前，花野洋子曾以南造云子为榜样，可自从看到尸体后，她觉得南造云子太自大了，作为一个特高课的高级特工，竟然那么不小心，被军统的人撞了个正着。尽管关于南造云子的死有很多种说法，但花野洋子最相信的是，她是自作自受，在百乐门舞厅里，陌生人叫她的名字时，她为什么要回头？那不是等于不打自招吗？

南造云子在百乐门舞厅里被枪杀，说明百乐门舞厅里有军统的人，不然，军统特工不可能全身而退。南造云子死后，无论是特高课，还是七十六号,都派人仔细查过百乐门舞厅里所有人,都没查出一个结果来,最后不了了之。但花野洋子总觉得他们漏掉了什么,要么是军统特工在百乐门舞厅里扮成舞女,要么就是军统特工混进去了。百乐门舞厅基本由日本人掌控,军统特工事先又是通过哪个环节埋伏在舞厅里,等待南造云子上钩的呢?再说,南造云子从小就接受了严格的训练,她花野洋子呢?从慰安妇转到特工这一行,只用了一年多的时间。花野洋子想,如果她也从小受到像南造云子那样的严格训练,她早就是大日本帝国最著名的特工了。

花野洋子觉得特高课之所以查不出南造云子的死因,与特高课的办事方法有关。要了解支那人的想法,必须通过支那人去了解他们。强哥是百乐门舞厅的常客,让他去调查原因是最合适不过的,但花野洋子马上又否定了这个想法。强哥的父母虽然在她手里,这让强哥不得不听她的话,但强哥是上海滩的小混混,歪主意多,说不定他在百乐门舞厅里闹出什么动静,反而让对方有了警觉。

派谁去呢?花野洋子正愁该不知如何办时,王菊花端着茶水进来,轻声说道:"花野小姐,该喝茶了。"

"知道了。你把茶放在这里,出去吧。"花野洋子说了一声,又开始考虑起来,忽然抬头看到正跨出房门的王菊花,眼睛一亮,心里念道:"她不就是合适的人选吗?"

因此,花野洋子又叫住了王菊花。待王菊花进屋后,花野洋子马上把她给自己准备的茶水递给了对方,说道:"王菊花,在这里生活还习惯吧?这段时间,我一直忙工作,没时间招呼你,生活上有什么需要的,你给我说。"

"花野小姐,你这是……"王菊花被花野洋子的举动吓了一大跳,又感到受宠若惊。自从被花野洋子从别人的手里救出来,王菊花就觉得她是这个世界上唯一的好人。尽管花野洋子是一个日本女人,但王菊花打心里感谢这个日本女人对她的帮助。她来上海投靠表姐刘嫂,可这么长的时间了,连刘嫂的影子都没有见到,如果不是花野洋子把她留下来,她也不知道这些日子该如何度过。花野洋子细心的照顾,让王菊花又有了家的感觉,因此,无论花野洋子叫她干什么,她都会答应去做。可是,花野洋子很少让她做事,闲不住的王菊花只好帮着做些家务。王菊花的勤快,花野洋子看在眼里;只是老实的王菊花不知道花野洋子收留她,肯定有她的目的。

"也没什么事。"花野洋子上下打量着王菊花,心里琢磨起来,如果放一个什么事都不懂的乡下女人去百乐门舞厅里,肯定会有意想不到的收获。军统的特工都是经过严格训练的,他们的眼睛很毒,一眼就能看出对方是干什么的。就像强哥进入百乐门舞厅工作,肯定会被军统的特工识破,但王菊花就不一样了,她本来就老实,是别人装都装不出来的。只要王菊花进了百乐门舞厅,自己在暗中操控她,还怕查不出隐藏在百乐门舞厅的军统特工?因此,花野洋子对王菊花说:"王菊花,你来我这里有好几个月了吧?我一直忙,没有给你找份工作。你想不想有一份好工作?"

"花野小姐要赶我走?是我哪里做得不对,还请花野小姐指教。"王菊花万万没想到花野洋子要把她赶走,心里那个急啊。上海这么大,她一旦离开花野洋子这里,就要流浪在大街上了,还要受坏人的欺侮。

"不是赶你走,是给你找一份稳定的工作。"花野洋子知道王菊花误会她了,又说,"你是一个成年人,总不能老待在我这里吧?况且我也没有给你工钱,给你找一份工作,目的是让你挣一些钱,哪怕以后回乡下老家了,至少还有一笔钱。"

"我不走。我哪里都不去,我就跟着你。"王菊花突然发现自己真要离开了花野洋子,还有些舍不得,而且要去哪里都不知道,出去后也不知道该干什么。花野洋子介绍的又是什么工作,她干得了吗?

"王菊花,你也要为自己的将来考虑考虑了。我给你介绍的工作非常简单,就是去百乐门舞厅当服务生。"花野洋子当然不能再让王菊花留在身边,她要让王菊花为她去完成任务,因此,她又打个比喻,说,"说简单点,就是在舞厅里做家务。这个你应当会的吧?工作不多,但钱不少。做得好,还有人打赏你。"

"那份工作真的这么简单?"王菊花虽然有些不相信,但听到花野洋子给她找的工作就是做做家务,面对这份简单的工作,王菊花有些心动了。

"你是从农村出来的,做家务这么简单的事情,你肯定会的,再说,我也会经常去看你,那里的人我都认识,我会给他们打招呼的,没人敢欺负你。"花野洋子见王菊花心动了,又趁机说,"如果有人敢欺负你,就给我说,我绝对让他们吃不了兜着走。"

"那好吧。"王菊花终于点头答应了。其实王菊花心里也清楚,她不可能一直跟着花野洋子,毕竟花野洋子是日本人。花野洋子救过她的命,现在吃住都在花野洋子这里,只是做一点点家务,这哪能算是报答她?这是在给花野洋子添麻烦。所以,一旦有合适的工作,王菊花还是愿意去做,等挣上钱了,再来报答花野洋子。

"这就对了。"花野洋子见王菊花答应了,心里直冷笑,但她没有将表情显示在脸上,又说,"你先出去准备准备,我晚上送你去百乐门舞厅。"

只要王菊花进入百乐门舞厅工作,花野洋子就完全可以在背后操纵她。一旦查出隐藏在百乐门舞厅的军统特工,就等于查出了是谁把藤原到安徽地界的消息透露出去的。抓到透露消息的人,花野洋子就大功告成,以后可以在特高课扬眉吐气了。

"南造云子,你被称为帝国最厉害的特工,还不是死在军统特工手里。我花野洋子与你不一样,一定要做出成绩来,让帝国所有的人都对我刮目相看。"花野洋子为自己的计策感到特别高兴,拿起酒杯,倒了半杯红酒,慢慢喝起来。只有酒才能使她解脱,也只有酒才能让她忘记一切。她心里的苦只有她自己知道,无论她成功与否,都摆脱不了她曾在中国东北做过慰安妇的事实。

半杯酒下肚,花野洋子的眼泪顺着眼角流了下来。

藤原死了,许一晗又被处长骂得狗血喷头。好几次,许一晗都想还嘴,可她明白,只要一还嘴,她将永远地滚出七十六号。没有七十六号做靠山,她许一晗什么都不是,说不定被特高课,或者梅机关追杀,即使特高课和梅机关放过她,军统和共产党也不会放过她。在特高课和梅机关眼里,她是一个成事不足败事有余的人;在军统和共产党眼里,她就是一个十足的大汉奸。许一晗也知道,军统的锄奸队好几次都找上了她,要不是她多留了一个心眼,早就被军统的锄奸队送上了西天。所以,在七十六号里,许一晗只有忍的份,无论是谁都可以骂她,而她绝不能还嘴。无论她得罪谁,处长都会找到开除她的理由。

许一晗有时候也在想,七十六号不就是给日本人当狗吗,为什么这些狗又那么狠呢?当然,在骂七十六号是狗时,许一晗也把自己给骂了。她不骂不行,只有在没有人的时候,她才敢骂出声来,以解她心头之恨。回想起来,许一晗觉得七十六号的那些狗比特高课还要凶残得多。许一晗曾审讯过许多犯人,包括军统特工和共产党,特别是那些共产党嘴比刀子还硬,什么都不说,只有用刑具来折磨他们的意志,可那些刑具只对军统的一些特工有效,对共产党几乎没有什么效果,他们宁死也不愿意说出半个字,这令许一晗特别头痛。因为许一晗每用一次刑具,身上都会起鸡皮疙瘩,无论是老虎凳,还是辣椒水、烧红的烙铁,每一次用上这些刑具,犯人们都会喊天叫地,或者痛昏死过去。如今,她看到那刑具,心里便有了阴影。

自从宋书平被花野洋子抢走后,许一晗就觉得她是一个最失败的特工。好不容易才把宋书平发展成自己的人,就轻而易举地被花野洋子抢走了。许一晗不甘心,可又无可奈何,谁让她是七十六号里最不受欢迎的人呢。

有好些日子没有见到强哥了。许一晗发现自己对强哥不够狠,不敲打这个小混混,他就会得意忘形,现在也不来汇报情况了。想起强哥,许一晗苦笑起来,自己连一个小混混都搞不定,在七十六号自然混不下去了。既然没有了宋书平,便不能再让人抢走强哥。许一晗好像抓住了最后一根救命的稻草。

但许一晗去了强哥的家好几次都没有见到人,心里特别纳闷,这个小混混又到哪里去混了?最后,她好不容易抓住强哥的一个小弟弟,一问才得知强哥最近与百乐门舞厅的李茜茜走得特别近。强哥的小弟还说,强哥最近迷上了跳舞,常常在李茜茜空闲的时候,搂着李茜茜一起跳舞,别提有多亲热了。

许一晗听完强哥小弟的话,惊得合不拢嘴,随即直奔百乐门舞厅。到了百乐门舞厅,许一晗才发现舞会要晚上才举行。她如坐针毡,好不容易等到天黑,立即大大方方地走进了百乐门舞厅。好些日子没来百乐门舞厅了,许一晗忽然发现舞厅里已经焕然一新,让她有些不适应。

强哥手上还戴着一枚大戒指，正坐在一边品着酒，像一个十足的暴发户。李茜茜正与一个日本军官在跳舞，许一晗看到她搂着日本军官的样子，心里就来火。但这是百乐门舞厅，许一晗不能把李茜茜怎么样，便径直走到强哥身边坐了下来，接过服务生端过来的红酒，轻轻地抿了一口，冷冷地对强哥说道："看来有了新欢，就把我忘了。"

强哥品着酒，想着心事，被许一晗的突然到来，吓了一大跳，但他马上反应过来，这里是百乐门舞厅，许一晗不敢把他怎样，便装着谦谦君子的样子，说道："原来是许处啊，好久不见。今天怎么有空来这里玩？"

"你，你这个混混。"许一晗被强哥的话气得暴跳如雷，但很快就忍住了。这里是百乐门舞厅，虽然许一晗是七十六号的人，在舞池跳舞的人多数为日本军官，只要她敢捣乱，那些日本军官才不管她是什么人，或者说他们三句话不对，就会拔枪相向。许一晗当然不会吃这样的亏，于是，她对强哥说："走，到外面去，我有话要问你。"

"外面？外面很冷，我不去。这里的酒好喝，我还想多喝几杯酒呢。"强哥知道许一晗在这个时候来找他，肯定没有好事。其实，强哥现在是恨许一晗的，说了帮他把父母救出来，可一直没有行动，甚至连他的父母关在什么地方她都不知道。李茜茜答应过强哥帮他救父母，虽然现在还没有得手，至少已经查出了强哥父母被关押的地方。所以，强哥现在有了李茜茜，根本不把许一晗放在眼里。

"你……连我的话都不听？"许一晗怒气冲冲，很想掏出枪顶在强哥的头上，可一看到舞池里的日本军官，就像泄了气的皮球。许一晗明白，此时只能忍，等到舞会结束，她会给强哥一点颜色看。

许一晗一进舞厅，就被李茜茜看到了。许一晗是七十六号的人，今天来舞厅，既不是来跳舞的，也不是来玩的。当李茜茜看到许一晗坐到强哥身边时，她的心就悬了起来，今天不该让强哥来舞厅。李茜茜几次想终止跳舞，可与她跳舞的人是日本军官，她只能硬着头皮把这一曲跳完。

时间一分一秒地过去，李茜茜只能偶尔侧过头去看强哥与李茜茜，但根本听不到两人的交谈。好不容易才争取过来的强哥，不能让许一晗就这样挖走了。无论李茜茜怎样着急，她都没法脱身。音乐一次又一次地重复着，等她筋疲力尽的时候，音乐才终于停止。李茜茜像过了一个世纪一样，来到强哥边上坐了下来，接过服务生的红酒，轻轻地抿了一口，对许一晗说："这不是许大处长吗，今晚怎么有空来舞厅里玩？要不，我陪你跳舞，放松一下心情。如何？"

李茜茜想支开许一晗，可人家根本不理会她，连话都没有说。李茜茜的这个举动，许一晗又何尝不明白，几句话就把自己支走，那是不可能的。

见许一晗不说话，李茜茜心里"咯噔"了一下，这个女汉奸居然不理会自己。看样子，她想坐在这里等待舞会结束把强哥带走。百乐门舞厅可是她李茜茜的"地盘"，怎能让许一晗把自己争取过来的人带走呢？但李茜茜也明白，她又不能明着赶走许一晗。

正在李茜茜为难时，从门口又进来了两个女人。其中一个就是花野洋子，另一个就是王菊花。李茜茜不认识王菊花，但她一眼就看出王菊花是一个中国乡下妇女。花野洋子带一个乡下女人来舞厅干什么？

就在李茜茜思考这个问题时，身边的许一晗和强哥都不见了踪影。李茜茜心里又"咯噔"一下，今晚真是巧了，先是许一晗来，现在花野洋子也来了。她们好像商量好了似的，可许一晗见到花野洋子却跑了，强哥也跑了。但花野洋子带着王菊花并没有在舞厅里停留，而是直接去了后面。李茜茜犹豫了一会儿，还是跟了过去。在舞厅后面，李茜茜躲在门后，听到了花野洋子与舞厅管事的人说话，才知道花野洋子带来的这个乡下女子叫王菊花，是来舞厅里做苦力的。

李茜茜这才长长地出了一口气，可她又为强哥担心起来。强哥是被许一晗带走的，还是他一个人逃跑了呢？

钮佳悦、刘嫂与阿胖三个人一连好几天出去都没有打听到王菊花的消息，王菊花好像从大上海消失了一样。一个大活人，怎么会没有一点消息呢？王菊花不见踪影，成了刘嫂的一块心病。

又好几天过去了，仍没有打听到王菊花的消息，刘嫂急得不行。钮佳悦劝刘嫂不要着急。既然花野洋子把王菊花救了下来，肯定是有目的的。要不然，一个特高课的特工为什么要救一个素不相识的中国乡下女人？按照花野洋子凶狠毒辣的性格，她巴不得所有的中国人都死去，她绝不会无缘无故地救一个与她素不相识的中国人。

就在钮佳悦安慰刘嫂的时候，阿胖急匆匆地跑了进来，说他打听到了王菊花的消息。

"她在哪里？现在一切可好？"听到有王菊花的消息，刘嫂迫不及待地问道。

"她在百乐门舞厅里。"阿胖歇了一口气，把他打听到的关于王菊花的消息都说了出来。

今天早上，阿胖像往常一样去打听消息，在走到百乐门舞厅后门时，看到一个女子正吃力地拉着一车垃圾往外走，阿胖看不过去了，就走过去帮着女子拉车。到了垃圾收购处时，女子向阿胖表示感谢，说她叫王菊花，在百乐门舞厅里做杂活，工钱还不错。阿胖本想问她是不是有表姐叫刘嫂时，却想起了钮佳悦的叮嘱，不能对任何人说起刘嫂和她的名字，更不能透露她们的一丁点儿消息。所以，阿胖又问了王菊花的一些事情，王菊花却不愿意多说，又说她得赶紧回到百乐门舞厅里，那里还有很多活等着她去做。说完，王菊花就急匆匆地告别了阿胖回百乐门舞厅。

"阿胖，她真的说她叫王菊花？"刘嫂喜出望外，现在终于有了王菊花的消息，但是她怎么到百乐门舞厅里做事了呢？是谁介绍她到百乐门舞厅的？

"是啊。阿拉怕她与侬表妹重名，又怕侬担心，所以就先回来告诉侬这个消息。"阿胖急切地说，"阿拉看她好像有话不敢说。"

尽管阿胖说的王菊花不一定是表妹王菊花，但刘嫂坚信这个王菊花就是她的表妹。只是她为什么到百乐门舞厅里做事呢？如果说花野洋子救了她以后，就让她自谋生路，这样解释也可以说得过去。

"刘嫂，我看事情没有这么简单。"钮佳悦听了阿胖的叙述，总觉得有什么地方不对劲，可又说不出来，听了刘嫂的解释，她却不赞同。

"佳悦，请给我一个能说服我的理由。"刘嫂反对钮佳悦的意思，但她相信阿胖遇到的王菊花就是她的表妹。

"王菊花是花野洋子从别人的手里救下来的。你说一个日本人，还是特高课的特工,她为什么要救一个不相干的中国乡下女子,如果这个女子对她没有用处,她救她干什么?"钮佳悦分析起来,"如果说阿胖看到的王菊花就是你的表妹,她为什么会在百乐门舞厅里做事?是因为百乐门舞厅里有一个李茜茜? 如果真是这样,那说明李茜茜已经被花野洋子盯上了。如果说花野洋子救下王菊花后,又让她自谋生路,以王菊花一个乡下女子,不可能在百乐门舞厅里找到一份差事;现在又是战争年代,很多上海人都失业了,百乐门舞厅是一个高级场所,也是日本人和富人们消遣的地方,他们怎么能随便用一个乡下女子呢? 王菊花是来上海找你的,既然她在百乐门舞厅里站住了脚跟,为什么不来找你?"

"刘嫂,小姐姐的话有道理。"阿胖也赞成钮佳悦的话。

"她不来找我,或许有她的苦衷。"刘嫂还是不信服钮佳悦给的理由。

"要不这样吧,我们明天去百乐门舞厅后门看看。如果她真是你的表妹,我们当面问清原因。如果不是,我们也好做其他打算。"钮佳悦见刘嫂不相信她的话,便又说出了她的计划。

"佳悦,你的这个主意好。我们就这么办。"刘嫂觉得钮佳悦的主意不错。

"阿胖你先去休息,我和刘嫂再谈点事。"钮佳悦支走阿胖,是与刘嫂商量明天去百乐门舞厅的事情。百乐门舞厅不是什么一般的地方,她们又是大白天去,肯定会遇到意想不到的事,如果不提前计划好,到时候万一出事,没有应对的办法。

好些天过去了,都没有强哥的踪影,这让许一晗火气十足。那天,许一晗见花野洋子带着一个陌生的乡下女子进百乐门舞厅时,怕花野洋子发现她与强哥之间的关系,便趁李茜茜不注意时拉着强哥逃出了百乐门。然而,出了百乐门,许一晗才发现手里拉着的人不是强哥,而是百乐门的一个服务生。

花野洋子不会无缘无故地把一个乡下女子送进百乐门舞厅,许一晗冷静地思考起那天的事来。花野洋子的目的是什么,难道她在百乐门舞厅里发现了什么? 要想了解花野洋子送那个陌生乡下女子进百乐门舞厅干什么，只要去那儿了解一下，答案不就出来了？因此，许一晗决定再去一次百乐门。

白天的百乐门舞厅没有客人，许一晗进去后，找了一个服务生了解花野洋子带进去的那个女子的情况。那个服务生告诉她，花野洋子带来一个女子不假，但那个女子不是日本人，而是中国湖州的乡下女人，叫王菊花，目前在舞厅里打杂，做些粗活。服务生又告诉许一晗，王菊花干活是一把好手，吃苦耐劳，赢得舞厅里很多人的称赞，现在这个点，她应当在舞厅后门将垃圾送往垃圾站。本来专门有人来舞厅收垃圾的，但花野洋子说，为了防止舞厅被人破坏，让王菊花打杂，送垃圾是她的工作之一。

"原来是来这里打杂的中国乡下女人。"许一晗长长地出了一口气，拿出两块银圆给那个服务生，让他不要把她来舞厅打听情况的事说出去。服务生接过银圆，急忙点头说他会为刚才的事守口如瓶。

走出百乐门舞厅大门，许一晗猛然发现事情有些不对。花野洋子绝不会平白无故地送一个中国乡下女子到百乐门舞厅里做事。强哥与李茜茜的关系不一般，难道这里有隐藏的军统或者共产党人员？如果是这样，那么花野洋子是让王菊花监视百乐门舞厅的人，越是不起眼的人才越能监视别人。

"花野洋子啊花野洋子，你这点小聪明能瞒得过我？"许一晗冷笑一声，又返回舞厅，要去后门会会这个王菊花。

许一晗来到舞厅后门，那里空空如也，但路上有拉过板车的痕迹，显然王菊花已经拉着垃圾去垃圾站了。许一晗顺着车子痕迹一路走了过去。在一条巷子的转弯处，许一晗终于看到了拉着车子的王菊花，但许一晗看到的不只王菊花一个人，还有两个女子和一个小子，他们正谈着话。许一晗认得其中的一个女子，她就是以前刘嫂饭馆的老板刘嫂，另一个年轻女子却不认识，那小子就是抢过她包的人。

"他们怎么搅和在一起了？"许一晗不明白，本想走近听听他们的谈话，猛然发现对面小巷的楼上一扇窗户半开着，窗户后面站着一个人，正是李茜茜，她注视着这几个人。

"李茜茜还真是一个不简单的人。"许一晗感觉这次来百乐门舞厅收获不小。

今天,由阿胖带路,刘嫂与钮佳悦前来这里等待王菊花,他们不敢去舞厅里找王菊花,怕舞厅里的人认出他们来。而且万一李茜茜在舞厅里安排了军统的其他特工,这等于暴露了他们的身份。只是让刘嫂没想到的是,这个王菊花还真是她的表妹。两人相见,有着说不完的话,只是他们在谈话时,根本没有注意到李茜茜和许一晗在不同的地方监视着他们。

许一晗想不通的是,刘嫂只是一个饭馆的老板,前些日子就失踪了,她与王菊花怎么是熟人呢?而王菊花是花野洋子派到百乐门舞厅的人。这两人之间是什么关系,刘嫂与花野洋子又是什么关系?刘嫂边上的那个年轻女子,陌生得很,她又是谁?

刘雅诗是共产党的人。前些日子失踪了,从最近的情报显示,她与赵长根到了延安。巧的是刘雅诗离开上海与刘嫂失踪的时间差不多,她们之间又有什么联系?那个年轻女子与她们之间又是什么关系?难道她就是从延安来的红灯笼?这个想法在许一晗脑海里闪现了一下又否定了。据情报上说,红灯笼是一个密码高手,名字叫沈妍冰。沈妍冰在德国留学,她的年纪不可能这么小,而且这个年轻女子与照片上的沈妍冰根本不是一个人。

这些问题在许一晗脑海里成了一团乱麻。要弄清这些关系,王菊花是一个关键人物。只要她说实话,一切就会真相大白了。许一晗想着,会心地笑了,只要刘嫂等人离开,她就有机会让王菊花说实话。因此,许一晗就转身悄悄地离开,她害怕躲在对面楼上窗户后面的李茜茜看到她。

可是,许一晗一到小巷转角处,李茜茜就看到了她。许一晗走后许久,李茜茜仍站在窗户后面看王菊花与刘嫂等人谈话,她觉得有点耐人寻味。钮佳悦真与刘嫂在一起,而且与王菊花还是熟人。王菊花是花野洋子送到舞厅里打杂活的人,她们怎么会在一起?特别是阿胖,这个上海小瘪三,就是一个不成气候的扒手,也与她们搅在一起。他们几个人的故事,说出来恐怕要几天几夜才能说完。要让他们说出他们之间的故事,李茜茜觉得要费一番工夫了。

其实,自从花野洋子把王菊花送进百乐门舞厅后,李茜茜便开始怀疑花野洋子的动机，但当她听到花野洋子对舞厅管事的人说王菊花是来做苦力的时，李茜茜不得不思考，却一直想不明白，八竿子都打不着的两个人，又怎么走到一起了？花野洋子为什么要帮王菊花，难道是同情王菊花？如果花野洋子有这么好的心，就不会进入特高课了。所以，她认为花野洋子把王菊花送进百乐门舞厅肯定是有目的的，或许是花野洋子发现舞厅里一些事情，让王菊花来监视。像王菊花这么老实的人，没有人会怀疑她的动机。因此，李茜茜就多了一个心眼，决定悄悄地跟踪王菊花，看她到底要干些啥事情。昨天，李茜茜看到阿胖帮王菊花拉车，就感觉今天会有人来与王菊花接头，果然，刘嫂与钮佳悦就来了。更主要的是，李茜茜也看到在后面跟踪王菊花的许一晗，因而，便一直躲在窗户后面不敢现身，直到王菊花与刘嫂他们分开后，她才返回舞厅。

第十四章

黑暗中的夜上海

从百乐门舞厅回家后的强哥,简单地收拾了一些东西,出门躲了起来。强哥不得不躲,现在许一晗知道他不但为花野洋子做事,也在为军统做事。以七十六号的行事风格,许一晗肯定不会让强哥有好日子过,她原来答应帮他救父母一事,现在肯定也没指望了。强哥没想到自己只是一个小混混,竟然有这么多人"青睐"他,虽然有那么一点受宠若惊的感觉,但现在的情况是他得罪了所有人,想把父母从花野洋子手里救出,肯定没希望了。强哥欲哭无泪。

东躲西藏了一些日子的强哥,遭受了人生最黑暗的时刻。他不光要躲着特高课和七十六号的特工追查,还要躲着军统的人追查,更要躲着共产党的人追查。因为强哥无论是帮特高课,还是七十六号和军统做事,都是与共产党作对。如今,偌大的上海滩仿佛处于一片黑暗之中,已经没有强哥的容身之地。强哥很想走出上海地界到其他地方去,可途经的地方都在打仗。他从小就在上海滩长大,长大后就一直在上海滩混社会,从没走出过上海一步;假如离开了上海,强哥真不知道这辈子该如何生活下去,最主要的是父母还在花野洋子手里。如果不把父母救出来,就这样离开了上海,强哥又觉得对不起生育养育过他的父母。

时间一天天地过去，强哥觉得再这样躲下去，也不是办法，况且身上的钱已经用完了。要想活下去，首先一条就得有饭吃，强哥便悄悄地潜回家，找到昔日的那些手下借钱，才发现因为他的躲避，那些手下已经投靠别人了。好在一个手下念其旧情，拿出两块银圆给他，又告诉他，花野洋子在满世界寻找他，劝他到南京去避避风头。

听到这个消息，强哥泪流满面，即使去南京，也要有盘缠啊。既然花野洋子现在到处找他，许一晗和李茜茜也肯定在到处找他，上海滩是肯定待不下去了，现在不跑路，更待何时？强哥身上除了那个手下给他的两块银圆外，就一无所有了。在上海，唯一能帮助的人，只有表弟阿胖了。想到此，强哥决定去找阿胖借点钱，如果他没有钱，也要让阿胖想办法弄些钱来。

想起阿胖，强哥又想起了在阿胖家中发现的女人的衣服，而那件衣服就是阿胖念念不忘的钮佳悦的。如果不是他的记性好，又怎么知道那件衣服是钮佳悦的呢？他与李茜茜去阿胖家时，那件衣服不见了，还把有女人居住过的痕迹也抹去了。抹去痕迹，就是不想让别人知道她在那里住过。那天，如果不是警察宋书平的阻拦，错过了时机，强哥肯定与阿胖一起去阿胖家里，也不会错过知道事情真相的机会。钮佳悦在那么短的时间搬走，还抹去了痕迹，说明她非常聪明。如果分析得没错，钮佳悦应该是延安派到上海来的共产党，她应当是花野洋子、许一晗和李茜茜都在寻找的红灯笼，因为钮佳悦的到来，上海发生了许多大事情，如赵长根被共产党接走了，藤原来上海的行踪被泄露，尔后他乘坐的飞机在安徽地界被国军击落，这一切绝不是偶然。如果说钮佳悦真是延安派来上海的红灯笼，那说明她太聪明了，也隐藏得很好，让特高课、七十六号、军统的人在外面像疯狗一样乱扑，却没想到这个人就在她们的眼皮底下做事。想到这一点，强哥更加觉得该去会会阿胖了。

天气越来越冷了，阿胖决定回家取几件衣服。在得到钮佳悦的允许后，阿胖哼着歌儿朝家里走去。

　　阿胖之所以高兴,是因为帮助刘嫂找到表妹,觉得总算做了一件大事情。他知道王菊花对刘嫂的重要性,也知道现在是非常时期,刘嫂和钮佳悦都需要隐藏起来,不能让任何人知道他们的住处,包括王菊花在内。所以,刘嫂与王菊花的联系就靠阿胖。他觉得这是一项神圣而又艰巨的任务,感觉到特别荣幸,因而,他在刘嫂和钮佳悦面前保证,只要他阿胖还有一口气,绝不会让外人知道刘嫂和王菊花之间的关系,更不能暴露刘嫂和钮佳悦是中国共产党的事情。

　　阿胖打开门,发现强哥正在家里,吓了一大跳,惊叫道:"表……表哥,侬咋进来的?"

　　"就你这个破房子,我想进来就进来,想出去就出去。你说在上海滩有难倒我强哥的事情吗?"强哥说完示意阿胖不要大惊小怪,又吩咐说,"不要大声说话。"

　　"咋啦? 表哥? 侬得罪啥人了?"有好些日子没有见到强哥,阿胖突然有些想念这个远房表哥,虽然这个表哥从不讲人情,但阿胖觉得你敬我一尺,我就该敬你一丈。再怎么说,表哥以前也曾照顾过自己。至于去年强哥说他胖,什么事都干不了,已经过去很久了,阿胖也就忘记了,怎么说他们也是亲戚,他不能记强哥的仇。

　　"我来看看你,不行吗?"强哥有些不高兴地说。

　　"阿拉有好些日子没见到侬。这些日子侬去哪里了?"阿胖想起上次因为强哥潜入家里,害得钮佳悦和刘嫂不得不从他家里火速搬出去。如果不是刘嫂的饭馆被永和茶楼老板买下来了,恐怕她们两人至今都没有住处。想到此,阿胖对强哥又有些怨恨。

　　"这话该我问你吧? 我都来你家三天了,都没见你回来。"其实强哥也刚来不久,他是想诈一下阿胖,看看阿胖是不是一直待在家里。如果阿胖回答说他是天天在家,那么说明他没与钮佳悦在一起;如果阿胖不回答,或者他的脸红了,就说明他与钮佳悦在一起,因为阿胖一撒谎脸就红。

　　"阿拉……阿拉……阿拉除了去弄钱外,一直在家。侬撒谎,侬根本没有来阿拉家。"强哥的话问得太突然,让阿胖不知所措,但他想起钮佳悦的话,对谁也不要说在刘嫂饭馆待过,就说在街上混日子,晚上才回家里。

"看看，连撒谎都不会。你的脸红了，被我说中了吧。"强哥本想诈一下阿胖，但阿胖说话结巴，就明白阿胖心里肯定有事，于是，他又问，"那个叫钮佳悦的小姑娘还好吧？"

"啥小姑娘，侬说的那个人阿拉不认得。"阿胖说完又后悔起来，自己曾对强哥提起过钮佳悦。强哥那么聪明的人，肯定会起疑心。

"你就撒谎吧。你脸都红了，被我说中了吧？我还知道，钮佳悦还是从延安来的，她还有一个代号，叫红灯笼。"强哥见阿胖如此在意钮佳悦，说明他们之间的关系匪浅。

"侬胡说。钮佳悦是阿拉的小姐姐，她救过阿拉命，给过阿拉钱。她是好人，不是啥红灯笼。"阿胖急忙辩解道。

"你就不要解释了。我假设她是共产党的红灯笼，又没说她是真的红灯笼，你急个啥？如果她真是共产党的红灯笼，你就要当心了，这事要是被日本人和军统的人知道了，你还有好日子过？我这是为你着想。"强哥知道阿胖虽然老实，但不傻，如果逼得急了，他又提前去通知钮佳悦，钮佳悦又转移了，自己去哪里找她？要证明钮佳悦就是红灯笼，就得找证据。只要有证据证明钮佳悦就是红灯笼，强哥就可以不用东躲西藏，如果他把这件事告诉花野洋子，花野洋子也会把他的父母释放了。但是如果说钮佳悦真的是从延安来的红灯笼，强哥把这个消息告诉花野洋子，那么许一晗和李茜茜也会知道是他去告的密，这两个人追问起来，又该怎么办？还有一点，他强哥以后就是共产党的敌人了，随时都会被共产党追杀。想到此，强哥又头痛不已。

"她不是，不许侬胡说。"阿胖更急了，他不许别人说最尊敬的小姐姐是共产党，哪怕是强哥也不行。

"好了，我不说，可以了吧？我这次找你是有要事的。"

"啥事情？"

"你给我去弄点钱来，我打算离开上海。"强哥不得不做两手准备，万一钮佳悦不是共产党的红灯笼，那么就欺骗了花野洋子，哪里还有好日子过？

"弄钱？阿拉到哪里去给侬弄钱？如果阿拉有钱，也不会去街上当扒手了。"阿胖说的是实话。

"那我就不管了。反正你想办法去。弄不来钱,别怪我无情了。我就告诉日本人,你的小姐姐就是共产党的红灯笼。"强哥见阿胖不吃软的,干脆来硬的,逼着阿胖去给他弄钱。

"好吧,阿拉想想办法。"阿胖见强哥认定钮佳悦是共产党的红灯笼,他正愁如何脱身去告诉钮佳悦,现在就是最好的机会,因而,他就爽快地答应强哥,帮他弄钱。

"你别当面一套,背后一套。"强哥现在顾不了那么多,只要阿胖帮他先弄到钱,他就不怕花野洋子了,也不怕许一晗和李茜茜这两个女人对他的威胁了。

阿胖出去好一阵子,也没回来,强哥心急如焚。他猛然想起,自己让阿胖出去弄钱,这不是放虎归山吗?自己真是聪明一世糊涂一时啊!他就这样把阿胖放走了,阿胖会不会趁机去钮佳悦那里呢?强哥为自己犯的这个过错后悔不已,却听到门外有响动,接着门"吱呀"一声开了。

"是阿胖回来了。"强哥喜出望外,急忙迎了上去,出现在他眼前的却是两个黑衣人,他们手里的枪分别对准了强哥的头。接着,花野洋子出现在强哥的视野里。

"怎么,不认识我了?我找你找得很辛苦啊。"花野洋子没想到在这里见到强哥,心情十分复杂。今天她带人前来抓捕阿胖,没想到遇到了强哥。

自从花野洋子把王菊花送进百乐门舞厅后,名义上是让王菊花摸清百乐门舞厅里的情况,自己却悄悄地躲在暗处,监视着她的一举一动,结果发现阿胖经常神神秘秘地来找王菊花聊天。花野洋子立即派人调查阿胖的底细,结果发现阿胖就是一个扒手。扒手与王菊花又是什么关系呢?花野洋子决定弄清楚。在查清阿胖的住处后,她带领两个特工上门,没想到竟然有了意外的收获。

"花野太君,我……我不是故意躲着你……我是有难处的。"强哥没想到花野洋子这么快找上门来。肯定是阿胖捣的鬼,自己才刚刚来到阿胖家里,花野洋子就算有天大的本事,也不可能这么快找到自己的落脚点,更不可能这么快找上门来。

"屋里另外的人呢?"花野洋子没有见到阿胖。难道是情报出错了? 不可能,阿胖只是一个扒手,到警察局随便一查,就能找到他的家;可强哥怎么会出现在这里,他与阿胖又是什么关系? 花野洋子调查过强哥的背景,他的资料里根本没有阿胖这么一个人。

"另外的人?"强哥一时没反应过来,又问道,"谁?"

"这房子又不是你的。我是问阿胖到哪里去了?"花野洋子有些火了,她真想给强哥一枪。这个小混混,明里一套,背地里一套。虽然强哥的父母在自己手里攥着,他仍一肚子花花肠子。支那人都不能相信,包括许一晗,虽然她在七十六号为日本人办事,可怎么看她也不是真心的,就像上次抓捕赵长根时,她竟然带着手下朝自己人开枪。

"他啊,出去买饭去了。"强哥知道瞒不过花野洋子,又不能实话实说,就撒谎说阿胖出去买饭。强哥现在也只希望阿胖不要这么快回来,一旦回来碰上花野洋子,他的谎言就破了;但强哥又希望阿胖马上回到家里,他可以把所有事推给阿胖,到时就算阿胖有一百张嘴,也解释不清楚了。如果真这样,只能让阿胖当替罪羊了。

"你与他是什么关系? 是不是与他联合起来骗我?"花野洋子死死地盯着强哥,她想从强哥的眼里得到一个准确的答案。根据花野洋子得到的最新消息,强哥与许一晗走得特别近,这说明强哥实在太狡猾了,还脚踏两只船,这样的人就是对大日本帝国的不忠,之所以现在还留着他,是因为还有用得着他的地方。如果不是强哥还有利用价值,以花野洋子的性子,早就把强哥送进了特高课的监狱,让他好好享受一下特高课求生不得,求死不能的刑具的滋味。

"他是我一个远房表弟,平时靠偷别人的钱过日子。"强哥被花野洋子的气势吓得赶紧说了实话。其实强哥明白,就算他不说,花野洋子肯定已经查清楚了,现在只不过是给他机会而已;即使花野洋子不知道,也用不了多久,就会调查得一清二楚,所以,强哥觉得还不如实话实说。

"原来是他啊。我终于想起来了。"花野洋子听到强哥说阿胖是偷东西的,猛然想起去年她去火车站抓捕从延安来的红灯笼时,在百乐门舞厅前面的一条小巷里,被一个胖子抢了小包包,她一把抓住胖子,给了一巴掌后,然后把他撂倒在地上。当时为了赶时间,便没有与那个胖子做过多的纠缠。现在想起来,前两天在跟踪王菊花时,发现与王菊花说话的胖子非常眼熟,一时想不起在哪里见过。经强哥这么一说,她总算解开了心中的疑惑。

强哥见花野洋子的脸色一变,有些害怕与自己有牵连,不由问了起来:"花野太君,你想起谁了……"

"这没你的事,给我住嘴。"花野洋子挥手打断了强哥的问话,仔细回忆起那天与阿胖相遇的事情。那天,花野洋子穿着旗袍跟着上司去应酬,因为时间紧,连旗袍都没换下就匆匆地赶往上海火车站。花野洋子边走边想,如果抓到了红灯笼沈妍冰,她就算立下大功了,可偏偏在百乐门舞厅前面的小巷里被人抢了包。包里倒没什么值钱的东西,可是耽误了时间,前前后后也耽误了好几分钟。待花野洋子赶到火车站时,火车已经靠站,乘客陆续从站里走了出来,她站在出站口一直没有见到照片上的红灯笼。原来是这个胖子在捣鬼,这就说明他与红灯笼是一伙的,现在只要在这里静静地等待阿胖回家,便可实施抓捕。只要阿胖进了特高课,还怕他不说出红灯笼的下落?

花野洋子的脸阴晴不定,强哥越发觉得心虚,害怕她一不高兴,就要了他的命。要保住性命,就要让花野洋子相信自己的话,因此,强哥在花野洋子的脸色定下来后,小心翼翼地说:"花野太君,在下有个不成熟的消息想报告你,但一直苦于没有证据。"

"啥不成熟的消息?"花野洋子觉得强哥的话有些好笑,这个支那人为了保住性命,什么事都会干得出,然而帝国正需要这样的人,这样的人越多越好,便问道,"你有什么话,尽管说出来,我自会辨真假。"

"花野太君不是一直在寻找从延安来的红灯笼吗?我想你在寻找的那个红灯笼肯定不是真正的红灯笼。"强哥尽量把话说得委婉些,害怕花野洋子没听完话,就对他发火,生死就在这话中。

"什么红灯笼不是真正的红灯笼?你到底要说什么,给我说清楚点。"花野洋子没有理解强哥话的意思。

"我是说红灯笼另有其人。"强哥见花野洋子对他的话感兴趣,悬着的心放了下来,又说,"是你们忽略的一个人。那个人叫钮佳悦,我听表弟说她是外地来的,以前住刘嫂饭馆里,后来又住在我表弟这里。我发现后,她就搬走了。"

"钮佳悦?这名字听着很熟悉。"花野洋子在问强哥的同时,脑袋里飞快地搜寻着有关钮佳悦的信息。她突然想起来了:钮佳悦不就是与李思瑶被姐姐花野真衣用计关在上海大桥监狱里的那个支那人吗?后来,她与李思瑶去了重庆,姐姐的死与她有些关联。钮佳悦来到了上海,即使她不是红灯笼,只要找到她,离找到真正的红灯笼也不远了。于是,花野洋子迫不及待地问强哥:"她搬到哪里去了?快带我们去找她。"

"我也不知道她去哪里了,这事恐怕只有我表弟才知道。"

"你说你表弟去买饭了,都这么长时间了,他怎么还不回来?"

"我也不知道。"

"我们就在这里等他,如果你胆敢骗我,我相信你知道后果的。"

钮佳悦与刘嫂正商量如何把情报送出去,然后再把王菊花接过来,门外响起了三长两短的敲门声。

"是阿胖回来了。"刘嫂和钮佳悦一听这敲门声,便知道是阿胖来了。这是她们与阿胖约定的敲门声。除了阿胖和永和茶楼的李老板知道她们住这里和这样的敲门声外,再没有其他人。李老板绝不会在白天来敲门的。

敲门声越来越急促,刘嫂和钮佳悦都警觉起来。刘嫂赶紧掏出手枪递给了钮佳悦,自己则拿了一把短刀藏在身后:"佳悦,我去开门,你警戒。"

门外的人果然是阿胖,刘嫂和钮佳悦都长长地出了一口气。

进到密室后,阿胖上气不接下气地说,"快快……快转移,阿拉表哥说小姐姐是红灯笼,他要挟阿拉来找你们,但阿拉借故跑了。"

阿胖没想到强哥会放他走,但他还是多了一个心眼,出了家门后,走大街穿小巷,又绕了很多路才到刘嫂饭馆的后门,在确定没有人跟踪后才敲门。

"他瞎说个啥?佳悦怎么是红灯笼呢?真正的红灯笼是沈妍冰,她还在延安呢。"刘嫂知道红灯笼是沈妍冰的代号,钮佳悦怎么会成了红灯笼呢？

"强哥说得不错，我的代号就是'红灯笼'。"钮佳悦听到这个消息，心里一惊。这是个绝密消息，强哥是怎么知道的呢？当初，李主任把她派去时，说要派她来上海执行特别任务，代号就是"红灯笼"。李主任还告诉钮佳悦，之所以给她取这个代号，是因为这个代号以前是沈妍冰的。如果敌特知道延安派了一个红灯笼来上海，那肯定是奔着沈妍冰而去，却不知道延安派来的人是钮佳悦；而且钮佳悦从南京下了火车，直奔湖州老家，再从湖州走水路到上海，也是早就安排好了的。这就是花野洋子和许一晗蹲守在火车站出口三天，拿着照片比对，没有等到红灯笼的原因。

"佳悦，这话可不要乱说。"刘嫂和阿胖都惊得合不拢嘴。在刘嫂眼里，延安说派红灯笼到上海，一直以为是派沈妍冰来，因为沈妍冰不但是密码高手，更主要的是她曾在德国留过学，懂得很多。没想到延安派来的人却是钮佳悦，当时她和刘雅诗都非常纳闷。

"我的代号就叫'红灯笼'，不到万不得已，我不会暴露我的真实身份。但我们三个人已经是经历过生死、相依为命的人了，我现在把我的真实身份告诉你们，就是希望你们明白，红灯笼真的来上海了，而日本特高课和七十六号以及军统的人要找的人就是我。"钮佳悦觉得现在应该把她的真实身份公布出来，让刘嫂相信从延安来的红灯笼就在她身边，她更有义务保护钮佳悦开展工作和她的人身安全。

"佳悦，我怎么就没想到呢？"对于钮佳悦承认了她的真实身份，刘嫂除了吃惊还是吃惊。怪不得钮佳悦对发报和监听工作特别熟练，还能很快破译日本人的电码。前些日子，如果不是钮佳悦监听并破译了特高课的电报，又怎么知道藤原来上海的事呢？延安不会派一个没有特长的人来上海与她们开展工作。特别是最近，钮佳悦遇事显得特别冷静，而且基本都有应对的办法。因此，刘嫂感叹地说："其实，我早就该想到你就是从延安派来的红灯笼。"

"刘嫂，阿胖，你们都知道我的真实身份了，也会给你们带来危险。本来，我不想告诉你们的。既然强哥猜出了我的身份，我也不得不告诉你们了。强哥肯定会向特高课或者七十六号透露我的身份，也就是说，我们现在的处境万分危险。"钮佳悦冷静地分析道，"既然强哥把阿胖放走了,就说明他准备放长线钓大鱼。我们不能上这个当。现在,阿胖就住在这里,暂时不要出去了。刘嫂,你要想办法让永和茶楼的老李去打听消息。"

"好的,我们都听你的。"刘嫂长长地出了一口气。

"我们现在要保持无线电静默了。我想,花野洋子他们肯定会派人寻找我的下落。"钮佳悦没想到强哥那么聪明,竟然能猜出她的身份。尽管钮佳悦知道她的身份迟早会暴露,却没想到会这么快,强哥上次偷偷地翻进阿胖家里,肯定发现了什么。

"那,我们现在该干些什么工作?"刘嫂虽然在上海潜伏了很多年,但为了保密和工作的需要,她一直在这家饭馆里,只与刘雅诗联系,刘雅诗与赵长根去延安后,她才和上级党组织派来的联络人也就是永和茶楼的老李接头。该做什么工作,还得等老李的指示。

"既然强哥猜出了我的身份,那我们就以静制动。但是,这个地方迟早会暴露的,也就是说花野洋子肯定会想到我们待在这里,如果那时候我们还没有走,只能束手就擒。你赶紧想想,我们还有什么地方可以去。"钮佳悦在想,花野洋子以前不知道自己就是红灯笼,所以不会往刘嫂已经关闭的饭馆方面想,如果待她反应过来,肯定会知道最危险的地方往往最安全。无论如何,她都会派人来搜查这里。

"除了永和茶楼,还真没有去处了。"刘嫂有些为难,早知道是这样,当初为什么没有多准备几个隐藏的地点呢?

"对,永和茶楼的地窖,只是不太方便。"钮佳悦也只能想到这些。

"等我马上去茶楼与老李联系。让他准备准备。"刘嫂有些无奈。

花野洋子在阿胖家里等了很长时间,都没见阿胖回来,猛然想起阿胖曾与王菊花联系过。既然阿胖认识王菊花,那么王菊花也认识阿胖,只要找到王菊花问清楚,那么事情也就一目了然了。花野洋子让两名特工押着强哥留在阿胖的家里等待阿胖回来,她自己直奔百乐门舞厅去了。

花野洋子来到百乐门舞厅时,王菊花刚刚送完垃圾回来,坐在舞厅后门边休息。王菊花正纳闷阿胖今天为什么没有来找她时,抬起头来看到走路没有声音的花野洋子,惊得合不拢嘴,急忙站了起来,说道:"恩人,你今天怎么有空来了? 我身上很脏,没办法招待你。"

"你的工作还好吧,累不累?"花野洋子上下打量着王菊花,心想,当初从别人的手里把王菊花救下来,就想着有朝一日能用到她,原本让她来监视百乐门舞厅里的军统,没想到歪打正着,她竟认识共产党,说不定认识的人里就有红灯笼,真是"踏破铁鞋无觅处,得来全不费工夫"。

"多谢恩人,你不但救了我的命,还帮我找了这么好的一份工作。"王菊花打心里感谢花野洋子。

"王菊花,我听阿胖说,你在上海有亲戚,你为什么不去投靠他?"花野洋子说这话时,眼睛一直盯着王菊花,想从她的眼睛里看出她是不是在撒谎。

"我以前对你说过,我是来上海投靠我的表姐,但一直没找到她。前几天,我去倒垃圾时碰到阿胖,他说我表姐就住在附近。第二天,他就带表姐来见我。"王菊花见花野问起她亲戚的事,便全都说了出来,又说,"我本来想去我表姐家里坐坐的,可她说现在不太方便,等方便的时候,她就来接我。"

"这么说,你不知道你表姐住哪里?"花野洋子有些气馁,王菊花竟然没有去她表姐家里。

"我表姐以前是开饭馆的,她说前些日子饭馆里出了事,就把饭馆卖了,现在也居无定所。"王菊花也一直很纳闷,表姐开饭馆开得好好的,怎么又出事了,还把饭馆卖了。

"其实,你表姐根本没有把饭馆卖了,她在撒谎。我昨天还去她的饭馆吃饭呢。她这样对你说,是怕你去打扰她,吃她的住她的。"花野洋子见王菊花不像是在撒谎,觉得有戏,便谎称刘嫂嫌弃王菊花。

"你说的是真的? 我表姐没有卖饭馆? 难道她真的嫌弃我?"王菊花的脸色马上黯淡下来,心里在想,表姐竟然是这样的人。当初在信上说好到十六铺码头接自己,结果在那里等了一天,也不见她人来。令王菊花生气的是她好不容易到城里时,又被恶人欺负,要不是花野洋子救了她,她早就一命归西;表姐还不如一个外人,而这个外人还是一个日本女人。

"我什么时候骗过你？阿胖还说你是从乡下来的，什么特长都没有，只知道吃，什么事都做不了。"花野洋子见王菊花上钩，心里不由乐了起来，但她不动声色，又说，"我真为你感到不公，真应了那句'远亲不如近邻'的话。王菊花啊，你不要想得到你表姐的任何帮助了，你以后就在这里好好地干吧。我与这里的老板很熟，再让他给你涨些工钱。等你有了钱，也开一家饭馆，就开到她的对面，气死她。"

"谢谢恩人。我会努力把活做好。"王菊花说这话多少有些失落感，她从小与刘嫂一起玩，两人虽然是表姐妹，但比亲姐妹还好。可现在表姐已经不是以前的那个表姐了，自己前来投靠她，她居然拒绝自己去她那里。

"只要你努力干活，会挣到很多钱的。"花野洋子说完，又问道，"你表姐一个人在上海吗？她叫什么名字？她男人呢？"

"我表姐叫刘雅芝，还没有结婚，她来上海后人家都叫她刘嫂。她还有一个妹妹也在上海，叫刘雅诗。刘雅诗年纪比我小，是我的表妹。上次我见到表姐时，问过表妹的事，她说表妹出远门了，等回上海就来看我。这么些日子，也没见她来看我。"

"你还有个表妹，叫刘雅诗？"花野洋子听到刘嫂叫刘雅芝时，心里就感觉不妙，在听到"刘雅诗"三个字，心里升起一股无名火。她与刘雅诗太熟了。刘雅诗明面上是上海公济医院里的医生，却借当医生做掩护，给共产党传递情报。花野洋子曾多次去公济医院追查共产党，都被刘雅诗巧妙地掩护过去。上一次，也是刘雅诗救走赵长根并带他到延安。花野洋子没想到刘嫂与刘雅诗竟然是亲姐妹，她们的名字也只差一个字。怪不得去年在捣毁一个共产党的联络站后，刘雅诗就不见踪影，后来干脆向医院请了长假，原来她在策划一个更大的计谋。

"是啊。刘雅诗是一名医生，她读的医学，是我们亲戚里最有学问的人，也是我们亲戚里最受尊敬的人。有一年回家时，她给我们每个人都看过病。只是，后来我的姑父姑母去世后，她姐妹俩就再也没回来过。如果不是我的男人死了，我也不会来上海找她们。"王菊花说着眼里噙满了泪水，丈夫被日本人杀了，可眼前这个日本女人又是她的救命恩人。此时此刻，她不知道该不该恨日本人。

"刘雅诗的确是个医生,我也找她看过病。"花野洋子顺着王菊花的话往下说,又说,"王菊花,你表姐表妹都挣上钱了,可她们不愿意让你去她们那里住,你应当找她们讨一个公道。"

"这个?"真要去找刘嫂,王菊花又有些不愿意。刘嫂曾说过,她现在居无定所,等安顿好了就来接她。如果自己去找她,又到哪里去找呢?对了,阿胖好像说了一句,他们就住在附近。反正现在有空,何不趁这个机会去找找他们?说不定在街上就碰到他们了。只要找到他们,一定要问个清楚。

"对了,王菊花,与你表姐一起的还有什么人?"花野洋子不能错过任何一个细节,她要问清楚。

"有一个十多岁的小姑娘。这个小姑娘看起来非常聪明,好像叫什么佳悦的,阿胖叫她小姐姐,至于姓啥,我就不知道了。"钮佳悦给王菊花的第一个印象,就是非常聪明,也不轻易说话。王菊花只是听到刘嫂叫她"佳悦",忘记问她姓什么。

"你现在就去找你表姐吧。遇到她时,不要说这些事是我告诉你的,不然,她会不承认的。"花野洋子见王菊花已经完全相信自己的话,心里不由大悦。

王菊花谢过花野洋子,便独自出了舞厅的门向前走,花野洋子冷笑一声,也悄悄地跟了过去。

就在花野洋子走出舞厅后门后,李茜茜从门后走出来,轻轻地叹了一口气。

强哥失踪了,许一晗有些着急了。或许强哥知道了一些秘密,被李茜茜软禁起来了,也或许是强哥听到了什么风声,逃跑了。看来,目前只能厚着脸皮去找宋书平。虽然自那次宋书平被花野洋子强行带走后,许一晗便再也没有见过他,但她相信宋书平会站在她这一边。她和宋书平同为中国人,一起为日本人办事,干着同样不如意的工作,过着同样不如意的生活。如果不是日本人压着,许一晗相信宋书平会挺身而出。说白了,她和宋书平都是不甘心站在别人屋檐下的人,只是还没有遇到翻身的机会而已;一旦有了翻身的机会,他们会毫不犹豫地拿起手中的武器与日本人对着干,让他们拜倒在她的石榴裙下。

许一晗不想别人知道她去找宋书平,因此在出了七十六号的大门后,步行了好远,才拦了一辆黄包车悄悄地去宋书平巡逻的地方。许一晗在离宋书平巡逻不远的地方下了车,付了车钱,走到没人的地方,拿出准备好的帽子戴上,尔后犹豫了一下,又拿出一个口罩戴上。

许一晗看到宋书平时,发现他与往常没两样,正满脸严肃地与几个警察在永和茶楼前巡街。许一晗觉得这样的宋书平更酷,更有男人味。其实没有哪个女人不怀春,没有哪个女人见到帅气的男人不想入非非,何况像宋书平这样的男人,十个年轻女子见到他,十个都会想投入他的怀中。如果不是在七十六号做事,许一晗觉得自己与那些年轻女子没有两样,一定会奋不顾身地投入宋书平的怀里,然后与他厮守一生。可宋书平这个疯子,情愿去找妓女,也不愿意与她有任何瓜葛。

"宋书平,你给我站住。"尽管许一晗对宋书平说话时想显得温柔些,但还是改变不了她那种自以为是的优越性,话中带有一种命令的口气。

"许一晗?"宋书平从声音上听出站在眼前的这个女人是许一晗,随即就笑了,"大白天,你把自己包裹得这样严实,是怕晒黑了,还是脸上长了什么东西,怕见人?"

面对宋书平的调侃,许一晗想发火,又想起刚刚对宋书平的语气不对,自己现在可是背着花野洋子来找他办事的,于是,她换了口气,说:"宋书平,有空吗?我想给你聊点事,不会占用你很多时间的。"

"好吧,我也正好有空。"宋书平说完,又吩咐了那几个警察几句,便与许一晗去旁边的永和茶楼里,找了个安静的位置坐了下来。

"这么长的时间,为什么不与我联系?"许一晗像许久未见到恋人一样撒起来娇。

"这不是工作忙吗?局里现在让我们一天二十四小时都要巡逻,说现在是军统和共产党正疯狂的时候。如果我不好好巡逻,万一出了事,日本人就要拿我们局长说事,我们局长还不是拿我们警察说事,到时候谁也逃不了。"宋书平解释说。

"好了,不说那些事了。你知道强哥的消息吗?我有好些日子没有见到他了。"许一晗迫不及待地问道。

"我正想给你说这事。中午时分,我们在巡街时,发现强哥被花野洋子的人抓住了,现正关在一个地方。如果是别人抓了强哥,我们可以把他解救出来,可是日本人抓的……"宋书平说到这里故意不说下去。

"那怎么办?"许一晗没弄清楚宋书平的意图。

"怎么办?你算是问我吗?是你要找强哥的,又不是我要找他。"宋书平说完眼睛死死地盯着许一晗,尔后又说,"听说他得到了很多关于共产党的消息,花野洋子怕他跑了,就派了两个人把他保护起来。说是保护,其实就是把他抓了起来。"

"你的意思我懂了。我这就去把强哥救出来,让他把消息告诉我。"许一晗又怎能不明白宋书平的意思,只是她想等宋书平亲口说出来,可宋书平就是不说,让她自己去猜他话中的意思。

"我可什么都没有说啊。"宋书平笑着说,"你可不要乱理解我的意思啊。"

"你……你啊,真是越来越狡猾了。让你当警察,真是委屈了你这个人才。"许一晗似笑非笑地说,忽然发现宋书平是一个非常聪明的人,为什么会满足做一个小警察呢?难道他就不想出人头地?

第十五章

坚不可摧的信仰

　　只要王菊花能找到刘嫂,就等于找到了钮佳悦。无论钮佳悦是不是共产党的红灯笼,只要抓住她,一审就全知道了,何况她还只是一个十多岁的女孩子。花野洋子不由冷笑起来,但她的脚步也没有停下来,不紧不慢地跟着王菊花往前走。王菊花来上海的时间不长,又是个乡下女子,根本没注意到身后有人跟踪她,所以,花野洋子大胆地跟踪着王菊花。

　　王菊花其实也不知道刘嫂现住在哪里,在大街上漫无目的地乱走,在刘嫂饭馆前停了下来。在老家时,王菊花听老乡说过,刘嫂在上海的饭馆开得有声有色。她来上海这么长时间了,现在才来到刘嫂饭馆前。只是刘嫂饭馆的大门紧闭,除了招牌还没摘除外,看不到一点生机。到底出了什么事,让刘嫂把饭馆都关闭了?王菊花不知道原因,但记住了花野洋子的话,刘嫂肯定有什么事瞒着她,要不然,谁愿意把好好的饭馆关了?如果刘嫂的饭馆真的开不下去了,那她为什么不回老家?

　　王菊花不知道刘嫂到底在做什么,那天见面时,刘嫂也是偷偷摸摸的样子,害怕被人发现,特别是她身边的那个小女孩,虽然说话不多,但一眼就能看出,她是一个聪明人,刘嫂也好像看她的眼色行事。阿胖只是一个跑腿的人。他们三个人也不像干大事的人,为什么都是神神秘秘的样子呢?

王菊花觉得刘嫂饭馆好大,比她老家的房子还大,只是这么大的饭馆说关就关了,有点可惜。最终,王菊花有些恋恋不舍地离开刘嫂饭馆,往前面走去。走到前面有一个胡同,王菊花感到好奇,便走进了胡同。胡同里另有一番景象,王菊花像是回到了江南水乡的小城。

王菊花沿河往前走,不知不觉来到刘嫂饭馆后面,看到饭馆还有一道比较隐秘的后门。王菊花正想上前看个究竟时,门"吱呀"一声,被打开了。王菊花顺着声音看去,看到手里拿着一个包袱的刘嫂从屋里出来,便大声叫道:"表姐? 真的是你吗?"

刘嫂被王菊花的喊声惊了一大跳,抬头看到是王菊花时,不由愣住了,她已经让阿胖对王菊花说过,没有事就不要找她,他们之间的联络由阿胖传递,王菊花突然找上门来了,而且是在鲜为人知的后门。于是,刘嫂问道:"菊花,你怎么来了? 这样吧,你先回去,我还有事情要做。"

果然,如花野洋子所说,刘嫂不愿意接待自己,肯定有事瞒着自己,或者说刘嫂根本看不起自己这个从乡下来的穷亲戚,王菊花感到特别委屈,又憋了一肚子气,有些不高兴了,便质问起刘嫂:"表姐,你为啥这么不待见我? 是不是有钱了,就看不起我这个穷表妹了?"

"菊花,你误会了。我真的有事,改天我再来找你。"刘嫂刚刚把钮佳悦和阿胖送到永和茶楼,自己回来是取一些日常用品,没想到碰到了前来找她的王菊花。王菊花能找到这里,肯定不是她的本意。王菊花是被花野洋子救走的,她到百乐门舞厅做工也是花野洋子介绍的,如果她受花野洋子的指使来找自己,那可就麻烦了。王菊花已经误会自己,如果长时间给她解释,谁知道会发生什么事情? 得赶紧把王菊花打发走,自己以后再向她解释。刘嫂打定主意,便对王菊花说:"菊花,表姐我今天真的没有空,等有空了,我向你解释……"

"你不用解释了。"花野洋子突然出现在王菊花身后,她冷冷地说,"王菊花,我说的没错吧,你的表姐现在发财了,就看不起你这个穷亲戚了。"

"表姐,她说的是真的吗?"花野洋子的突然出现,让王菊花吓了一大跳,但她觉得花野洋子的话有道理。

"原来是你。"刘嫂发现她的猜测没错,王菊花果然是受花野洋子的指使来这里找她的,但她又不能当着花野洋子的面向王菊花解释。

"刘嫂,没话可说了吧?"花野洋子得意扬扬地说,"你丢下王菊花,是嫌她刚从乡下来,你不去码头接她,就是不想见到她。现在她找到你了,你又推说有急事。你说啊,你到底有什么急事?"

花野洋子的煽风点火,让王菊花对刘嫂产生更大的误会。刘嫂知道自己有口难辩,想解释又不能解释,想走,退路已经被花野洋子封住了。看样子,今天是真的走不了了。好在已经把钮佳悦和阿胖送走了,要不然就会被花野洋子堵在这里。刘嫂叹了一口气,自己没有被强哥出卖,反而被自己的亲表妹堵在这里。

"刘嫂,只要你说出钮佳悦在哪里,我就说服王菊花,让她给你道歉。"花野洋子知道刘嫂现在已经是自己手里的肉,想怎么割就怎么割。

"你想知道钮佳悦在哪里,做梦吧。"刘嫂已经下定了决心,就是死也不能说出钮佳悦在哪里。

"既然你不愿意说,我也不勉强。这样吧,跟我去一趟特高课吧,我想那里的刑具会让你说实话的。"花野洋子一挥手,身后就窜出三个日本特工,一起朝刘嫂扑去。

刘嫂丢下包袱,手里多了一把手枪,朝扑上来的一个特工就是一枪,那个特高课特工应声倒下,另外两个特高课特工已经到了刘嫂身边,刘嫂身子一闪,直直朝花野洋子扑去。花野洋子下意识抬手就一枪,击中刘嫂胸口。刘嫂倒在地上,鲜血汩汩流出来,抬起右手指着王菊花想说话,话还没有说出口,她扬起的手臂就滑落了下去。

一场变故在很短的时间内就结束了,王菊花也傻眼了,此时才明白自己上了花野洋子的当。花野洋子这个日本女人虽然看上去很温柔,其实特别凶狠。王菊花也才明白表姐把饭馆关了,是在干一件大事,而自己坏了她的大事,还导致她丢了性命。

"花野洋子,你这个日本女人,好心狠。"王菊花反应过来,也朝花野洋子扑去,但花野洋子身子一闪,王菊花就扑倒在地上,还没有爬起来,花野洋子就走了过来,在她身上使劲踢了几脚,骂道:"你这个支那猪,以为我救你是单纯救你吗?我是在利用你这个支那猪。既然刘嫂已经死了,你也就没利用的价值了,去死吧。"

花野洋子的话音刚落,手中的枪也响了,王菊花的胸口顿时鲜红一片,她使劲地往刘嫂身边爬去,但还没有爬到刘嫂身边就断了气。

刘嫂至死都不说出钮佳悦的下落,花野洋子特别气馁。花野洋子想,支那人的骨头就是硬,情愿死也不出卖自己人。如果所有的支那人都像刘嫂那样,那么帝国又岂能有战胜的希望?刘嫂死了,能找到钮佳悦的唯一线索也断了,花野洋子垂头丧气地往阿胖家里赶去。

等花野洋子一行人扬长而去后,李茜茜才从暗处走了出来。看着地上刘嫂和王菊花的尸体,不由长叹了一口气。李茜茜以前曾多次到刘嫂饭馆吃过饭,刘嫂的热情和风趣,令李茜茜觉得刘嫂就是一个热心肠的人。只是她万万没想到刘嫂竟然是共产党,而且还隐藏得这么好。她也佩服刘嫂的勇敢,宁愿死也不愿意出卖自己的同志。如果军统的人都能像刘嫂一样,也就不会存在那么多军统特工在被捕后投降变节,为七十六号和特高课做事的现象,隐藏在上海的军统站也不会遭受巨大的破坏。

李茜茜又看了一眼王菊花,心里有些不是滋味。这个乡下女人真是成事不足败事有余啊,但李茜茜却对她恨不起来。如果中国不被日本人侵略,王菊花又怎么会从乡下来上海?她完全可以过上幸福美满的生活。如果不是中国贫穷落后,王菊花也许会读一些书,学习文化,有了文化,她又岂能被花野洋子所骗?如果不是她上了花野洋子的当,刘嫂又怎么会死呢?刘嫂不死,她就会很快知道从延安来的红灯笼的下落了,现在倒好,刚刚得到的线索又中断了。李茜茜急切需要确切的证据来证明钮佳悦就是从延安来的红灯笼。当初,李茜茜把钮佳悦救到百乐门舞厅,准备送她去谷海山那里辨别一下,却杀出了一个宋书平。可恶的宋书平坏了她的好事,要不然,当初只要证明钮佳悦就是钮卫国的妹妹,那就可以证明钮佳悦是从延安来的。钮佳悦到上海与延安派红灯笼到上海的时间相同,即使她不是红灯笼,那她也肯定知道谁是被延安派到上海的红灯笼。可是没有如果,李茜茜不由再次叹了一口气。这都是宋书平的错,想到宋书平,李茜茜觉得他是一个深不可测的人。令人想不到的是,他常常出现在他不该出现的地方。宋书平到底是什么人?谷海山已经说过,他不可能是军统的人,也不可能是中统的,但他与许一晗走得特别近,难道他是七十六号的人?可又不像。李茜茜怎么看宋书平都像是共产党的人。如果宋书平真是共产党的人,那么上次他是故意放走钮佳悦,这就说明他知道钮佳悦是共产党。现在只要找到宋书平,或许离事情的真相就不远了。

想到此,李茜茜转身就离开,但走了几步,又回身过来,拿出一张纸片匆匆地写了一行字,把纸片放进了刘嫂的口袋里,随后,便急匆匆地离开了。

许一晗悄悄地来到阿胖家门前,悄悄地向里面望去,发现强哥被绑在一把椅子上,花野洋子留下的两个特工正在一边抽着香烟。要把强哥弄出来,必须解决掉那两个看守人员。许一晗想了想,便轻轻地敲了敲门,一个看守立即拔出手枪来开门,见是许一晗,厉声问道:"干什么的?"

许一晗便拿出证件说:"七十六号的。"

那个人接过她的证件看了看,说:"原来是许副处长啊。怎么?来找我们玩玩?"

日本特工的淫笑让许一晗很是反感,要想让他们放掉强哥,那是不可能的事,只好赔着笑说:"我想找你们玩玩,又怕你们花野太君吃醋,你们就不怕她吗?"

许一晗虽然嘴上这样说,却一只手搭在了这个特工的肩上,另一只手在这个特工的脸上摸了一把,那意思非常明显,她要挑逗这个特工。特工没想到许一晗会主动挑逗他,也放松了警惕,一把抱住了许一晗,就要亲她的脸。许一晗推开特工的脸说:"这里还有人呢,要不我们到里屋去?"

许一晗妩媚一笑,这个特工顿时像丢了魂一样,连忙点头。许一晗又让另一个特工也跟着进去,那个特工没想到她竟然这么开放,便也跟着进去。刚进屋,许一晗关了门,手中不知什么时候多了一把刀,她一挥手,就一刀抹在一个日本特工的脖子上,与此同时,她一脚踢在另一个日本特工的下身,另一个日本特工也应声倒在地上,许一晗不由分说,急忙扑了上去,一刀刺进了他的胸口。只在一瞬间,许一晗解决了两个看守强哥的日本特工,不动声色地走出房间,给强哥松了绑。

“他们人呢?”强哥见两个看守他的日本特工没有出来,不由问道。

“被我杀了。”许一晗说这话显得特别轻松,好像她杀人与踩死一只蚂蚁一样,又说,“你不想走吗? 等会儿花野洋子回来了,你能说清楚她的两个手下不是被你杀的?”

“走,走走。”强哥突然觉得许一晗比他想象中还厉害,还要凶狠。

强哥跟着许一晗一路小跑,心里有些不是滋味,边走边想,别看她只是一个弱女子,杀起人来居然那么干脆利落。

在一处偏僻的地方,许一晗突然停下了脚步,死死地盯着强哥,问道:“你是不是有事瞒着我?”

“没有。我有啥事瞒着你?”强哥不知道许一晗冒着得罪日本人的风险来救他的原因,本来,他应该感谢许一晗的救命之恩,但他觉得对方救他是有目的的。

“这些日子你为啥躲了起来,花野洋子找到你又把你绑了起来,还不是怕你逃跑了。如果你没有利用价值,花野洋子抓你干什么?”许一晗不傻,她听宋书平说过,强哥知道关于共产党的许多消息。这么说来,强哥或许知道了从延安来的红灯笼的消息,要不然,花野洋子为啥要花那么大的力气来抓他? 因此,许一晗决定试着诈一下他:“既然你已经知道红灯笼的消息了,为什么不告诉我? 难道你只告诉花野洋子? 难道你不知道花野洋子是日本人,是特高课的人,她从你那里得到了消息,她会放过你吗? 她会放过你的父母吗?”

“这事你从哪里听来的,我根本不知道。”听到许一晗说出红灯笼的事时,强哥傻眼了,这事只是自己的猜测,这个猜测他只告诉了花野洋子。花野洋子之所以把他绑在阿胖的家里,是因为她去求证了。如果证实了钮佳悦是红灯笼,那么花野洋子或许会把他的父母放了。可现在许一晗也知道了这个消息,如果他不告诉她实话,她会把他怎么样？

"你别给我演戏。我知道的比你想象的还要多。阿强，现在不说实话也可以，如果花野洋子知道屋里的那两个日本人是你杀死的，你猜你的结局会怎样？"许一晗已经看出了强哥在撒谎，不给他来点硬的，他还以为自己那么好欺骗，又说，"你不但为花野洋子办事，还给军统办事，是几头得好处。如果我把你为军统办事的消息透露给花野洋子，你猜你的后果又会怎样？说不说，随便你。"

"你……"强哥自以为是个聪明人，今天在许一晗面前，他只是一个小学生。许一晗不但聪明，还是一个凶狠的女人。如果今天不把自己猜测钮佳悦就是红灯笼一事告诉她，恐怕他等不到花野洋子和李茜茜来，许一晗就会先解决了他。许一晗不但身手了得，还特别凶残；比如在刚才，她一个人在短时间里连续杀死两个日本特高课的特工，这可不是一般的人能做到的。

"那你跟我回七十六号吧，让他们来问你，你的事我就不管了。"许一晗拼命把强哥救出来，他居然敢闭口不交代。如果不是为了找红灯笼，她岂能忍到现在？直接把强哥抓回七十六号，随便安个罪名，他不说也得说。只是抓住红灯笼是一个天大的功劳，她不能让七十六号里任何人插手，更不能与他们分享这份功劳。

"我说，我说。"强哥真怕许一晗把他抓回七十六号，那可不是闹着玩的。凡是进了七十六号的人，没几个能活着出来。以他强哥这个小身板，七十六号的刑具恐怕用不了几件，他就会把所有的事情都说出来，还不如现在就告诉许一晗，免得受皮肉之苦。因此，强哥把他猜测的事全部说了出来，又说："我敢肯定，钮佳悦就是从延安来的红灯笼，而且这事只有我的表弟阿胖知道，只要找到他，就能证明一切了。"

"阿胖现在在哪里？"如果证明了钮佳悦就是共产党的红灯笼，那离抓住她只有一步之遥了。

"我也不知道阿胖去了哪里，说是出去买饭，到现在都没回来。"强哥的确不知道阿胖去哪了，现在想来，阿胖肯定去报信了。但强哥不敢把这件事说出来。

"就是把上海滩挖地三尺，也要把阿胖找出来。"许一晗狠狠地说。

花野洋子回到阿胖家里,发现她的两个手下已经死了,血迹都没有干。花野洋子有些后悔,为什么不让手下把强哥一起带走呢?现在不但手下死了,强哥也没有了踪影,真是赔了夫人又折兵。

花野洋子又仔细查看屋里的情况,虽然有打斗的痕迹,但两个人都是一刀毙命。花野洋子不由皱起眉头来,好专业的手法。如果不是经过特殊训练,怎么能在短时间内击杀两个经过特殊训练的特工?况且,他们俩连枪都没有来得及掏出来,就失去了反抗的机会。对手太可怕了!会是谁呢?是军统的人,还是共产党的人?

花野洋子的眼睛红了,回去怎么向上司交代?

“钮佳悦,这笔账该算在你的头上。”花野洋子咬牙切齿地说,然后快步走出阿胖家。

钮佳悦与阿胖在老李的茶馆里左等右等也不见刘嫂回来,心里有了一种不祥的预感。就在钮佳悦焦急的时候,老李脸色苍白地走了进来。

“出啥事了?”钮佳悦问道。

“真出事了。刘嫂牺牲了。”老李自责地说,“真不该让她回去取东西。这么危险的事情,怎么让她去呢?那房子是我盘下来的,我是房主,该我去啊。”

“刘嫂牺牲了?她是怎么牺牲的?”刘嫂就这么牺牲了,事情来得那么突然,钮佳悦心里说不出的酸楚,一屁股坐在凳子上,脑子里一片空白。就这么一会儿,一个活生生的人就牺牲了,钮佳悦根本不相信,使劲拧了大腿,腿上的疼痛让她清醒过来,眼泪却止不住流了出来。别看刘嫂平时是一个大大咧咧的人,可做起事情来又是那么认真,特别是在革命工作上,可以说是一丝不苟,即使遇到困难,也从不退缩。为了革命,她至今还没有结婚,把青春和大好年华奉献给了党,没有一句怨言。

“当时,我听到枪声,怕有埋伏,等了一会儿才过去,只见刘嫂已经倒在血泊中。”老李流着眼泪掏出一张纸条,说,“这是从她的口袋里搜出来的一张字条。"

钮佳悦接过字条一看，上面只有一行字："杀死她的人是日本特高课的花野洋子。"字体娟秀，钮佳悦看着字条，突然想起她看过李茜茜写过字，"这好像是李茜茜的字体，到底是李茜茜杀死了刘嫂，还是花野洋子呢？"

"对，我看到李茜茜急匆匆地从那边走了过来。"老李已经看过了字条上的字，也一时说不清到底是谁杀害了刘嫂，因而，他提出了他的怀疑，"假如是李茜茜杀害了刘嫂，嫁祸于花野洋子呢？我们又不能找花野洋子对质。"

"不会是李茜茜。虽然她是军统的人，我还是比较了解她的，她不可能杀害刘嫂。可是她看到刘嫂被花野洋子杀害，又为什么没有出手相救呢？"钮佳悦虽然与李茜茜只有短暂的接触，但了解她的为人。她留下字条说是花野洋子杀害刘嫂，那么她没有出手相救，有可能是因为花野洋子带的人多，她不是对手，或者刘嫂不是他们军统的人，她没有必要冒着危险相救。只是刘嫂就这样牺牲了，钮佳悦感觉特别孤单。自从刘雅诗带着赵长根去了延安后，她就与刘嫂相依为命。在工作中，两人配合得特别好；在生活上，刘嫂就像一个母亲一样照顾她和阿胖。可以说刘嫂是一位不是亲人胜似亲人的革命同志。现在刘嫂牺牲了，还留下许多没做完的工作，这一切都落在钮佳悦的身上。她长长地叹了一口气，接下来的路更难走了，好多危险的工作不但要完成，还要很好地完成，只是以前很多工作都是刘嫂接洽的，自己对这一切都是陌生的，要很好地完成刘嫂留下的工作，难度太大了。

"刘嫂的遗体在哪里？我想去看看？"钮佳悦从悲伤中醒悟过来，迫不及待地问老李。

"我已经命伙计悄悄地把她的遗体拉了回来，放在后面柴房里。等你给她告个别，然后就送出城外去安葬。"老李说完也长长地叹了一口气。每次看到自己的同志倒下，老李就心如刀绞。像刘嫂这样在上海倒下的同志很多，每送走一个牺牲的同志，老李都会泪如雨下。如果不把日本鬼子赶出上海，赶出中国，他还要继续把牺牲的同志送出上海城，直到他也像倒下的那些同志一样，别人再把他送出城。

钮佳悦跟着老李来到柴房里,看到阿胖已经哭成泪人。钮佳悦看到一直哭的阿胖,再看到刘嫂的遗体,眼泪在眼眶里直打转转。她在心里叮嘱自己千万不要哭出来,可还是没有忍住,扑在刘嫂的遗体上痛哭起来。

"佳悦,节哀顺变。现在不是我们悲伤的时候,我们得想办法,把刘嫂送出城去安葬了。"老李急忙劝钮佳悦。老李知道,无论哪个孩子在失去亲人时都会有如此表现。虽说钮佳悦是一名共产党员,但她还不到二十岁,还是一个孩子,她与刘嫂的感情不只是同志关系那么简单,她们把相互的生命融为一体了。

"谢谢李叔,我失态了。"钮佳悦在老李的劝说下,停止了哭声,又劝阿胖,"阿胖,你也不要哭了,我们一定要替刘嫂报仇。"

"小姐姐,阿拉记住了,一定要为刘嫂报仇。"阿胖听了钮佳悦的话,止住了哭声,但还是悲从中来,扑在钮佳悦怀里。阿胖唯一的亲人本来是强哥,可强哥从不管他,只有刘嫂这个素不相识的人关爱他,给他吃的,鼓励他。刘嫂的牺牲,让阿胖像是失去了半边天,他岂能不悲伤?现在,钮佳悦成了他唯一的亲人。他与钮佳悦原本不相识,但在茫茫人海里,他们相遇了,成了最亲的人。

"你们先与刘嫂的遗体告个别吧,我再让伙计把她送到城外去安葬。"老李悄悄地拭去眼角的泪水,又说,"刘嫂的遗体不能长时间放在城里,我害怕日本人会查到这里,那就麻烦了。"

在与刘嫂的遗体做完告别后,阿胖像失了魂一样,钮佳悦看在眼里,疼在心里。她知道在老李的茶馆里也不能长时间待下去。老李也要马上转移。钮佳悦面对的敌人不只是花野洋子和许一晗,是所有的侵略者和汉奸,与他们战斗,需要的不只是勇气,还有智慧。

在安抚好阿胖后,钮佳悦轻轻地叹了一口气,未来的道路肯定坎坷不平,但也一定要走下去,哪怕失去了生命,也在所不惜,因为心中的那份信仰在支撑着她。

第十六章

仍没结束的战斗

　　许一晗一直念念不忘追查钮佳悦的下落，在得知刘嫂已经被花野洋子打死后，她把花野洋子的十八代祖宗骂了个遍。现在知道钮佳悦下落的人只剩下阿胖了。要找到阿胖，必须让强哥亲自出马，因为强哥与阿胖是表兄弟，强哥也熟悉阿胖的活动轨迹。要让他安心地替她找到阿胖，必须许以重诺。于是许一晗对强哥说："阿强，只要你找到阿胖，我保证把你的父母救出来，还会给你很多钱，安排你们离开上海，去别的地方生活。当然，我也会保证你的安全，绝不会让花野洋子伤害你。"

　　"你说的是真的？你必须保证，不能对阿胖痛下杀手，也不能拷打他。"强哥没想到许一晗不惜得罪花野洋子来救他，他已经欠了许一晗一个人情，现在是报答许一晗的时候。但是强哥也明白许一晗的为人，如果阿胖不说出钮佳悦的下落，许一晗一定不会对阿胖手软，他该怎么办？在上海滩，除了父母，阿胖就是他唯一的亲人了。

　　"你放心，只要你把阿胖带到这里来，让他说出钮佳悦的下落。这里又不是七十六号，是我的私人住处，没有刑具，不会对他用刑，你说是不是？"许一晗现在的目的是让强哥马上找到阿胖，至于抓到了阿胖以后如何处置,那就由不得强哥,也由不得阿胖了。即使没有刑具,她许一晗也有办法让阿胖开口。

"你必须向我做出承诺,不能伤害阿胖。他是我为数不多的亲人了。"强哥还是有些不放心。

"我许一晗说话算数。如果我对阿胖不利,就让我天打五雷轰。"许一晗发誓说,"这样行了吧?"

"那行,我现在就去找他。"

"你要注意隐蔽自己,花野洋子正四处找你,不能让她的人盯上你了。"

"我知道该怎么做。"

虽然许一晗承诺的条件非常诱人,但强哥感到特别别扭,可转念一想,阿胖与父母比起来,还是父母重要。

经过几天的明察暗探,强哥发现阿胖每天都要去十六铺码头,在那里一站就半天,好像在等一个人。强哥不能确定阿胖的目的是什么,只能远远地看着他。几天过去了,阿胖也没等到他要等的人,强哥有些沉不住气了,阿胖在十六铺码头等得起,可他等不起。以前的手下告诉他,花野洋子正在四处找他,如果他不现身,他的父母性命难保。

"阿胖,对不起了。万一你有个三长两短,也不要怪我。"强哥在心里默默地念着,转身去向许一晗报告阿胖的行踪。

其实,强哥的一举一动都没逃脱许一晗的眼睛。虽然许一晗把强哥救了下来,但她仍不相信他,所以,强哥每次出去后,她就悄悄地跟踪,看看他对她到底有多忠心。一连几天的跟踪,她早就知道了阿胖的行踪,之所以一直没有对阿胖下手,是因为她与强哥一样存在着疑惑:阿胖每天来十六铺码头,肯定是在等人。如果阿胖等的人非常重要,抓住那个重要人物,或许是她许一晗又一个立功的机会。但几天过去了,都没见到阿胖要等的人来,许一晗也有些不耐烦了,正想上前去抓捕阿胖时,发现强哥朝她走来,她急忙躲了起来。

强哥走后,许一晗改变了抓捕阿胖的想法:只要跟踪阿胖就能找到钮佳悦。打定主意,许一晗又躲在暗处,单等阿胖回去,然后跟踪他。

随着时间一分一秒地过去,阿胖的脸上有了些失望的表情。最终,他完全失望,低着头默默地向城里走去。在走了一段路后,阿胖发现许一晗在跟踪自己,心里想,坏事了。现在不能回住处,便在城里四处乱转,跟在后面的许一晗急得团团转,但她还忍着耐心,看看阿胖能耍什么花招。

阿胖在城里转了一个下午,都甩不掉许一晗,但他不灰心,仍然继续乱转。在走一条小弄堂时,许一晗终于忍不住了,快步走到阿胖身边,厉声说道:"阿胖,你给我站住,赶快告诉我,钮佳悦住在什么地方?"

"啥钮佳悦?阿拉不晓得。"阿胖没想到许一晗会堵住他的去路,强装着镇定。

"你少给我耍花招,如果我没有调查清楚,会跟踪你吗?"许一晗没想到阿胖竟然装作什么都不知道。

"阿拉真不晓得啥钮佳悦。"阿胖说着抬腿就要走,发现许一晗的枪已经顶在他的头上。

"再不说,我就送你上西天。"许一晗已经没耐心了。

"阿拉真不晓得。"阿胖有些害怕,他知道对谁也不能说出钮佳悦的住处。钮佳悦和刘嫂是上海滩对他最好的人,刘嫂已经死了,钮佳悦成了他唯一的亲人,他不能让她受到一点点伤害。他是一个男人,更应该保护钮佳悦。

"不晓得,老子让你不晓得。"许一晗用枪托直接砸在阿胖的头上,顿时,阿胖头上鲜血直流。

"侬这个卖国贼,侬这个汉奸。"阿胖只觉得头痛得特别厉害,忍不住大骂许一晗。

"你这个小瘪三,还嘴硬。"许一晗说着又要用枪托砸阿胖,阿胖抓住许一晗拿枪的手,放到嘴边使劲咬了一口,痛得她大叫起来,好不容易才挣脱,抬手就给了阿胖一枪。

"哎哟……"阿胖只觉得胸口一热,鲜血"咕咕"地冒了出来,然后倒在了地上。

见阿胖倒在地上,许一晗才觉得自己太傻了,赶紧去看他的伤势。她这一枪打得太准了,正中阿胖的胸口,鲜血直流。不一会儿,阿胖就闭上了眼睛。

"妈的，就这么死了？"许一晗后悔不已，阿胖一死，寻找钮佳悦的线索又断了。她没想到阿胖只是一个小小的扒手，为了维护一个女共产党，情愿失去生命也不说出她的下落。

就在许一晗发愣时，一个黑影从小巷里快速通过。许一晗大惊，忙追过去，边追边问："谁？"

待她追过去时，黑影已经不见了踪影。

李茜茜费了好些时间才找到宋书平。宋书平最近也是神出鬼没的，这让李茜茜对他有了想法。按理说，宋书平只是一个小小的警察，每天除了上班外，就是配合七十六号或特高课去抓人。最近也没有要紧的风声，也没见七十六号和特高课的人有什么大动作，那些警察也应当闲着没事干，可偏偏在这个时候，宋书平显得特别忙。

在约定的时间里，宋书平却姗姗来迟，李茜茜满脸不高兴，但还是强装着笑脸，问道："宋书平，你最近在忙些什么？找你几次都见不到你的人影？"

"原来是李西施啊，有啥要求，你尽管说。我们警察该帮忙的一定帮忙。"宋书平用警察的腔调说话，尔后又一笑，说，"那次你从我手里跑掉，我都一直没有追究你，你倒好，隔三岔五地来找我，就不怕我把你抓进警察局？"

"宋书平，别以为你是个警察，我就怕你。"李茜茜没想到宋书平会说这样的话，本来，她在见到宋书平的那一瞬，就特别有气，但她又不敢发火，她现在的身份仍然是舞女，总不能对一个警察发号施令吧？

"只要你做了违法的事，我就敢抓你。"宋书平又笑着说。

"别逗了。"李茜茜冷冷地说，"大家都是中国人，今天就打开天窗说亮话，你虽然干的是警察，但我怎么看你都像共产党的人。"

"笑话，如果我是共产党，还会坐在这里？"宋书平心里一惊，但表面却十分沉着，"李西施，饭可以乱吃，但话不能乱说。"

"我不管你是不是共产党，但有一件事一定要告诉你。"李茜茜现在急切地想证明宋书平的身份，如果他真的是共产党，那么他肯定与钮佳悦有联系。只要顺着宋书平这根线，就可以找到钮佳悦。

"有事告诉我？如果你发现了共产党的踪迹，可以去警察局，或者七十六号、特高课去领功。"宋书平不知道李茜茜葫芦里装的是什么药，所以，他很小心地应对。

"难道我就不可以告诉你？"李茜茜发现宋书平真是一个不简单的人，聪明、镇定，说话口风也特紧，回话时也是小心翼翼地，宋书平不是共产党又会是什么人？

"如果你为这事而来，你就找错人了。我只是一个小小的警察，负责本地区的治安工作，至于抓共产党的事，那是七十六号和特高课的事，有了他们的命令，我们警察才奉命行事，如果没有他们的命令，我们是不能随便抓人的。"宋书平一直没有提军统的事，显然是顾及李茜茜的面子。

宋书平不冷不热地回答，李茜茜几乎要疯了，可她不能表现出来。她的身份是隐秘的，除了谷海山和强哥外，没有人知道她的身份，如果再继续说下去，很可能就要暴露自己了。于是李茜茜起身付了咖啡钱，又回过头来对宋书平说："看来我是真找错人了。"

看着李茜茜走出了天一咖啡馆，宋书平的脸上有了笑容。

阿胖去十六铺码头接延安来的新同志，一连几天过去了，不但没有接到人，连他本人也失踪了。钮佳悦有了一种不祥的预感，他有可能被特高课或者七十六号的人抓去了。

钮佳悦正在为阿胖的安全担心时，老李急匆匆地跑了回来，对钮佳悦说阿胖被许一晗杀害了，给老李消息的人竟然是宋书平。

"他说他要见你。"老李有些忐忑不安地对钮佳悦说，"不过，他是用我们联络的暗号与我联系的。"

"这么说，宋书平是我们的人？"钮佳悦问道。

"我现在还搞不清楚他到底是什么人，但他用的是我们才启用的暗号。"老李一脸茫然地说。

"以前，我只要有危险时，宋书平总是有意无意地出现在我面前，特别是我刚到上海时，还不知道李茜茜是军统的人。李茜茜说带我去见一个人，在那条小巷里，宋书平就出现了，让我与李茜茜分开了。

后来刘雅诗带赵教授离开上海时,正值他守关卡,他们才能顺利出城,从这些方面来看,他极有可能是我们的同志。所以,我决定见见她。"钮佳悦回想起宋书平的出现,每次都是恰到好处,如果不是自己的同志,他的出现怎么会那么巧?

"万一他不是我们的同志,你去见他,岂不很危险?"老李担心地说,"刘嫂把你交给我,是要我保证你的绝对安全。为这事去冒险,是不是不值得?"

"一定要见他,但我们先做好准备工作。"钮佳悦说。

刘嫂牺牲了,阿胖也牺牲了,钮佳悦身边的人都突然离她而去,让她感到孤独无助。可她在上海的任务还没有完成。刘嫂与阿胖是为了这个国家,为了她而牺牲的,她活着不只是为给刘嫂和阿胖报仇,也是为给这个国家报仇。

晚上,钮佳悦与老李按照宋书平约定的时间,在老李指定的茶楼包厢里,见到了宋书平,便说道:"行遍江南清丽地,人生只合住湖州。"

"人生自古谁无死?留取丹心照汗青。"宋书平回答说。

钮佳悦又说了一些暗号,宋书平都对上了。自从刘嫂牺牲后,钮佳悦便接到上级党组织的情报,说他们将派一位同志来协助钮佳悦工作。钮佳悦以为来协助她的人是从延安派来的,没想到这个人竟然是宋书平。

"原来协助我工作的人是你?"

"钮佳悦同志,其实,我在很多年前就来上海了,自从你踏上上海的土地,我就得到组织上的命令,在暗中保护你的安全。刘嫂牺牲后,知道你一个人工作非常辛苦,组织又一次给我任务,除了保护你的安全外,还要协助你的工作。"宋书平说,"只是我没有保护好阿胖。"

宋书平说完就低下了头。他说阿胖在十六铺码头等的人就是他,但他发现有人在跟踪阿胖,本想去把那人支走,却意外发现强哥和许一晗也都在暗中监视着阿胖的一举一动。许一晗决定等阿胖回去时,偷偷跟着,然后寻找钮佳悦的住处。阿胖发现许一晗跟踪他后,便带着她在城里绕圈子,最后被许一晗拿枪威胁。他不得已躲在暗处,本想趁机把阿胖救下来;谁知他还没来得及想出办法,许一晗就朝阿胖开了枪。他决定趁机解决掉许一晗,却发现七十六号的一队人马朝这边走过来,只得撤离。

"原来是这样。"尽管钮佳悦早已得知了阿胖的死讯,但此时听宋书平讲完事情的经过,还是忍不住悲伤起来。

"佳悦,阿胖的仇我们一定要报,但我们的日子要继续,工作也要继续。无论是许一晗,还是花野洋子,还有李茜茜,他们都想拉拢我为她们办事。我一直周旋在她们身边,伺机得到有用的情报。"宋书平说,"佳悦,你在上海不是一个人在战斗,还有我。"

"谢谢书平同志。"钮佳悦突然身上充满了力量,宋书平说得对,日子要继续,工作也要继续。

直到第三天,强哥才知道阿胖被许一晗杀害的事,整个人顿时懵了。许一晗竟然对阿胖痛下杀手。之前,强哥再三要求许一晗无论如何都不要伤害阿胖的生命,可她竟然背着他杀害了阿胖。从一开始,许一晗就根本没有相信过他强哥,给他的一切承诺都是假的。阿胖才十几岁,就这么死了,强哥觉得是自己害死了阿胖。原以为,只要找到了阿胖,许一晗就可以帮他救出父母,现在看来,这一切都将泡汤。许一晗不但凶狠,还六亲不认。强哥为她办了不少的事,最终的下场会不会与阿胖一样? 想到此,强哥背心直发凉。要摆脱许一晗的魔掌,或许李茜茜是个不错的人选。李茜茜是军统的特工,她许诺过他,只要找出谁是红灯笼,她就会帮自己救父母。李茜茜虽然是军统的人,但她毕竟比许一晗好得多。

但强哥的计划还没有开始实施,许一晗就找上门了,冷着脸对强哥:"阿强,李茜茜是军统的人,你为什么不告诉我?"

"我不知道她是什么人,只知道她是百乐门的舞女,我只想与她跳跳舞。"强哥看到许一晗不请自来,心里很是不舒服,恨不得立即杀死她,但他知道自己根本不是许一晗的对手,只能把这口怨气压下来。

"我不管你知不知道她的真实身份,但你与她的交情还不错。"许一晗今天来找强哥当然有她的目的,因此,她又说,"你去把李茜茜给我约出来,我有要事与她谈。"

"我现在被花野洋子追杀,到哪里去找她?"虽然强哥现在就要去找李茜茜,但是他嘴上不能答应许一晗。

"你不想救你的父母了? 他们都在花野洋子手里,只有我有这个能力救他们,你以为李茜茜能救他们吗? 他们军统像老鼠一样躲在那些不为人知的角落,不敢现身,他们怎么能救你的父母?"许一晗又引诱强哥说,"只要你把李茜茜约出来,后面的事就不用你管了。"

"我有些怕李茜茜,万一她知道我是在为你做事,他们军统的锄奸队会找上我的。"强哥打心里不愿意为许一晗做任何事,正想找李茜茜,只要与她一合计,说不定就可以帮着他除掉许一晗,那样也算是为阿胖报仇了;可他的父母仍在花野洋子手里,李茜茜有把握救出来吗? 因而,强哥心里十分矛盾。去找李茜茜商量? 还是乖乖地听许一晗的话,把李茜茜约出来,让她抓住李茜茜去邀功?

"如果你不去,不但你的父母救不出来,我也会把你为我做事的消息散布出去,军统的锄奸队也会找上门的。"对于强哥的推三阻四,许一晗有些火了,直接威胁起来。

"那我去还不行吗?"强哥知道许一晗的厉害和狠毒,反正今天不去也得去。去了,还有与李茜茜合作的机会;如果不去,就成了案上的肉,任许一晗宰割。打定主意后,强哥就对许一晗说,他马上去约李茜茜到他家里。

强哥一路走一路想,要把李茜茜约到自己家里,是一件不容易的事。但自己与李茜茜之前有个约定,他帮她打听事,李茜茜帮他救他的父母。这些日子来,自己根本没有向李茜茜提供过任何有价值的情报,现在去见她,该如何说呢? 但强哥知道该来的总归会来,只好硬着头皮去了百乐门舞厅。

刘嫂死了,阿胖死了,凡是与钮佳悦相关的人都死了。李茜茜有些惆怅,共产党人为了别人能好好活着,情愿牺牲自己的生命,也不愿意苟且地活着。现在她不难理解朱佩玉当年违抗上级的命令也要与钮卫国在一起,其中原因除了钮卫国是一个值得托付终身的男人外,或许也是她受到钮卫国的共产党思想的影响。想到此,刘嫂等人为了钮佳悦,情愿死在花野洋子的手里,也就说得过去了。

李茜茜正想着钮佳悦的事,强哥来了。

"你大白天来找我干什么?"看到强哥的那一瞬,李茜茜发现强哥的精神状态不对,瞬间明白了什么,又生气地问道,"这些日子你去哪里了?"

"一言难尽。"强哥想把心中的想法告诉给李茜茜,又怕她不答应,显得左右为难。

"什么一言难尽? 既然你不告诉我,那我告诉你,昨天得到消息,你的父母已经被花野洋子杀害了。"李茜茜说着,从抽屉里拿出一张报纸递给强哥,"你自己看吧,详细情况都写在上面。"

"啥?"强哥接过报纸,可上面的字他又不认识,又把报纸递给了李茜茜,"麻烦你帮我念念。"

"大意是这样的,因为你不愿意与日本人合作,花野洋子为了杀一儆百,把你的父母押在苏州河那边执行枪决,目的是引你出去。你没有去,花野洋子等不及了,将你的父母杀害了,还是她亲手开的枪。"李茜茜拿着报纸没有念,其实上面的描写比她叙述的更惨烈,她不想让强哥受到更多的刺激。毕竟强哥是一个中国人,他虽然被花野洋子和许一晗逼着做事,但他的本质不坏,谷海山也说过,要把强哥争取过来。这样的三面人,可以得到七十六号和特高课的很多情报。花野洋子能利用强哥,军统也完全可以利用他。

"花野洋子,我迟早会杀了你的!"强哥听到李茜茜的叙述,眼泪忍不住流了出来,父母就这样死了,如果不是许一晗承诺能救出父母,他又怎能耽误了这么长的时间?

"阿强,节哀顺变吧。人死不能复生,你现在唯一要做的就是为你父母报仇雪恨。"李茜茜安慰强哥。

"对了,今天是许一晗让我来找你,她让我带你去我家,对你下手。"现在强哥对李茜茜也不再隐瞒什么了,他把许一晗的计划全部说了出来。他在心里也暗暗地说,许一晗,你有机会都不救我父母,却一直利用我;今天我不但要利用你,更要你的命。

"原来是这样。"李茜茜皱了皱眉头,尔后马上有了主意,便对强哥说,"我们去会会她。只要除掉了许一晗,也算是帮你报了一部分的仇,但你一切都要听我的。"

"我听从你的一切安排。"强哥见李茜茜愿意除掉许一晗,别提心里有多高兴了。

百乐门舞厅离石库门并不远,没多久,李茜茜便跟强哥来到他家里,许一晗已经在那里等了很久,见他把李茜茜带来了,悬着的心放了下来。

"李茜茜,没想到你隐藏得够深的,堂堂军统的高级特工,为了在上海潜伏下来,居然装成了舞女,不但成了百乐门的头牌,还从太君们那里得到了不少情报。我说特高课的特工都是一群废物,放着这么大的鱼不抓,偏偏要去抓共产党。"只要李茜茜走进强哥的屋里,许一晗就觉得李茜茜是她放在案板上的肉,任她宰割了。

"许一晗,你是不是得意太早了?虽然你多次从我带领的锄奸队手里逃走了,但今天你就别想走了。"李茜茜笑着说,好像她不是面对危险,而是赴一场宴会一样。

"我知道你们军统一直想要我的命,但我福大命大,死不了。"许一晗突然也笑了起来,"今天为了引你来,我花了多大的力气。你可知道,我在外面埋伏了多少人?"

"是吗?你在外面埋伏了多少人,我不想知道,但我可以肯定,他们现在成了死尸。"李茜茜狂笑起来,"咱们都是老对手,也都是王牌特工,如果不留一手,你我都活不到今天。如果你不相信,你往外看一看,便知道结果了。"

许一晗虽然不相信,但还是忍不住往窗外看去,站在门口的人果然是军统的锄奸队。她对锄奸队的人太熟悉了。

"阿强,原来是你背叛了我。"许一晗千算万算,没算到强哥会背叛她,不由怒火上升,掏出手枪对准他就是一枪,强哥应声倒下。不过在她抬起枪时,李茜茜的枪已经响了,子弹直直击中她的眉心。许一晗至死也没想到,李茜茜不但人长得美,而且枪法这么准。许一晗在倒下的那一瞬,扣动了扳机,子弹飞向了李茜茜,在她闭上眼睛的那一瞬,也看到李茜茜倒了下去……

花野洋子一个人喝着红酒,每喝一口,她的脸色就阴冷一分。强哥和许一晗都死了,她本该高兴,但此时,却气得直跳脚,因为钮佳悦像在人间蒸发了一样,没了踪影。

一杯红酒下肚,花野洋子使劲一捏,酒杯顿时碎了,玻璃碎片扎进了她的手心,鲜血直流。她没有拭去手上的鲜血,只是把玻璃碎片拔了出来,然后用舌头舔舐鲜血。

这时,花野洋子桌上的电话响了,电话是上司打来的,说由于大日本帝国投入太平洋战争,急需解决中国战场,军界给特高课也下达重大任务,要不惜一切代价瓦解中国军队,让上海孤岛更加孤立。他现在命令花野洋子,要不择手段查出一切隐藏在上海的军统和中共地下党。特别要查出隐藏在上海的共产党,他们隐藏在上海监听大日本帝国的情报,好些机密的消息都被共产党得知了,他们还把这些情报与国民党共享。如果不查出隐藏在上海的共产党来,特高课就没有存在的必要了。最后,上司几乎是咬牙切齿地说,特别是从延安派来的代号叫红灯笼的特工,还是一个密码高手,如果花野洋子想立功,这是她最好的机会。

上司发话了,就可以正大光明地查延安来的红灯笼了,花野洋子顾不得疼痛的手,马上向上司保证,她一定能完成这个任务。她正愁不敢动用特高课和七十六号的特工呢,现在有了上司的这把尚方宝剑,完全可以调动一切力量在上海搜查钮佳悦的下落。想到此,花野洋子不由哈哈大笑起来:"真是天助我也。钮佳悦,这次看你往哪跑。钮佳悦,无论你是不是共产党的红灯笼,只要你还在上海,我一定要抓住你,为我的姐姐报仇雪恨。"

花野洋子当即通知了七十六号和特高课的特工,无论花什么代价都要查出钮佳悦的下落,一旦有了消息立即告知她。她要亲自抓捕钮佳悦,然后亲手为姐姐花野真衣报仇。

做完这一切,花野洋子还是觉得不妥,亲自去了一趟警察局,把宋书平要了过来,让他带领警察全力配合她抓捕钮佳悦的任务。

这是一个深秋的午后,花野洋子与钮佳悦在黄浦江边相遇了。意外的是钮佳悦被宋书平和几个警察押着,还戴上了手铐,而花野洋子是一个人来的,她今天看上去很高兴,但仍然板着脸。

在花野洋子的心目中,钮佳悦是一个沉着冷静,有着极深城府的人,但当她真正看到钮佳悦的那一瞬,她以为自己看错了。钮佳悦不但年纪轻轻,又特别文静,这样一个年轻的女孩子,在几年前,怎么会是姐姐花野真衣的对手呢?花野洋子为以前的那种报仇的冲动而有些无奈。如果说钮佳悦真的参与杀害姐姐花野真衣,她就特别怀疑姐姐的能力了,要不就是钮佳悦伪装得特别好,让人产生错觉。既然与钮佳悦相遇了,就不能让她活着离开这个地方。但花野洋子还是觉得有很多不明白的地方,因此,她问道:"你真的是钮佳悦?也就是那个从延安派来的红灯笼?"

钮佳悦看到花野洋子怀疑的目光,浅浅一笑,说道:"花野洋子,花野真衣的亲妹妹,五年前从日本来到中国东北,作为一名慰安妇,不满足于现状,跟着特高课的某位长官来到上海,因天资聪明,在特高课集训了半年,就加入了特高课。因为是新手,一直得不到重用,总想找一个大案要案来证明自己的存在,也总想在特高课里露露脸,结果处处不得意。我说的不错吧?"

"钮佳悦,你把我调查这么清楚,你还不是成了我的阶下囚?"花野洋子大笑起来,"钮佳悦,你真是神龙见首不见尾,来上海一年多,我们才抓住你。你迷惑了所有人,也欺骗了所有人,包括七十六号的许一晗,也包括军统的人。但是,他们做梦也没想到,你一个斯斯文文的小姑娘,竟然是一个密码专家,不但监听了我们大日本帝国的电台,还破译了我们有价值的情报,真是一个了不起的人。如果你能归顺我们大日本帝国,你的前途不可估量。"

"是吗?"钮佳悦仍然一脸的微笑,"花野洋子,你们日本人不在你们自己的国家好好待着,跑到我们国家来烧杀抢掠,今天,只要你向我们四万万中国人磕头赔罪,我可以饶你不死。"

"笑话,真是天大的笑话。你现在是我的阶下囚,还有资格向我问罪?"花野洋子阴着脸,冷冷地说道,"为了抓捕你,我动用了多少人?为什么抓住你后,我没有把你送到七十六号或特高课里,因为我要为我姐姐报仇。"

"你知道你姐姐在我们中国杀害了多少无辜的人,欠了多少条人命吗?你姐姐的死,是罪有应得。"钮佳悦说得很轻松,"当年,要不是她拿我妍冰姐姐的生命来威胁我们,她是不会死的。"

"你说的是假话,我的姐姐是大日本帝国的高级特工,就是死,也不会拿别人的生命来威胁的。"花野洋子不相信钮佳悦的话,她相信她一直仰慕的姐姐,绝不会干出那样丢脸的事情来。

"我说的句句是真话。"钮佳悦又说,"你与你姐姐一样,太高看了自己。在我们国家,只要是一个有热血的人,都会拿起武器来反抗,直到把你们这些侵略者赶出这片土地为止。"

"是吗? 那么,宋书平就不算热血青年了? 他为什么背叛了你的国家?"花野洋子冷笑着说,"这些都是你钮佳悦的一厢情愿罢了。"

"花野洋子,你错了。我为什么就不是一个爱自己国家的人呢?"一直没有说话的宋书平开口了,而且他话音刚落,便以迅雷不及掩耳之势,夺下了花野洋子手中的枪,一挥手,几个警察上来,把她控制起来。

"宋书平,你反了吗? 你敢这样对待我,你不想在警察局混了?"花野洋子做梦都没想到宋书平会帮着钮佳悦。

"你错了。我根本没想过在警察局里混日子,因为我是一个有热血的中国人,我爱我的国家。"宋书平说着,就替钮佳悦打开了手铐,"如果我们不用计,你也不会上当。"

"原来,你们是一伙的。宋书平,你也是潜伏在警察局里的共产党?"花野洋子还是不相信宋书平是共产党。

"真被你说对了。我就是一名中国共产党党员,我的任务就是保护钮佳悦的安全。谁也不能伤害她,谁要伤害她,我会拼命的。"宋书平说这话,显得非常轻松。

"花野洋子,你欠了很多命债,我们今天是代表四万万中国人来执行你的死刑的。你更要为牺牲的刘嫂偿命。"钮佳悦说着从宋书平手里拿过花野洋子的手枪,又说,"就用你的手枪为你送行吧。"

钮佳悦的话音一落,手中的枪也响了。花野洋子只觉得胸口一热,一股鲜血喷了出来,然后倒了下去,她看到黄浦江的水成了红色,看到了姐姐花野真衣正向她招手……

第十七章

尾　声

　　1945 年 8 月 15 日，日本人投降了，所有中国人都欢呼起来，上海滩沸腾起来，谷海山坐在桌前，使劲地磕着烟斗，这是他特别生气的前奏。磕完烟斗后，他猛地站起来，对站在一边的李茜茜吼道："都三年多了，让你调查红灯笼，你居然连红灯笼的一点消息都没查到，真让我失望！"

　　"请站长息怒，只要有红灯笼的消息，我就马上告诉你。"李茜茜说话时，还不住地咳嗽，用手捂着胸口。

　　"前不久，几个日本高官来上海视察，却莫名其妙地失踪了。还有，关于日本军队的许多情报都是共产党那边传递到我们高层那里，最近，我们军统的情报总是外泄，这都是那个红灯笼所为吧？"谷海山又换了口气，说，"茜茜啊，不是我给你下死命令，是形势逼人啊！日本人投降了，我们与共产党早晚有一战。红灯笼在上海存在一天，对我们统一大业就多一天障碍啊。戴老板一直很重视这件事情，你不要让我丢脸啊。"

　　"是。谢谢站长对我的厚爱。"李茜茜说着再次咳嗽起来。

　　"旧伤复发了吗？平时多注意休息。"谷海山看到李茜茜有些痛苦的样子，心里又有些舍不得，说，"茜茜，如果不是形势所逼，我真不想让你继续干这份危险的工作。那天，我把你从死神手里救回来，让你到重庆去疗伤，然后就留在那儿工作，你那样任性，非要留在上海，现在麻烦了吧？"

"谢谢站长把我从死亡的边缘拉了回来，我的这条命就是站长的，岂感奢望到重庆去享福。我的使命还没有完成，我一定要留在上海滩，寻找那个代号叫红灯笼的共产党，也一定要报答站长对我的再造生命之恩。"李茜茜本不想提起往事，但往事又一幕幕地浮现在眼前。

那天，李茜茜的子弹射向许一晗时，许一晗的子弹也射向了她。李茜茜起初没觉得怎么样，但胸口的鲜血直流了出来，她强忍着疼痛往外走，没走几步便倒下来。外面的特工听到枪声后，急忙跑了进来，把倒在血泊中的李茜茜送到谷海山那里。谷海山不单单是一名特工，还是一名出色的外科医生。他不但成功地替李茜茜取出了子弹，还在艰苦的条件下把她救活了。事后，谷海山对李茜茜说，子弹离她心脏只差一公分，如果不是许一晗那一枪射偏了，她活不到现在。但李茜茜知道那是谷海山的谦虚说法，如果不是谷海山的医术好，她岂能活下来？她以前曾对谷海山有想法，觉得谷海山心里只有朱佩玉，现在她终于明白，在谷海山的眼里，只要是人才，他都很看重。

李茜茜当然知道代号叫红灯笼的共产党是钮佳悦，只是她不相信钮佳悦一个年纪轻轻的小女孩能有那么大的能耐，但事实又摆在眼前，钮佳悦的确是延安派来的红灯笼。其实李茜茜第一次遇到钮佳悦时，就怀疑过她的身份，如果不是宋书平出现，李茜茜早就完成了任务。如今几年过去了，如果李茜茜现在把这个消息告诉谷海山，能得到什么？谷海山会说她失职，还是知情不报？李茜茜心里乱极了。

"你在发什么愣？"谷海山见李茜茜沉浸在回忆里，忍不住问道，"是有什么新发现，还是想起了什么往事？"

这谷海山也太厉害了，一眼能看中自己在想心事，因此，李茜茜赶紧回答说："没……没有。"